커틀러스 던전

문

화살 날아가는 곳

밟으면 화살

밟으면 돌 떨어짐

함정(구덩이)

밟으면 가동되는 함정

경보음

보물

검을 뽑으면 문 닫힘
(에버딘 일행이 들어간 곳)
절 벽

호 수
물 위로 얼굴을
비추면 봉인됨

검

돌

돌

출구 ←

키 150cm 이상
경보

밟으면
구덩이로
미끄러짐

드워프 전세

몸무게 합계
130Kg 이상
경보음

빠지면서
하루 동안 잠듦

해골 쌓인 곳, 벌리

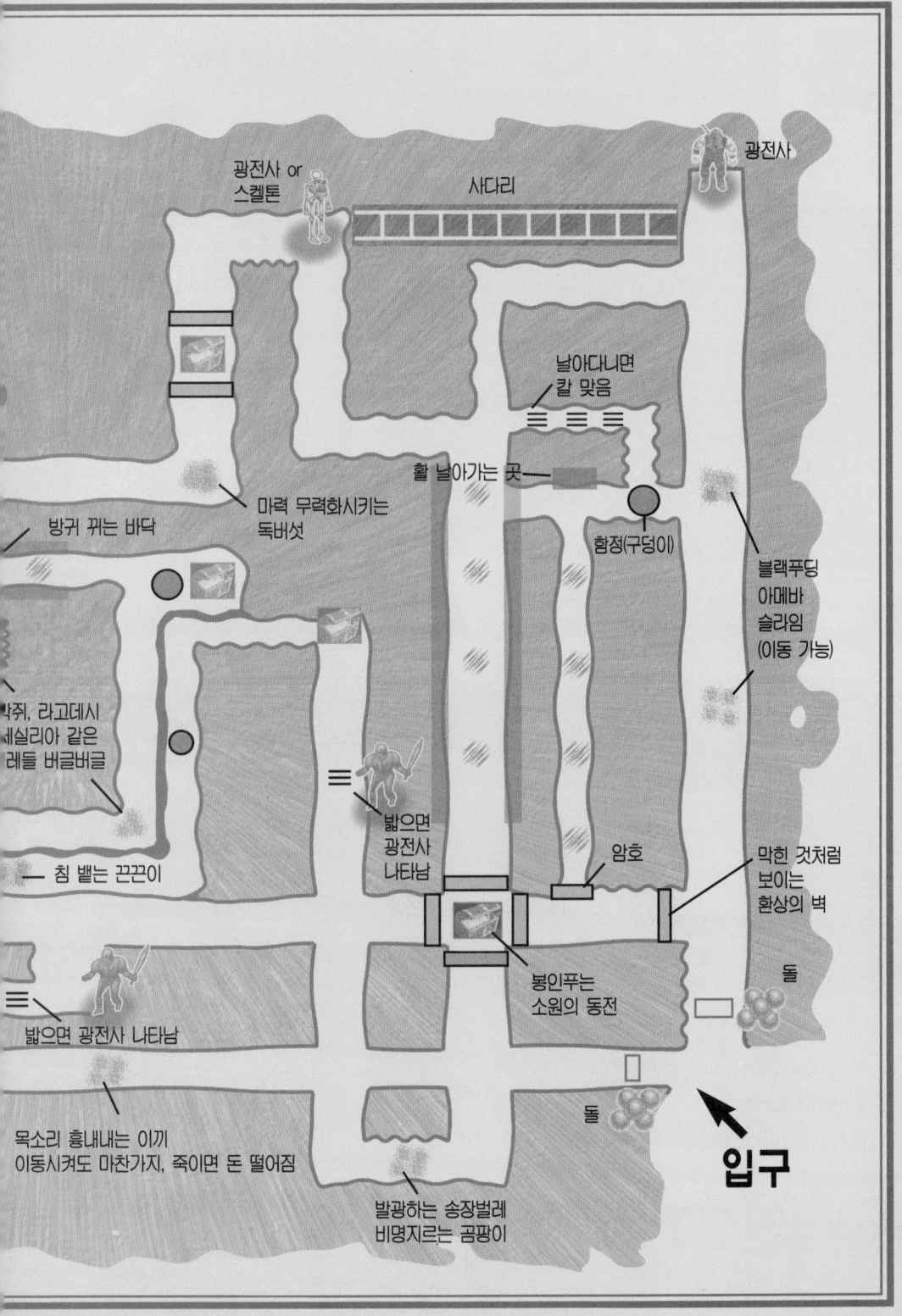

광전사 or
스켈톤

사다리

광전사

날아다니면
칼 맞음

활 날아가는 곳

함정(구덩이)

블랙푸딩
아메바
슬라임
(이동 가능)

마력 무력화시키는
독버섯

방귀 뀌는 바닥

박쥐, 라고데시
세실리아 같은
레들 버글버글

밟으면
광전사
나타남

암호

막힌 것처럼
보이는
환상의 벽

돌

침 뱉는 끈끈이

봉인푸는
소원의 동전

밟으면 광전사 나타남

목소리 흉내내는 이끼
이동시켜도 마찬가지, 죽이면 돈 떨어짐

돌

발광하는 송장벌레
비명지르는 곰팡이

입구

Ades

아데스

1

아데스 1

김성희 판타지 장편 소설

초판 1쇄 찍은 날 § 2001년 1월 10일
초판 1쇄 펴낸 날 § 2001년 1월 15일

지은이 § 김성희
펴낸이 § 서경석
펴낸곳 § 도서출판 청어람
편집 § 문혜영 · 허경란 · 박영주 · 김희정 · 권민정
마케팅 § 정필 · 강양원

등록번호 § 제1081-1-89호
등록일자 § 1999. 5. 31
어람번호 § 제1-0064호

주소 § 경기도 부천시 원미구 심곡1동 350-1 남성B/D 3F ㈜420-011
전화 § 032-656-4452 팩스 § 032-656-4453
e-mail § eoram99@chollian.net

ⓒ 김성희, 2001

값 7,500원

ISBN 89-5505-040-2 (SET) / ISBN 89-5505-041-0 04810

Ades

아데스

1

김성희 판타지 장편 소설

도서출판
청어람

목차

아데스 독자님들께…

안녕하세요? 「아데스」의 김성희입니다.

언제나 처음 접하게 되는 분위기에는 묘한 긴장감과 기대감이 교차되는군요.

아데스를 쓰며 많은 사람들을 만나게 돼서 너무 행복합니다.

제가 작가로서 첫발을 내딛게 해준 아데스는 유난히 즐겁게 써 내려간 글 중의 하나입니다.

아직 미숙하고 여러 가지로 서툰 점이 많지만 손에 잡은 그 시점에서부터 손에서 내려놓을 때까지 읽으시는 독자님들께서도 즐거운 마음이시길 욕심 부려봅니다.

상상력이라는 것은 사람이 가지고 있는 능력 중 가장 유쾌한 능력인 것 같습니다.

그래서인지 그 상상력을 글로 써 내려가는 작가라는 직업은 어린 시절부터 제겐 큰 동경의 대상이었죠. 그 자리에 제가 서 있을 수 있게 되다니 꿈만 같습니다.

마감이 다가올수록 바빠지며 행복한 비명을 지르고, 서점 한쪽에 꽂히게 될 아데스를 상상하며 히죽히죽 웃다가 왠지 쑥스러워서 화끈거리는 얼굴로 다시 컴퓨터 앞에 앉기를 수차례(사실 아직도 실감을 못하고 있습니다).

최선을 다해서 재밌고, 뭔가 남을 만한 글을 쓸 수 있도록 노력하겠

습니다. 음, 아데스는 외전(外傳)의 비중이 큽니다. 함께 즐겨주시
길……

　마지막으로 책이 나올 수 있게 해주신 도서출판 청어람의 사장님과
번번이 마감 일을 어기는 제 덕분에 고생하신 경란 언니, 소설 동호회의
수경, 남주, 경희와 칼럼 식구들에게 감사의 인사를 드립니다. 또한 무엇
보다 이 책을 읽고 계신 독자님들께 감사드리며 전 이만 물러가겠습니
다.

　P.S. 행성 아데스에 오신 것을 환영합니다. 모쪼록 즐거운 시간되시길……

2000년 12월.
이 책을 읽고 있을 누군가를 떠올리며
행복한 상상에 빠져들고 있는 성희 드림.

제1장
떠나야 했던 자들

스스로 어둠을 거부한 곳. 어둠이 없는 나라, 빛의 신 '트루'를
주 신으로 받들며 언제나 발전과 개혁에 눈을 돌리는 나라.
항상 풍요롭고 평화로운… 이곳 리절트에 오신 것을 환영합니다.

그의 이름은 애버딘

　"우리가 살고 있는 이곳 '아데스'라는 행성은 태초에 빛과 어둠이 공존해서 만들어졌다는 단일 국가였지. 즉, 모두가 한 나라 한 형제였다는 말일세. 그걸 알아야 하지. 증오와 공포는 흔히 우리에게 어둠을 가져다 준다고들 하지만 어둠의 신 '베니팟님'을 배척한 이 땅을 보게. 우리를 안식으로 인도해 주는 '밤'의 어둠마저 상실해 버렸지 않은가! 앞서 말했듯이 아데스는 태초에는 샤아플린처럼 '트루님'과 베니팟님을 모시며 축복받은 밤낮을 즐겼단 말일세. 그러나… 한 국가에서 두 신이 주(主) 신이 될 수는 없었나 보더군. 전쟁이 일어났지. 피로 물든 세계를 상상해 보게. 끔찍하지 않나? 모든 신들의 축복을 받고 만들어졌다는 신검 세인트를 가진 자가 그 전쟁을 종결시켰다고 하지만… 신의 힘에만 너무 의존했던 탓인지, 그자의 의지가 약했던 탓인지는 알 수 없지만, 자네가 알다시피 이렇게 세 개의 대륙으로 나누어져 버렸다네. 24시간 해가 지지 않는 리절트, 밤낮의 균형을 갖추었지만 몬스터의 침략에 끊임없이 시달리는 샤아플린, 마지막으로 죽음의 영역이며 24시간이 밤인 나라 다크……."

"후아암~ 이거 언제 끝나죠?"

애버딘은 샤아플린에서 온 지혜의 신 '로잔'의 프리스트를 바라보며 지루함을 참지 못하겠다는 듯이 연신 하품을 해댔지만 프리스트는 마치 물을 만난 물고기 같은 표정으로 이야기를 술술 풀어내고 있었다. 이에 짜증이 난 그는 프리스트가 또다시 입을 열기 전에 쐐기를 박으려는 듯 목소리를 나직하게 깔았다.

"저는 단지 프리스트님께 '결혼의 서약서'를 받으러 왔을 뿐이라구요!"

그러나 그의 말에 프리스트의 표정이 석고상처럼 굳어버리자 그는 방금 자신이 내뱉은 말을 주워 담고 싶어졌다.

'명색이 프리스트인데 설마 그거 가지고 삐치진 않았겠지?'

내심 초조해하며 프리스트의 다음 말을 기다리고 있노라니 다행히도 그는 굳었던 표정을 풀며 말을 이었다.

"오~ 서약서. 그래, 결혼이란 신성한 것이지. 뭐, 어떤 곳이든 그 풍습이 같다는 게 아쉽긴 해도 말일세."

계속되는 프리스트의 수다에 그는 '졌다'라는 표정으로 혀를 내둘렀다.

'이거… 이러다가 오늘 안으로 결혼의 서약서를 받을 수 없게 되는 거 아냐? 정말이지 무슨 놈의 프리스트가 저렇게 말이 많은 거야?! 그것도 지혜랑 시간을 관장하는 로잔의 프리스트란 작자가! 프리스트는 자질 시험도 없나? 우쒸!'

한참 속으로 짜증을 부리긴 했지만 그가 할 수 있는 일이라고는 어서 저 수다가 끝나 서약서를 챙길 수 있기를 바라는 것밖에 없었다.

프리스트의 말대로 결혼의 의식은 신성한 것.

그래서인지 결혼에 관한 의식을 비롯해 서약서를 관리하는 일까지 모두 프리스트가 하게 되어 있었지만 이곳은 예외적이게도—수도에서 워낙 떨어진 변두리 마을이다 보니 프리스트들의 수가 절대적으로 부족한 때문에—서약서를 챙겨오는 자가 프리스트를 대신해 결혼을 주관할 수 있게 눈감아 주는 일이 공식화되었다. 대신 이곳의 프리스트들은 서약서를 관리하는 것에 있어 전보다 더 신중해졌다. 그러니 프리스트들이 다소 마음에 안 드는 행동을 한다고 해도 서약서를 받으러 온 자들은 잠자코 프리스트들의 비위를 맞춰줄 수밖에 없었다.

만약 어떠한 신을 모시는 프리스트를 막론하고 그들에게 무례를 범하면 흔히 이야기하는 '신따(신조차 따돌림한다는 뜻)'를 당한다고 전해지고 있었기 때문에 더욱더 그러했는지도 모른다. 물론 애버딘이 그 이야기를 절대적으로 믿는 것은 아니지만, 그에게도 나름대로 프리스트에게 함부로 대할 수 없는 이유라는 것이 있었다.

그것은 프리스트끼리는 이상하리만큼 단결이 잘되기 때문에 그들 사이에서 소문이 퍼지면 두고두고 뒤가 구리다고나 할까? 자신이 무례를 범했던 프리스트에게 사과를 하고 그것을 인정받기 전까지는 어떠한 프리스트에게도 도움을 받을 수 없게 되기 때문에 그들은 애버딘이 정중히 대하는 몇 되지 않는 부류에 속하는 자들일 수밖에 없었다. 그래서 언제나 그는 그들이 말하는 진정한 신따의 정체란 그들만의 단결력일지도 모른다고 생각했다.

"그래서…… 결혼의 주관은 자네가 위임을 받을 텐가?"

다행스럽게도 드디어 프리스트의 이야기가 마무리지어질 낌새를 보이자 애버딘은 간신히 살았다는 표정으로 가볍게 고개를 저었다.

　"전 프리스트님께서 맡아주셨으면 좋겠습니다만 시간이 어떻게 되시는지?"

　"결혼식 예정일이 언제인가?"

　"이틀 후 다목적용 빛의 색이 가장 진한 색을 띨 때 신전에서 하고 싶습니다만, 아무래도 덕망있는 '로잔님'의 가호를 받는 게 제일 좋을 것 같아 부탁드리건대, 무리가 아니시면 프리스트님께서 주관을 해주셨으면 합니다. 그날 시간이 어떻게 되십니까?"

　그의 말에 프리스트는 반가운 표정으로 환하게 웃었다.

　"그래, 그런 의미라면 꼭 시간을 내도록 하지."

　그는 속으로 역시 프리스트들에게는 자신들이 모시는 신을 찬양해 주는 것만큼 다루기 쉬운 방법이 없다 라는 생각이 들자 자신도 모르는 사이에 얄궂은 미소가 피어 올랐다. 그 모습을 본 프리스트는 그를 아주 독실한 신도라고 착각하며 감격에 겨운 듯 흡족한 표정으로 다시 입을 열었다.

　"자네가 마흔이 넘은 노처녀를 시집보내는 데 기여하게 될 줄이야… 세상일이란 알 수가 없군. 어쨌거나 여기 서약서를 챙겨들게. 이것도 로잔님께서 자네의 신앙의 깊이를 아시고 인도하심이겠지."

　나직하게 웃는 프리스트를 보며 그는 모든 것이 계획대로라는 생각에 안도의 한숨을 내쉬곤 프리스트가 건네는 서약서를 챙겨들었다.

　"알고 있겠지? 로잔님의 가호를 받은 신부는 항상 지혜롭게 남편을 섬기며 집안을 평화롭게 다스릴 수 있다는 것을. 자네와 그녀의 앞날에 로잔님의 가호가 있길……."

"프리스트님의 앞길에 로잔님의 지혜와 시간이 영원하기를……."

하루가 지나감을 알리는 신전의 종이 세 번 울릴 무렵이 되어서야 로잔님의 프리스트에게서 벗어날 수 있었던 그는 지칠 대로 지쳐 흐물흐물하게 녹기 일보 직전의 신경을 추스르려 애를 쓰며 몸을 부르르 떨었다. 다시는 로잔님의 프리스트와 만날 일이 생기지 않기를 간절히 바라며 기운을 차린 그는, 비록 예상외로 시간이 많이 지나가긴 했지만 서약서를 손에 넣었다는 사실 하나만 가지고도 내심 뿌듯해졌다. 그러나 이제 곧 사람들이 잠자리에 들 시간이란 생각에 마냥 뿌듯해하고 있을 수도 없어 그는 점점 발걸음을 재촉하기 시작했다.

그런 그가 발걸음을 멈춘 곳은 제법 운치가 있어 보이는 한 귀족의 집이었다.

'너 따위에게 누나를 넘길 수야 없지!'

그는 음흉한 샤샤의 얼굴을 한번 더 상기하며 시간이 시간인 만큼 욕을 먹을 각오를 단단히 하고는 문을 쾅쾅! 두들겨댔다. 거의 문이 부서질 듯한 굉음이 들려오자 피곤해 보이는 얼굴의 집사가 나와서는 귀찮다는 표정으로 고함을 꽥 질러댔다.

"이런 시간에 무슨 일인가?!"

집사는 마치 '너 같은 풋내기가 이런 곳에 왜 왔냐'라는 듯한 표정으로 이마의 양미간을 찌푸려뜨렸다. 그도 그럴 것이 자신의 눈앞에 서 있는 소년은 키만 훤칠하게 클 뿐 눈부실 만큼의 금빛으로 반짝이는 단발머리에 잡티 하나 없는 뽀사시한 하얀 피부, 하늘빛에 가까운 푸른 눈이 선량해 보이는 매력전인 소녀 같은 인상을 풍겼으므로 험한 표정 한번만 지어도 겁을 집어먹고 순순히 물러날 것 같다는 판단을 한 것이다. 그러나 그의 예상과는 달리 애버딘은 정중한 태도로 예를 갖추며 인사를 건넨 후 손에 쥐고 있던 결혼의 서약서를 보여주었다.

"트루님의 영원한 빛의 가호를……. 늦은 시간에 실례되는 줄은 알지만, 샤샤님께서 에르린님에게 청혼을……."

"아가씨~!!"

그의 말이 채 끝나기도 전에 집사는 누가 보기가 민망할 정도로 허겁지겁 에르린의 방으로 뛰어 들어갔다.

"아가씨! 샤샤님께서 아가씨께 청혼을 하셨습니다."

"네? 샤샤님께서 이런 야심한 시간에 직접 오셨습니까?"

아가씨라고 불린 여인이 집사의 말에 방문을 열고 나오면서 차분하게 고개를 들며 집사를 바라보자, 그는 짐짓 불만이 섞인 표정을 지으며 말했다.

"그게 풋내기 청년이 전령으로……."

그는 매우 정중한 태도로 애버딘이 가지고 온 결혼의 서약서에 대해 설명했으나 속으로는 그녀에 대한 불만을 늘어놓고 있었다.

'도대체 귀족이라고는 하지만 가난한 몰락 귀족에 자글자글한 주름살 늙은이 주제에 뭘 그렇게 따지려고 드는 건지 원.'

그랬다. 에르린이라는 아가씨는 '아가씨'란 단어가 무색하리만치 늙었던 것이다. 그것은 그녀의 외모만 봐도 알 수가 있었는데, 눈가에 생긴 자글자글한 주름이라든지 윤기를 잃은 피부는 둘째치고라도 푸석해 보이는 갈색의 머리카락에 숨바꼭질이라도 하듯 듬성듬성 숨어 있는 하얀 머리카락들은 그녀가 영락없는 중년 부인이라는 것을 알 수 있게 해주었던 것이다. 오죽하면—남녀노소를 불문하고 그녀가 처녀라는 것을 알면 '악! 처녀라고?!'를 절규한다고 해서— '악처' 라는 별명까지 달고 있을 정도였을까.

그런 그녀였기에 살아생전 '결혼'은 엄두도 못 낼 것이라 초조했던 집사는 그녀를 재촉해 응접실로 모셔놓고는 애버딘을 그녀가 있는 곳으로 안내했다.

"누가 나에게 청혼을 했다고?"

그녀는 애버딘이 들어서기가 무섭게 대화의 본론으로 들어갔다.

"샤샤님을 알고 계시는지요? 리절트 최고의 상인이시지요. 그분께서 아가씨의 기품있는 성품에 반하신 나머지 저를 부르시더니 당장 서약서를 전하라고 하는 바람에 이렇게 늦은 시간에 청혼을 하게 된 것입니다."

그의 말에 에르린은 당혹감을 감추지 못했다.

리절트 전체에서도 단연 최고의 상인이라 불리는 샤샤.

그는 실제로 어지간한 바람둥이는 엄마를 찾으며 울고 갈 정도의 굉장한 여성 편력을 가진 도적 길드의 장이지만, 겉으로 보이는 그의 모습은 어디까지나 자상하고 다정한 자선 사업가이자 왕보다 더 많은 재산을 소유하고 있다는 소문이 나돌 정도로 수단 좋은 상인, 즉 인자하고 존경스러운 노신사의 길을 가고 있는 사람이었다.

"혹시, 그… 살아 있는 성인으로 불리시는……?"

재차 확인하려는 듯한 앙칼진 에르린의 목소리에 애버딘은 그저 고개를 끄덕였고, 그런 모습에 집사는 놀란 표정으로 그를 바라볼 뿐이었다. 그녀는 망설이는 듯한 표정으로 한동안 멍하게 거실을 바라보았다.

'귀족……. 허울이 좋아 귀족이지 내겐 영지도, 하인도 별로 남아 있지 않아. 그저 먹고 사는 것으로만 만족을 해야 하는 수준이지. 샤샤님이라면 나랑 나이 차이는 좀 있지만 자애롭고 또 명성

도 있으시잖아? 뭐, 그분의 연세가 연세이니만큼 돌아가시기라도 하면 그 재산은……'

그녀는 놀라우리만치 빠른 속도로 이익 계산을 마치고는 샤샤와 결혼하기로 마음을 굳혔지만, 겉으로는 어디까지나 자신의 값을 조금이라도 더 올려보겠다는 속셈으로 얼굴 표정 하나 까딱하지 않고 트집거리를 잡아냈다.

"그래도 그분에게는 첩이 세 명이나 있다고 들었다."

애버딘은 정곡을 찔린 듯 잠시 움찔했으나 곧 평상시의 낙천적인 얼굴로 돌아왔다.

"그분께서 원하신 게 아니라 부인들께서 원하신 겁니다. 그분께서 바라시는 분은 오직 에르린님뿐이지요. 그것에 대해서는 제가 보증하는 바입니다. 그리고 그에 대한 증거로 아가씨를 첩으로 원하시는 것이 아닌 정실로 맞으려 하신다는 내용의 편지를 가지고 왔습니다."

말을 마친 그는 샤샤가 자신의 누나에게 건네주라던 편지를 내밀며 그녀의 표정을 살폈다.

'의외로 깐깐하군. 몰락한 귀족의 노처녀라 앞뒤 안 가릴 줄 알았더니…… 세상은 역시 만만하지 않다는 건가?'

한숨을 내쉬는 그에게 그녀의 초지일관 흔들림없는 표정은 마치 '턱도 없네!' 라고 말하는 듯이 보였다.

"에르린님께서 원하기만 하시면 로잔님의 신전에서 세상에서 가장 '지혜로운 신부' 가 되실 수 있는 겁니다. 로잔님의 은혜로운 가호를 받으실 생각이 없으신 겁니까?"

재차 다그치듯 묻는 그의 질문에 에르린은 망설이는 듯한 표정으로 입을 열었다.

"그렇지만……"

그녀에게서 이렇다 할 확답이 없자 그는 체념의 표정을 지으며 주섬주섬 구혼의 편지와 결혼의 서약서를 챙겨 들었다.

"샤샤님께서는 상사병까지 나실 지경인데 '그렇지만' 이시라 니……. 뭐, 할 수 없지요. 그러다 아가씨께서 다른 분과 좋지 못한 소문이라도 나돌게 되어 그분의 유서에 만에 하나 이런 말이 쓰여지게 되더라도 신경 쓰지 마십시오. '이 모든 일은 아가씨의 '그렇지만' 이라는 대답에서 비롯되었다' 라구요. 네… 뭐, 아가씨 께서 '그렇지만' 이라고 하시는데 전 그만 일어나야겠죠. 실례 많 았습니다."

그는 정중히 인사를 하며 망설임없이 소파에서 일어섰다.

"알겠다! 하겠어. 이 결혼하겠다구!"

불안과 초조함에서 그놈의 체면 때문에 튕기던 그녀는 예상 밖 으로 그가 쉽게 돌아서자 급히 그를 저지시켰다. 그녀의 의지가 실린 단호한 말에 그는 마음속으로 '앗싸리~!'를 외치며 하늘에 라도 오를 것만 같은 기분이었으나 겉으로는 어디까지나 지금의 말에 증인이 되어주길 바라는 듯한 눈초리로 집사를 바라보았다.

"지금 증인을 세우라고 협박이라도 하는 건가?!"

그녀의 노기 띤 목소리에 그는 급히 시선을 천장으로 향하며 말을 돌렸다.

"뭐… 저는 그렇게 말씀드린 적은 없습니다만, 귀족이신 아가씨 니만큼 한순간의 변덕이라도 일으키시면 저희 샤샤님께선 만인의 웃음거리가 될 것이 불 보듯 뻔하지 않습니까?"

애버딘과 그녀 사이에 얼음장보다 차갑고 송곳보다 날카로운 신경전이 벌어지자 집사는 재빨리 그들을 말리기 시작했다.

"주인님 내외분께서 살아 계셨어도 이 결혼 찬성하셨을 것입니 다. 아가씨께서는 주인님 내외분들도 돌아가시고 의지할 형제 분들도 없는 외동따님이신만큼 이 문제에 관해서 걱정이 많이 되시는 것이니 이해하시길 바랍니다. 제가 기꺼이 지금 아가씨께서 하신 말씀의 증인이 될 테니까 이제 그만들 하십시오."

그의 말에 애버딘은 만족한 듯한 표정으로 결혼의 서약서를 내밀었고, 그녀는 불만이 있는 듯 뾰로통한 입을 내밀며 서명을 했다.

"샤사님께서 무척 기뻐하시겠군요. 잊지 마십시오. 결혼식은 이틀 후 로잔님의 신전에서 다목적용 빛이 가장 진한 빛을 띨 때입니다."

그는 정중하게 인사를 마치고는 집을 나왔다.

"남은 것은 샤샤에게 사기를 치는 것뿐인가?"

그는 잠시 걷던 발걸음을 멈추고 하늘을 올려다보았다. 항상 태양이 떠 있고 어둠이란 개념조차 없는 푸른 하늘이라 애버딘은 스스로가 이곳에는 너무 어울리지 않는 존재라는 생각에 어느덧 얼굴 한구석에 절로 쓸쓸한 미소가 지어졌다.

'훗, 어울리지 않게 너무 감상적이 되어버렸나 보군. 후훗……'

멋쩍게 뒤통수를 긁적거리던 그는 우선 누나가 기다리고 있을 집으로 돌아가자고 결심했다.

어렸을 때 부모님께서 정체 모를 무엇인가에게 살해당한 후부터 철이 들 때까지 쭉 부모님의 빈자리를 채워온 그녀는 빛의 신 트루의 하이 프리스트가 되는 것이 평생의 소망이었고, 길드 장의 횡포만 아니었더라도 진작 트루님의 대신전이 있는 도시로 떠났을지 모를 일이었다.

'어쨌든 살고 보자라는 의도이긴 했지만 역시 이 일에 손을 댄 것이 실수라니까. 우웅~'

후회해도 이미 주사위는 던져진 것. 그의 목숨을 건 사기극은 이제 곧 시작될 것이다.

　이런저런 생각에 빠져 있던 그가 발길을 멈춘 곳은 아기자기한 식물들로 예쁘게 주위를 장식한 창이 예쁜 작은 집이었다. 그곳이 바로 그와 누나가 살고 있는 안식처였다.

　그는 집에 들어서기가 무섭게 누나에게 그간의 성과에 대해 보고하며 그녀의 의향을 물었다.

　"프리스트가 되기까지의 5년은 신전 밖으로 나올 수 없다고 들었어. 그 정도의 시간이면 그 녀석은 누나에 대해 완전히 잊게 될 거야. 아니라고 하더라도 이미 정실을 들인 후일 텐데 어쩌겠어? 게다가 그녀는 귀족이라서 프라이드가 꽤 높거든. 뭐, 내기해도 좋아. 지금 있는 첩들마저 곁에 두지 못하게 될걸."

　그가 일부러 과장되게 너스레를 떨어댔지만 그녀는 좀처럼 걱정스런 표정을 떨치지 못했다.

　"그렇지만 넌? 널 가만히 놔둘 정도로 샤샤님은 호인이 아니시잖아."

　그녀의 입에서 '샤샤님'이란 소리가 나오자 애버딘은 이마의 양미간에 핏발이 설 정도로 험악한 인상을 지으며 누나를 정면으로 쏘아보았다.

　"'님'이란 존칭은 아무에게나 따라다니는 존칭이 아니라구! 어쨌든 내 걱정은 마. 뒤를 봐줄 녀석이 있어. 뭐, 누나 말대로 그 자식은 죽어라고 날 쫓아올 테지. 그래서 말이지만……."

　그가 걱정스러움과 미안함이 교차된 얼굴로 누나를 응시하자 그녀는 애써 웃어 보이며 그의 말을 가로챘다.

　"괜찮아! 괜찮다구. 날 신전으로 데려가 줄 입장이 못 된다는 이야기지? 나도 5년이라면 프리스트란 신분에 어느 정도는 가까워지게 될 거고, 그렇게 되면 외출도 어느 정도 허용이 된다고 들었어. 그렇게 되면 제일 먼저 널 보러갈게. 꼭 그때가 아니더라도 너도 언젠가는 날 보러 한번 정도 와줄 테니 적어도 이산가족되는 일은 없을 거 아냐. 대신이라고 하면 이상하지만, 어쨌든 약속 하나만 해줘."

그녀는 그를 야단칠 때나 쓰는 다소 엄격한 얼굴로 돌아간 뒤 깊고 맑고 푸른, 그래서 어딘지 리절트의 하늘을 닮은 그의 눈동자를 바라보며 말했다.

"앞으로 다시는 '도적' 따위 하지 않을 거라고 말이야."

잠시 동안의 침묵이 방 안을 가득 채웠지만 곧 애버딘의 장난기 가득한 목소리로 그 침묵은 깨져 버렸다.

"누나, 자꾸 엘프가 드워프랑 손잡고 방귀 뀌는 소리할 거야?"

"……?"

"누나가 과연 트루님의 프리스트, 것도 하이 프리스트가 될 수 있을까?"

예상외의 대답에 연신 멍해진 그녀가 의아한 표정으로 동생을 바라보았지만, 여전히 그의 얼굴엔 장난기 가득한 미소가 지어져 있었다.

"트루님의 프리스트니만큼 꽤나 똑똑해야 할 텐데……. 바아보오~!! 내가 지금 누구를 상대로 사기를 치는 건지 알고나 있는 거야?!"

그제야 그녀의 정직한 표정은 알아들었다는 듯 잘 익은 사과 같은 색깔을 보여주었다. 그는 지금 도적 길드 장에게 사기를 치려는 것이니 길드로부터 제명을 당할 것은 당연한 일. 쉽게 말해서 도적을 하고 싶어도 할 수 없게 된 것이다. 그런 것을 그녀는 멍청하게도 진지하게 '약속' 하라고 했던 것이다.

스스로의 실수에 얼굴이 빨갛게 물든 그녀는 갑자기 애버딘의 한쪽 귀를 비장하게 잡고는 있는 힘껏 쭈욱쭉~ 잡아당기며 특유의 온화한 목소리로 그를 나무라기 시작했다.

"어디까지나 너의 보호자는 나, 이 에르린님이야. 그런데 뭐? 바아보오~?! 이 건방진 녀석 좀 보게!"

"아야앗! 누나앙~ 알아 모실 테니 이 귀 좀 놓고 말하자, 우리~ 응?"

그의 엄살이 가득한 목소리에 그녀는 소리없이 웃으며 귀를 놓아주고는 그의 머리를 쓰다듬었다. 그러자 그는 마치 토마토처럼 빨개진 귀를 만지작거리며 고개를 숙이고는 침울한 말투로 중얼거렸다.

"그럼 이쯤에서 작별 인사를 해야겠지? 누나, 건강해야 해. 그리고……."

"야! 야! 나 영영 안 볼 생각이야? 작별 인사는 무슨……. 내 걱정 말고 너나 몸조심해. 괜히 어줍잖은 정의감 내세워 목숨 거는 일 같은 위험한 일은 하지 말구!"

그들은 그렇게 작별 인사 아닌 작별 인사를 나누고는 각자의 목표를 향해 방향을 달리하며 정들었던 집을 떠나게 되었다.

'그래, 이번 계획이 잘된다는 건 '도적'이란 것을 끝낸다는 의미였어. 한 번도 생각해 본 적 없던 일인데…….'

그는 진심으로 자신이 누나의 말에 따를 수 있게 되길 바라며 '비르'라는 주점으로 들어갔다. 으레 그렇듯 아직 어려 보이는 그가 주점에 들어서자 투박하게 생긴 바텐더가 시비를 걸어왔다.

"젖먹이 꼬마가 올 곳이 아니야. '비르' 사전에는 우유 같은 것은 없거든."

"하하하!"

그는 날아오는 웃음소리를 뒤로하고 빠른 손놀림으로 주먹을 불끈 쥐어 보였다가 왼손의 검지 손가락을 두세 번 까딱거려 보인 뒤 오른손으로 턱 주변을 비스듬하게 쓰다듬었다.

애버딘은 그런 그의 모습을 비웃는 듯한 눈으로 응수하며 왼발을 좌우로 두 번 쿵쿵 두들겼다.

"나도 이젠 어른이라구! 오늘은 꼭 맥주 한잔 정도는 마셔보고 돌아갈 거야!"

"창고 밑 뚜껑을 열고 들어가라."

그의 멱살을 쥐고 낮게 속삭인 그는 애버딘을 쿵! 소리가 나도록 가차없이 바닥으로 던져 버렸다.

"네 누나가 멱살잡고 널 끌고 가기 전에 꺼져—!"

"휘이익~ 다음에 또 도전하러 오라구, 애버딘!"

애버딘은 휘파람 소리가 들려오는 가게를 궁시렁거리며 나왔다.

"내동댕이쳐지는 것도 어느 정도지, 매번 이렇게 입구가 틀려서야 원…… 돌겠군."

또 다른 비밀의 문을 열자 언뜻 보기에 인자하고 마음씨 좋아 보이는 노신사가 그를 반겼다.

"여어~! 왔는가? 그래, 누나는?"

그는 속으로 그에게 침이라도 뱉어주고 싶은 걸 간신히 억누르며 어디까지나 상냥한 표정으로 그의 비위를 맞춰야만 했다.

"사기의 신 '루시아님'의 가호가 있길……. 샤샤님께서 계실 줄 몰랐습니다."

"그래그래, 잡다한 인사는 생략하고 에르린님이 그 편지를 읽어 봤냔 말이다."

"누님께선 샤샤님의 호의에 감사하며 이것을……."

애버딘이 두 손으로 공손하게 뭔가를 건네주자 샤샤는 헉! 하는 탄성을 지름과 동시에 두 눈을 크게 떴다.

"이, 이것은?!"

"결혼의 서약서입니다. 이제 샤샤님께서 서약만 하시면……"

샤샤는 다시 한 번 크게 놀라며 반문했다.

"결혼의 서약서?!"

"네, 샤샤님의 호의를 받아들인다기에 제가 직접 받아온 것이지요."

그의 말에 샤샤는 길드 안이 쩌렁쩌렁 울릴 정도로 폭소를 터뜨렸다.

"아하하핫! 그래, 처남! 당장 서약을 하도록 하지."

그는 '처남'이라는 말에 눈썹이 파르르 떨릴 정도로 히죽히죽거렸다.

'임마~! 내가 왜 네 처남이냐?! 바보 같은 놈!'

샤샤는 곁의 남자가 주는 펜을 가지고 거침없이 서명을 하던 도중 문득 거슬릴 정도로 히죽거리고 있는 애버딘이 눈에 들어왔다. 듣기엔 부모를 잃은 후 쭉 누나와 둘이서만 지내왔다던 그가 이 세상 무엇보다 소중히 여겨왔던 누나의 결혼에 선뜻 결혼의 서약서를 들고 와서는 히죽히죽거리고 있다니…….

'함정이라도 파놓은 건가?'

그제야 그의 의심스러운 눈길을 느낀 애버딘은 아차 싶은 생각에 잔머리를 굴리기 시작했으나, 이미 머리 속은 온통 하얗게 질려 있어서 아무런 생각도 들지 않았다. 아니, 엄밀히 이야기하자면 '돈'이라는 단어가 유일하게 머리 속에서 춤을 추고 있을 뿐이었다.

'이런 순간에도 돈이라니, 정말이지 썩을 도적 근성이라니까. 아니, 잠깐! 그리고 보니 샤샤 녀석도 도적이긴 마찬가지잖아!'

여기까지 생각이 다다른 그는 속으로 제법 능글맞은 미소를 지으며 샤샤를 바라보았다.

나지막한 한숨 소리와 함께…….

"하아~! 그래도 명색이 샤샤님의 부인으로 가는 건데 살고 있던 집이 누추해서 샤샤님의 명성에 해가 될까 두렵군요."

샤샤는 그제야 납득을 했다는 듯 굳어져 있던 얼굴을 폈다.

"그래, 내가 미처 그 생각을 못했군. 얼마가 필요한가?"

'돈은 도적의 모든 것이다'라고 생각해 왔던 그에게 가장 타당하게 먹혀 들어갈 방법이라 생각했던 것이 적중했다고나 할까?

'역시 난 권모술수에 능한 천재라니까.'

우쭐해진 그는 오버 액션의 포즈—두 눈을 반짝이며 히프를 살랑살랑 흔드는 일명 강아지의 포즈—를 취하며 샤샤를 향해 검지와 중지를 펴 보였다.

"그래, 2천 셀르면 만족하겠나?"

샤샤가 씨익 웃어 보이며 그쯤이야 도적 몽둥이 값이란 듯한 표정을 짓자, 그는 고개를 설레설레 흔들며 '난 몽둥이는 싫다'란 표정으로 응수했다.

"하긴 너무 적다고 생각하긴 했다만…… 그래, 얼마면 될까? 이만 아르라고 해도 거절하진 않을 테니 말해 보게나."

샤샤는 웃으며 대범하게 말했지만 애버딘의 눈에는 이미 샤샤의 핏발이 선 눈동자가 꼭 '부르기만 해봐라~! 그런 말하는 네 입을 확 근위대에게 던져 주지'라는 것처럼 보였다. 실제로 이만 아르를 생각했던 그는 '쩝쩝' 입맛을 다시며 좋다 말았다고 생각했지만 겉으로는 그럴 리가 있냐는 듯 웃어 보이며 순진한 표정을 지었다.

"말씀은 고맙지만, 이만 아르라니요. 저는 이만 루비아만 있으면 만족합니다."

'이 자식, 누나를 팔아서 도적 신세는 면해보자는 속셈이었군. 하지만 다른 사람도 아니고 내 돈으로 그렇게는 안 될걸.'

샤샤는 그의 의도를 파악했다는 듯이 고개를 끄덕이며 회심의 미소를 지었다.

"도적을 수호하는 사기의 신 루시아님에게 맹세하건대, 오늘부터 애버딘을 나의 후계자로 임명하겠다! 내가 죽게 되면 길드 장이 될 자이니, 지금부터 그에게 주는 이만 루비아에 대한 어떠한 언급도 용서치 않을 것이다."

갑작스런 그의 말에 길드 안이 순간적으로 얼어붙은 듯했다. '도적의 수호', '사기의 신' 루시아의 맹세.

아이러니하게도 루시아는 '진실의 신'이기도 했고, 그런 그에 대한 맹세는 어떠한 일이 있어도 번복할 수 없다는 철칙이 있었다. 그 사실을 잘 알고 있는 길드의 모두는 불만에 가득한 눈으로 샤샤를 바라보았으나 누구 하나 입을 열지는 않았다.

자신의 상대가 절대적인 '길드 장'이길 원하는 사람은 없을 테니 말이다. 그러나 예상 밖으로 순간의 정적을 깬 자가 있었으니 그자가 바로 애버딘이었다.

"샤샤님의 호의는 감사하지만……."

애버딘이 사양의 빛을 띠자 샤샤는 그런 그의 말을 가로막아 버렸다.

"사양하지 말아라. 너의 재능은 천부적인 것이다. 길드를 이만큼 만든 것이 너라고 해도 과언은 아니지. 그런데 그런 네가 아니면 누가 이곳을 통솔하겠나? 하하하……."

애버딘은 지그시 아랫입술을 깨물었다. 이젠 죽어도 도적이란 직업에서 벗어날 수 없게 된 것이다.

'역시 너무 오버했었나? 제기랄.'

그러나 이미 아무도 반대할 수 없게 루시아에 대한 맹세로 길드 2인자로 올라선 애버딘!

'감사하게 생각하며 명을 받겠습니다'란 대답밖에는 할 수가 없었다.

'X 밟았다, X!'

그러나 겉으로는 웃을 수밖에 없는 그의 생각에 아랑곳없이 샤샤는 역겨운 미소를 지으며 애버딘을 바라보았다.

"결혼식은 언제로 정해졌나?"

"이틀 후 다목적용 빛이 가장 진한 빛이 된 시간에 로잔님의 신전에서 하기로 했습니다. 그리고 아무래도 결혼식은 엄숙한 게 좋을 것 같아 그곳의 프리스트님께 부탁을 드렸습니다. 저… 죄송한 말씀입니다만 저는 바쁠 것 같아서 결혼식에 참석 못할 수도 있는데 양해해 주시겠습니까?"

그의 말에 샤샤는 동의하듯 고개를 끄덕였다. 모든 용건은 끝난 셈이었다. 더 이상 애버딘과 그가 이곳에 있을 이유가 없었다.

"빈 주머니가 꽉 찰 때까지 루시아님의 가호가 있길……."

"잡혀 들어가도 금방 빠져나올 수 있는 루시아님의 얍쌈함을 닮을 수 있길……."

그렇게 서로 작별 인사를 나눈 뒤 애버딘은 또다시 집으로 돌아갔다.

주머니 속에서 다목적용 빛이 연갈색을 띠며 아침이 되었다는 것을 알렸다. 여느 때와 같이 누나가 만들어준 음식 같은 거라든지 따뜻한 내음을 풍기는 누나의 존재감이 사라져 버린 뭔가 공허한 듯한 방.

그는 가만히 침대에 드러누웠다.

'길드의 2인자'라니…….

'젠장, 이럴 줄 알았으면 오버하지 말고 그냥 버텨보는 건데…….'

목숨을 건 사기극이니만큼 이 계획은 꽤 오랫동안 구상해 왔던 터였다. 이제껏 모아놓은 돈들을 조금씩, 조금씩 루비아로 바꿔둔 것도 한꺼번에 많은 루비아를 바꿔 가면 당연히 대부호 샤샤의 귀에 들어갈 것 같아서였으며, 그것에 한 달이란 시간을 소비해야 만 했던 것도 모두 비밀리에 해야 했던 일이라서 그랬던 것이다. 그런데 엉뚱한 데서 계획이 틀어질 줄이야.

"뭐, 고민한다 해도 어쩔 수 없지."

애버딘은 침대에서 벌떡 일어나 곧 돈주머니를 챙기기 시작했다.

"애버딘은 고민이란 게 없다네~ 만사태평 천하무적~ 나는야~ 애버딘~"

그가 말도 안 되는 '애버딘의 주제가'를 주절거리며 기분 좋게 옷과 간단한 짐이 든 배낭을 메자 하루의 시작을 알리는 로잔님의 종이 마을에 울려 퍼졌다.

"아버지가 주신 파타가 이럴 때 쓰일 줄이야."

그는 장갑처럼 생긴, 그렇지만 가운데 손가락 부분이 매의 발톱처럼 굵은 단검이 장식된 무기 파타를 왼손에 끼며 유유히 집을 나서서 자신의 의형제가 경영하고 있는 마을 한구석의 여관으로 숨어들었다. 그 역시 길드의 일원이었으나 서로 의형제를 맺은 사이라서 서로에게 결코 해가 될 일은 하지 않던 그런 사이였다.

거기다 그는 주로 정보를 빼내 오는 일을 하는 자라서 길드 일원 중에서도 얼굴이 알려지지 않고 있었고, 마을에서는 그를 대대로 내려오는 여관의 후계자쯤으로 생각하고 있었기 때문에 마을 내에서 여기보다 숨기 좋은 곳은 없었다. 덕분에 서로에게 해를 끼치지 않는 사이라는 말이 깨져 버리긴 했지만 말이다.

"디르아, 나야. 폐 좀 끼칠게."

"간덩이 부은 애버딘. 휴우~ 할 수 없지. 그래, 부디 폐라면 네가 말한 대로 조금만 끼치길 바란다."

디르아는 그의 계획을 알고 있었기에 그를 숨긴다는 것이 그리 내키지는 않았지만 그놈의 의형제가 뭔지, 의리가 뭔지… 툴툴거리면서도 인적이 뜸한 구석진 방으로 그를 안내해 주었다. 그 덕에 애버딘은 쥐 죽은 듯 고요히 숨어 지낼 수 있었고, 그런 그를 뒤로한 채 어느덧 약속의 날이 찾아왔다.

샤샤는 들뜬 마음으로 사람들을 이끌고 결혼식을 치르기 위해 로잔님의 성당으로 향했다.

프리스트의 축복이 행해지자 관습대로 신부는 온몸을 순백의 하얀 천으로 감싼 채 눈만 내놓고 나왔다.

'이 순간이 지나면 절세미인 에르린이 내 손에…… 하하핫!'

샤샤는 기대감에 부푼 나머지 신부의 눈동자를 보지 못했다. 애버딘과 같이 선량한 푸른빛에 아닌, 사나운 데다 날카롭게 빛나고 있기까지 한 갈색의 눈동자를. 그녀는 샤샤의 옷자락을 수줍은 듯 잡아당기며 말했다.

"부족한 저라도 아내로 맞아주신다니 기뻐요."

샤샤는 속으로 크게 기뻐했다.

'그녀도 나를 좋아하고 있었단 말인가? 어쩐지 애버딘 녀석이 오지 않겠다는 핑계를 댄다 했더니, 순순히 누나를 넘기는 것에 심사가 뒤틀렸던 모양이군.'

그는 우쭐한 기분에 프리스트를 채근하기 시작했다.

"빨리 의식을 마쳐 줄 수는 없겠소?"

프리스트는 알겠다는 미소를 지으며 하객들을 향해 큰 목소리로 선언했다.

"이제 샤샤와 에르린이 부부가 되었음을 선언한다! 로잔님이 증인으로 서시는 것인만큼 죽음이 아니면 둘을 갈라놓지 못할 것이다!"

프리스트가 결혼에 대한 선언을 하자 하객들은 일제히 일어나서 박수를 쳤다. 흐뭇한 마음으로 키스를 하기 위해 신부의 얼굴을 덮은 천을 들어 올린 순간 샤샤의 얼굴에는 마치 못 볼 것을 본 사람과 같은 경악의 눈빛이 떠올랐다.

"에르린?!"

"네?"

"…에르린님이…… 맞지요……?"

"네, 뭐가 잘못되었나요?"

순간적으로 몸이 굳어버린 샤샤는 이것이 꿈이길 바랐지만 하객의 높은 박수 소리는 그를 현실에서 벗어나지 못하게 하고 있었다. 아무도 그들의 결혼식에 토를 달지 못했다. 그리고 아무도 그녀가 '에르린'이 아니라고 말해 주지 않았다. 이것으로…… 그녀가 동명이인이라는 것을 눈치 챈 그의 입가는 억지로라도 미소를 유지하기 위해 미세하게 떨리고 있었다. 이미 결혼은 선언되었고, 그 증거로 자신의 '구혼의 편지'가 로잔님의 신전에 봉인되었다. 아마도 로잔님이 증인이시니만큼 하객들은 그녀를 자신의 아내로 영원히 인식할 것이다. 그의 이마에는 자신도 모르는 사이에 식은땀이 흥건하게 맺혔다.

"샤샤님?"

자신을 걱정스럽게 올려다보는 그녀를 향해 그는 미소를 지어

줄 수밖에 없었다. '살아 있는 성자'로서의 자신의 이미지를 버릴 만큼 그는 바보가 아니었던 것이다. 신랑에게 있어서는 괴로운, 신부에게 있어서는 꿈을 꾸는 듯한 행복인 허니문을 떠나기 직전, 그는 아무도 모르게 애버딘을 끌고 오라는 지시를 내렸다.

"녀석을 보는 대로 내 앞에 끌고 와라. 단! 절대로 죽이지는 마라. 반드시 생포해서 끌고 와! 녀석의 처리는 내 손으로 할 거니까! 명심해!!"

그러나 이렇게 샤샤가 전의를 불태우는 이런 순간에도 애버딘은 만사태평하게 노래나 부르고 있었다.

"나는야~ 애버딘! 잘생기고 착한 나는~ 야~ 애버딘~!"

'애버딘의 주제가' 2절쯤 되어보이는……

"야! 이 태평한 녀석아! 네가 지금 이상한 노래나 부르고 있을 땐 줄 알어?!"

갑작스럽게 문을 벌컥 열고 들어온 디르아의 말에 애버딘은 혀를 쯧쯧 찼다.

"이상한 노래라니? 내가 언제 그런 노래를 불렀다는 거지? 난 멋있는 이 몸의 '주제가'를 부르고 있었을 뿐이라구!"

"바보야! 그런 자다가 방귀 뀌는 소리 그만 하고 어서 짐이나 싸!"

디르아는 그의 태평함에 드디어 인내심에 구멍이 난 것 같은 표정으로 고함을 꽥 질렀다. 그제야 사태의 심각성을 파악한 듯 그는 진지한 표정으로 답했다.

"네 잠버릇이 그렇게 고약한 줄 미처 몰랐어. 이 사실을 안 이상… 난 절대로 너랑은 같이 자지 않을 거야."

"이봐! 장난칠 때가 아니라구. 길드 장이 너를 생포해서 끌고 오란다. 어?! 그러고 보니 이러다가 나까지 싸잡아서 죽는 거 아냐?! 싫어~!

난 널 숨겨준 것뿐이잖아. 단돈 1루비아도 네게 받은 적이 없는데……."

그가 능청스런 표정으로 '돈을 달라'는 무언의 압력을 행사하자, 애버딘은 지독하다는 듯한 표정을 지으며 자신의 배낭에 들어 있는 돈주머니에서 절반을 뚝 잘라 그에게 넘겼다.

"그럼 그렇지. 어쩐지 상인 근성이 철철 넘치는 네가 아무 소리 안 하는 게 이상하다 했다. 옜다! 먹고 떨어져…… 가 아니군. 우씨, 내 팔자야~! 먹고 붙어!"

험악한 표정으로 말하는 애버딘에게 그는 물 주머니와 식량이 담긴 주머니를 던져 주며 씩 웃었다.

"이 녀석아! 나도 양심이 있지, 설마 같은 길드 단원의 등을 처먹겠냐? 다만 네가 여기 있으면 마을 사람 모두가 피해를 보게 될 테니까 떠나라는 말이야."

"어디로?"

"그야 내가 알 바 아니지. 그러게 누가 간 크게 길드 장에게 사기나 치고 다니래?! 지금 마을은 완전히 쑥대밭이야. 이 기세로 보면 샤샤 녀석은 네가 나올 때까지 계속 마을을 뒤집어엎을 모양이던데."

냉정한 디르아의 말에 그는 자신이 지을 수 있는 최대한의 불쌍한 표정을 지어 보이며, 보는 사람이 윽! 하는 소리를 낼 정도로 초롱초롱한 눈빛을 내뿜었다.

"자기~ 이~! 나를 버릴 셈이야~ 아?"

그의 비음 섞인 콧소리에 디르아는 일순간 석고상처럼 딱딱한 표정으로 굳어버렸다. 리절트에서 금기시하는 베니펏님을 떠올렸던 것이다.

'저 녀석, 저거… 완전히 나를 어둠 속으로 쳐넣으려는 수작 아냐?!'

애버딘은 자신이 만들어놓은 석고상(?)을 만족한 듯한 시선으로 바라보며 연신 키득거렸다.

"농담이다, 농담. 넌 도대체가 너무 노친네 같다니까~ 걱정 마. 나도 슬슬 떠날 생각이었으니까."

"다른 사람은 몰라도 네가 말하면 진짜처럼 느껴진다구! 너, 그 얼굴로 앞으로! 절대로! 다시는—! 그딴 말하지 마!"

굳어진 석고상은 그제야 사람으로 돌아온 듯 잔뜩 부은 얼굴로 애버딘을 쏘아보았다.

"그래서… 갈 곳은 있는 거냐?"

"그래도 그런 걸 물어봐 주는 걸 보니 역시 디르아, 너밖에 없군. 너도 알다시피 난 일가친척도 없고, 이곳에서 단 한 번도 벗어나 본 적이 없어. 당연히 내가 갈 곳이 있을 리가 없지. 그렇지만 여긴 이제껏 내가 자라온 마을이야. 민폐 끼칠 생각은 전혀 없다구. 루시아님께 맹세하지."

그가 오랜만에 진지한 표정을 지어 보이자, 디르아는 한숨을 쉬며 품에서 꺼낸 종잇조각을 건넸다.

"빌어먹을 놈! 차라리 아까의 '느끼느끼 버전'이 나을 뻔했네. 이거, 내 사촌이 경영하는 여관의 약도야. 수도니까 여기보단 안전할 거야. 이 편지를 전해주면 아마 공짜로 재워주실 거야. 이렇게까지 했는데 나중에 샤샤에게 붙잡히기만 해봐!"

"붙잡히면…… 뭐?"

"확~ 뽀뽀해 버릴 테다!"

스스로 내뱉은 말에 흠칫 놀라 다시 한 번 단단하게 굳은 석고상이 되어버린 디르아를 바라보며 가소롭다는 표정으로 혀를 쯧쯧거리며 결정타를 날리는 애버딘이었다.

"쯧쯧, 이봐, 이쁜 오빠~ 그러게 그런 말은 아무나 하는 게 아니래두."

떠도는 자카디프

디르아와 작별한 후 도착한 수도 '니니아'의 한 골목.

그는 약도를 들고 들쭉날쭉한 건물을 번갈아 보며 여기저기 짜 맞춰 보기를 시작했다.

"디르아 녀석, 수도가 이렇게 크다는 말은 없었잖아!? 하긴 뭐…… 그렇다고 천하의 애버딘이 길을 잃을 리도 없고. 아~ 이쯤 어디인 것 같은데……."

그는 자신의 직업이 직업이었으니만큼 길을 잃을 리는 없으리라 굳게 믿으면서 골목길로 들어섰다. 아렌에서 니니아까지 로잔님의 신전은 정말이지 징그럽게도 종을 울려댔다. 하루로 환산해 보자면 4박 5일 정도의 시간이랄까. 이제껏 줄곧 쉬지도 못하고 꼬박 걸었더니 거의 신경이 지칠 대로 지쳐 흐물흐물 해파리가 돼버린 것 같은 느낌이 들 정도였다.

"쌉니다! 싸~! 눈 보호개가 단돈 10셀르! 거저다, 거저~! 샤아 플린으로 여행 가실 분! 어둠에 적응해야 하시는 분~ 절대 놓칠 수 없는 기회~!"

"램프입니다! 마법으로 빛을 가둔 덕분에 결코 꺼지는 일 없는 튼튼한 램프! 샤아플린으로 여행 가실 분~! 단돈 1아르입니다~!"

여기저기서 물건을 파는 상인들은 저마다 목소리를 한껏 높였다. 아렌과는 비교할 수 없을 정도로 호화로운 주택가. 애버딘은 피곤한 듯 연신 하품을 해대면서도 감탄사를 연발하는 것을 잊지 않았다.

얼마나 걸었을까. 그가 골목 한 귀퉁이를 돌아나가자 어느덧 제법 깨끗하고 규모가 커 보이는 하얀색 건물이 드러났다. '하레라의 여인숙'이라고 쓰여진 간판이 바람에 흔들리고 있는 것으로 보아 드디어 목적지에 도착한 것으로 보인다.

"여기군."

그는 가벼운 한숨을 내쉬며 여관의 문을 열었다.

딸랑—

종소리가 손님을 왔음을 알리자 마음씨 좋아 보이는 아주머니가 나와서 그를 반겼다.

"어서 오세요. 주무시고 가십니까?"

애버딘은 그녀의 말에 조금 머쓱한 표정으로 디르아가 주었던 편지를 내밀었다.

"이것을 디르아가 전하라고 하더군요."

그녀는 디르아의 편지를 찬찬히 읽어보는 듯하더니, 곧 애버딘을 향해 보는 사람으로 하여금 편안한 기분이 들게 해주는 상냥한 미소를 지어주었다.

"디르아의 친구로군요. 저는 디르아의 사촌 누나랍니다. 우선 시장할 테니 식사부터 하는 것이 좋겠군요."

"아… 감사합니다."

그는 그녀의 안내에 따라 지하 식당으로 내려갔다. 아직 이른 시간이라 손님이 없어 비교적 한산해 보이는 그곳에는 기품있어 보이는 엘프 한 명이 혼자서 쓸쓸한 분위기를 풍기며 술을 마시고 있었다. 도저히 혼자 마신 양이라고는 생각할 수 없을 정도의 수북한 병들이 '나 비었소!'라는 얼굴로 뒹굴고 있는 것으로 보아 애버딘은 엘프가 식당에서 제법 오랜 시간을 보냈으리란 것을 추측할 수 있었다.

"저 손님… 아까부터 계속 마시고 있던데 좀 걱정되는군요."

아주머니가 걱정스러운 눈빛으로 그를 바라보자 애버딘은 아주머니의 염려도 덜어줄 겸 처음 보는 엘프의 신변이 술 주정꾼들이 들이닥치면 위험해지지 않을까 염려스럽기도 해서, 이제 그만 마시라고 충고라도 해주기 위해 그에게 다가갔다.

"저…… 괜찮으세요?"

그는 잠시 시야가 흐릿해졌는지 눈을 비벼댔다.

"저는 애버딘이라고 해요. 당신은?"

"전… 카디프… 라고 하는데…… 당신… 애… 버… 딘……?"

그는 흐릿해지는 의식을 가누지 못했는지 말을 잇지 못하고 탁자 위로 풀썩 고개를 떨어뜨렸다.

"오랜만이에요, 카디프님."

마치 바람에 나풀거리는 잎사귀같이 고운 목소리가 카디프의 귓전을 울렸다. 그 목소리는 카디프에게는 굉장히 낯익은 것이었다.

"300년 만이던가요? 이곳 참 많이 변했죠?"

그 여인의 감정이 전혀 실리지 않아 흔들림없는 눈동자는 날카로운 송곳이 되어 그의 가슴을 후벼팠다.

"왜 엘프이면서 그런 표정을 짓는 거죠?"

그녀의 목소리는 여전히 아무런 감정이 실려 있지 않았다.

"시에라… 여기가 정말 엘프들의 안식처였었던가?"

카디프의 목소리에는 어느덧 이슬방울 같은 물기가 촉촉하게 배어났다. 그를 안타까운 듯한 시선으로 바라보는 그녀는 어딘지 모르게 병색이 짙어 보였다.

"카디프님, 엘프들의 전언이에요. 이곳에 오래 머무르지 말고 떠나라는……."

그는 그녀를 바라보며 한숨을 내쉬었다.

아름다운 드리드어스 시에라. 그녀는 나무 속에 살고 있는 님프. 나무들은 당연히 빛을 받아야만 살 수 있다. 몇몇의 음지 식물은 제외라고는 해도, 암흑 속에 갇힌 300년이라는 세월은 모든 나무를 병들어 가게 하고 있었다.

드리드어스는 자신의 나무와 운명을 함께하는 법인데, 이런 환경 속에 나무가 살아갈 수 있을 리 만무하니 그녀 또한 살아갈 수 있을 리 없었다.

"기다렸어요… 줄곧 사랑한다는 말을 전하고 싶어서……. 카디프님, 당신을 진심으로 사랑했어요……."

그녀는 그 한마디의 말을 남기곤 어디선가 불어오는 바람과 함께 사라져 버렸다.

"시에라!"

카디프는 그녀가 서 있던…… 시커멓게 썩어버린 플라타너스 나무를 붙잡고 울음을 터뜨렸다. 그의 모습을 측은한 듯 바라보던 커다란 나무가—트랜트—가지를 뻗어 마치 사람이 손으로 어깨를 토닥거리듯 위로했다.

"코아…… 그녀는… 그녀는……."

코아라고 불린 그 나무는 자신의 음울한 목소리를 최대한 밝게 하려 애를 썼다.

"기운 차려. 그녀는 기껏해봤자 300년 이상을 버틸 순 없었던 나무에 있었어. 그만하면 행복하게 살다 간 거야."

그렇게 이야기하는 코아의 안색도 그리 좋아 보이지만은 않았다.

"코아…… 설마… 너도?!"

"그래, 나도 병이 들었어. 트랜트 주제에 별수 있겠나? 하지만 그다지 깊은 병은 아니니까 걱정하지 말고 떠나. 네가 이곳에서 버틴다고 해봤자 아무도 좋아해 주지 않아."

"카디프님, 정신 차리세요!"

카디프는 얼떨떨한 눈으로 자신을 흔들고 있는 애버딘을 바라보았다. 애버딘의 걱정스러운 목소리가 그를 현실로 이끌어준 것이다.

"괜찮습니다…… 괜찮아요……. 이… 이 정도쯤은……."

그는 애버딘에게 하는 말인지 혼잣말인지 모를 말을 중얼거리며 자리에서 일어나서는 아주머니에게 자신의 술값을 치렀다. 비틀비틀거리는 위태로운 그의 발걸음이 걱정스러웠는지 애버딘은 카디프의 팔을 자신의 어깨에 둘렀다. 밖은 시간상 분명히 다들 잠들 한밤중이었음에도 불구하고 붉은 태양이 떠 있었다. 이곳이 리절트임을 알게 해주는 분명한 증거로써 말이다. 그러나 카디프가 바라보는 부드러운 밤하늘에는 그날과 같은 초승달이 떠 있는 것만 같았다.

"왜 나만 두고 가버린 거야, 이 빌어먹을 자식아……."

그는 애버딘에게 부축을 받으며 위태위태한 발걸음을 옮기고는 누구에게 하는 소리인지 모를 말들을 나지막하게 내뱉고 있었다.

"윽! 이분 방이 어디예요?"

"수고스러울 텐데… 괜찮겠어요?"

"네, 위치만 알려주세요."

"이층 복도 제일 끝 방이에요. 잠시만 기다려요. 열쇠 가져다 줄 테니까."

아주머니는 빠른 걸음으로 잠시 애버딘의 시야에서 사라졌다가 곧 찰랑거리는 열쇠 꾸러미를 손에 들고 나타나서는 은빛의 작은 열쇠 하나를 끌렀다.

"이거예요."

"네, 그럼 올라가 보겠습니다."

"고마워요."

그는 아주머니에게 가볍게 목례를 하고는 계단을 향해 올라갔다. 카디프가 중심을 잡지 못해 몇 번이나 넘어지려는 것을 애버딘이 번번히 붙잡아주길 몇 차례 반복하자 어느덧 복도의 끝이 보이며 그의 방이 나왔다.

"정신 좀 차려봐요."

애버딘은 그가 쓰러지지 않게 배려하며 열쇠로 문을 열었다. 딸깍, 하는 소리와 함께 열린 방의 풍경은 그야말로 단조롭기 짝이 없었다. 침대 사이의 간격을 조금 떨어뜨려 놓은 두 개의 침대와 세숫대야와 거울을 받치고 있는 선반과 몇몇의 옷가지가 들어 있을 법한 낡은 가죽 배낭이 그 방에 있는 모든 풍경이었으니 말이다.

"좀 괜찮아요?"

애버딘은 카디프를 침대에 눕히고는 자신의 이마에 송골송골 맺힌 땀방울을 소매 끝으로 닦아내며 아직까지 눈을 뜨고는 있지만 멍한 표정으로 천장을 응시하고 있는 그를 바라보았다.

"좀 괜찮은 거예요?"

애버딘이 걱정스런 목소리로 또다시 그의 안부를 묻자, 그의 눈시울은 붉게 젖어들었다.

"어디 불편하세요? 제가 약이라도 좀 가져다 드릴까요?"

그렇게 말하며 아주머니에게 내려가려는 애버딘을 그가 한쪽 손으로 애버딘의 옷깃을 잡아끌었다. 그런 그의 손길은 차마 애버딘이 뿌리치지 못할 만큼 절실해 보였고, 그만큼의 힘이 깃들어 있었다.

"가지 마……."

"네?"

"제발 나 혼자 남겨두고 가지 마. 네가 정말 내 친구라면……
원한이 맺혀 아직까지 이곳을 떠도는 망자라고 해도 좋고, 술김에
보여지는 환영이라 해도 좋아. 제발 가지 마."

그의 눈에는 어느덧 빗방울 같은 눈물이 하염없이 떨어지고 있었다. 여자든 어린아이든 사람이 우는 것을 제일 참지 못하는 애버딘은 어쩔 줄 몰라 그를 달래기 시작했다.

"안 가요. 아무 데도 안 가요. 그러니까 울지 말아요. 네?"

그는 그 한마디에 안심을 했는지 그대로 의식을 놓아버렸다. 피곤함과 술기운에 취해 잠에 곯아떨어진 것이다.

"잠든 건가? 정말 이상한 하루였어."

그는 안심했다는 미소를 지으며 방에서 나가기 위해 일어섰다.

똑똑—

때맞춰 들린 노크 소리가 아니었다면 그는 밖으로 나갔으리라.

"그분은 괜찮으세요?"

"네, 자고 있어요."

그는 카디프를 흘끗 바라보고는 미소를 지어주었다. 그리 좋은 꿈은 아닌 듯 카디프의 표정은 우울해 보였지만 몸 상태가 나빠 보이진 않았다.

"여기 음식을 가져왔어요. 다 먹고 나서 문밖에 두기만 하면 돼요. 아참, 지금 방에 손님이 꽉 차서 그러니까 이 방에서 하루만 함께 묵도록 해요. 만일 손님께서 잠에서 깨어나 불만이 있어 보이면 내가 어떻게든 해줄 테니까 날 부르구."

"네, 고맙습니다."

애버딘의 붙임성있는 미소가 귀여웠는지 그녀도 같이 생긋 웃어 보이고는 방을 나갔다.

김이 모락모락 나는 맛있어 보이는 스프와 갓 구운 빵, 살짝 익힌 스테이크는 이제껏 시장기를 잊고 있었던 그의 배에 꼬르륵~ 하는 처절한 울림이 들리도록 해주었다.

"일단 먹고 생각을 해도 하는 거야. 먹다 죽은 귀신은 배라도 빵빵하지!"

얼마 지나지 않아 먹음직스러웠던 그 모든 음식이 그의 꺼억— 하는 한 번의 트림으로 변하는 것에 대해서도 그다지 언급할 필요는 없을 것 같다. 그리고 이내 오랫동안 걸어서 축적되었던 피로감과 포만감에 사로잡힌 그는 곧바로 비어 있는 침대에 누워버렸다.

리절트의 수도 니니아의 밤은 카디프의 눈물과 애버딘의 고요한 숨소리와 함께 흘러갔다.

누군가가 고민에 빠져 있어 마음 아파한다고 해도 시간은 어김없이 흘러가는 것. 그들에게도 그것은 예외가 아니었다.

'낯선 천장… 낯선 벽의 색깔… 낯선 이불… 낯선 침대… 그리고 낯익은 애버딘……. 어… 라? 낯익… 은 애, 애버딘?!'

카디프는 숙취로 지끈거리는 머리를 쥐어싸고 자리에서 벌떡 일어났다. 아직 술이 덜 깬 것일까, 그렇지 않으면 밤사이 과음한 탓에 세상에게 마지막 인사로 손이라도 흔들고 와버린 것일까.

'하아~ 속 쓰리군.'

가벼운 한숨을 내쉰 그는 그렇게 한참을 사고 회로가 정지해버린 상태에서 곤히 잠들어 있는 애버딘을 바라보았다. 만일 그가 어제의 술기운으로 보여지는 환영이라면 그는 인간이 숙취를 각오하고라도 진탕 마셔대는 심정을 충분히 이해할 수 있을 것 같았다.

"하아~"

또다시 가볍게 한숨을 내쉬던 그는 이제야 조금씩 머리가 맑아져 오는 것을 느낄 수 있었다. 한숨을 쉴 수 있다는 것은 아직까지는 그가 세상에게 밥숟가락을 던지지 않았다는 것을 의미한다는 것을 깨달았던 것이다. 잠시 그는 애버딘을 바라보며 고민을 했다.

깨워야 하는 것일까, 아니면 자도록 내버려둬야 하는 것일까?

"아…… 제발 누나… 나 더 잘 거야…… 깨우지 마……."

기가 막힌 타이밍에 터져 나온 애버딘의 잠꼬대에 그는 무의식중에 미소를 지었다. 그가 환영이든 그렇지 않든 당분간 사라질 것 같지는 않으니 이대로 자게 내버려둬야겠다고 생각한 카디프는 어린아이가 자신의 어머니를 바라보는 그런 눈빛으로 그가 잠에서 깨어나기를 기다렸다. 그로부터 시간이 얼마나 지났을까.

"음…… 벌써 아침인가?"

졸린 눈을 비비며 한바탕 크게 기지개를 켠 애버딘은 저혈압인 듯 아직 완전히 잠 기운을 떨치지 못했다.

"그 저혈압은 여전하군."

듣기 좋을 정도의 나른한 목소리가 부드럽게 그가 일어났음을 다시 확인시켜 주었다.

"아…… 잘 잤어요?"

그가 여전히 잠을 떨쳐 내지 못했는지 시큰둥하게 침대 위에 반쯤 일어나 앉는 것을 본 카디프도 자신의 침대에 걸터앉았다.

"일어나자마자 미안하긴 하지만 물어볼 말이 있는데 괜찮겠어?"

"아! 어째서 제가 여기 있는지 그게 궁금하신 거죠?"

"잘 알고 있군. 죽은 지 몇백 년이 지난 네가 어떻게 여기에 있을 수 있는 거지?"

"…죽어요? 누가 죽었는데요?"

"혹시 넌 네가 죽었다는 사실을 모르는 거냐?"

그는 다소 심각한 표정을 지으며 애버딘을 바라보았다.

"만일 네가 복수를 바라는 것이라면… 얼마든지 내가 해줄 테니까 넌 편히 쉬는 게 어때?"

애버딘은 이제 완전히 잠에서 깨어난 듯한 표정으로 그의 이마에 손을 올렸다.

"열은 없는데, 혹시 속 쓰리지 않아요?"

"조금 쓰리긴 하지만 괜찮아."

"역시… 술이 덜 깬 모양이군요. 난 이 세상에서 태어난 지 19년밖에 안 됐어요. 그러니 죽은 지 몇백 년씩이나 지났다는 건 말이 안 돼요. 당신이 아는 사람과 제가 닮았다면 그렇게 착각했을 수도 있지만."

"이름까지 똑같다는 것은……."

"이상하다구요? 이상할 것 없어요. '애버딘'이라는 이름이 그렇게 흔한 이름은 아니지만, 그렇다고 똑같은 이름이 아주 없는 것은 아니니까. 가벼운 예를 들라면 저희 증조부님의 성함도 애버딘이었다는 걸 말씀드리죠."

"이런, 죄송합니다. 제가 착각을 했군요."

"네, 분명히 이야기하지만 당신이 이야기하는 몇백 년 전에는 전 태어나지도 않았으니까요."

"증조부님 성함이 애버딘이라고 했나요?"

"그래요."

"혹시 국가를 창시했다고 전해지고 있는 그 애버딘?"

"아쉽게도 저는 증조부님에 대해 성함 이외에는 아무것도 몰라요."

카디프는 약간 심기가 복잡한 듯한 표정으로 그를 바라보았다. 그의 머리 속에는 아직도 예전에 그 애버딘이 했던 말이 생생하게 떠올랐다.

카디프? '떠도는 자'라… 멋있는 이름이네. 나? 난 애버딘이야. 멋있지? 하하, 애버딘 3세나 4세쯤 되는 후세가 생기면 내 이름을 붙여달라고 해볼까?

하지만 이렇게까지 닮은 얼굴은… 아니, 똑같은 얼굴이란 있을 수가 없었다. 만일 그가 그의 후손이란 것을 감안하면 영 말이 안 되는 일도 아닐 테지만, 지금의 카디프로서는 실망감을 느낄 수밖에 없었다. 한순간이나마 자신의 절친했던 친구가 돌아왔다고 생각했고, 있을 수 없는 일이라고 생각하기는 했지만… 그는 기뻤던 것이다. 그러나 그는 엘프답게 그 모든 감정을 접어버린 듯 한숨을 내쉬며 차분하게 마음을 가다듬었다.

"당신은 혹시…… 아데스에 어떻게 인간들의 국가가 생겨났는지 알고 있나요?"

조심스러운 카디프의 말에 그는 고개를 끄덕였다.

"그럼요. 아주 어릴 때부터 귀에 못이 박히도록 들었던 이야기인걸요. 어떤 남자가—신의 힘을 빌렸던 것인지, 아님 신앙의 힘이 약했던 탓인지는 모르겠지만—신검 세인트로 시공을 갈라 버려서 생겨나게 된 것이 국가라는걸."

카디프는 고개를 저었다. 분명히 세인트는 시공을 갈랐었다. 그렇지만 그것이 애버딘만의 의지가 아니었다는 것은 아무도 알지 못하고 있다.

"믿지 않으셔도 좋습니다. 하지만 지금부터 제가 하는 말은 모두 사실이라는 것만 알아주십시오. 세인트라는 신검은 분명히 절대적인 검이죠. 주인의 소원은 무엇이든지 이루어주니까요. 하지만 그 검은 감정이 있는 검이라서 자칫하면 엄청난 폭주를 할 수 있기 때문에 주인의 의지 없이는 절대로 움직일 수 없는 검입니다. 세인트를 만든 신들은 그것이 염려스러웠는지 주인을 선택할 수 있게 해두었습니다. 그렇지만 주인에겐 그 선택권이 없죠. 세인트의 마음에 들었으면 일단 무조건 그 검의 주인이 되는 것입니다."

"자, 잠깐만요! 당신은 어떻게 그렇게 잘 아는 거죠?"

"300년 전 그 국가를 만들었다는 모험가 중 한 명이었으니까요."

"엘프가 오래 산다는 이야긴 들었지만……?!"

애버딘은 흥미로운 표정으로 말을 이었다.

"국가를 만들었다는 사람의 이름이 애버딘인가요?"

그의 말에 카디프는 생긋 미소를 지어주었다.

"그래요. 당신과 같은 이름이죠."

카디프는 잠시 과거를 회상하는 듯한 눈으로 그를 바라보았다.

"당신은 정말 그와 닮았어요… 아니, 닮았다는 말보다 똑같다는 말이 정확하겠군요. 솔직히 말하자면 그와 몇십 년을 돌아다녔던 저도 당신과 그를 구분하지 못하겠습니다."

그렇게 이야기하는 그의 눈에 씁쓸함이 배어 나오는 것도 잠시, 어느새 그의 놀란 듯한 눈은 애버딘의 파타에 시선이 고정되어 있었다.

"아! 이 파타 꽤 낡아 보이죠? 아버지가 쓰시던 것을 물려받은 건데, 보기에는 이래 보여도 손질이 잘되어 있어서 쓰기 편해요."

"아버님이 쓰시던 것이라고 하셨나요?"

"네."

"그건 그가 생각해 낸 문양인데, 아버님은 어디서 그걸 구하셨죠?"

"글쎄요, 대대로 내려오던 것이라고 생각하지만……."

왠지 곤란한 듯한 얼굴로 웃고 있던 애버딘은 모든 상황이 자신을 그의 자손으로 만들고 있음을 깨달았다. 별 이유도 없이 가슴이 터질 것처럼 두근거렸다.

"후~ 아무래도 당신은 아무것도 모르는 것 같군요."

카디프가 가벼운 한숨을 내쉬며 그를 바라보았다. 어디서부터 설명을 해야 할지 고민을 하던 그는 우선 애버딘이라는 사람에 대해 설명을 해주기로 마음을 먹었다.

"그는… 지금에서야 깨달은 것이지만, 꽤 특이한 성격을 가진 사람이었습니다. 장난기 많고, 순수한 면이 있는가 하면 약삭빠른 면도 있고… 한마디로 표현하자면 대단히 좋은 사람이죠. 후훗, 당신이 그의 후손이라는 것을 자랑스러워해도 좋을 정도로."

"당신은 그 사람과 굉장히 사이가 좋았나 보군요?"

"네, 둘도 없는 친구였죠. 아마 다시는 그런 사람 만날 수 있을 것 같지 않군요."

"그런데 그분께선 어떻게 돌아가신 거죠?"

"살해당한 것 같습니다, 인간들에게. 아! 좀 더 설명이 필요할 것 같군요. 그가 세인트를 손에 넣은 이유부터 이야기가 좀 길 듯 싶은데 괜찮겠습니까?"

"괜찮으니 말씀해 주세요."

"그러죠. 아데스 내에서 벌어진 종교 전쟁에 대해서는 알고 계십니까?"

"네."

"그렇다면 그것에 관한 설명은 하지 않겠습니다만, 그때 생겨난 사람들의 증오심이 몬스터를 만들어냈다는 것을 말씀드리죠. 구체적인 예를 들자면 전쟁에서 억울하게 끌려가 죽은 사람들은 좀비와 같은 언데드 몬스터가 되어버린 일이 있었죠. 그러나 몬스터화가 되는 것은 인간에게만 해당되는 이야기는 아니었습니다. 식물형 몬스터와 동물형 몬스터도 생겨났으니까요. 그것이 어떻게 생겨나게 된 것인지에 대해서는 자세하게 알 수 없었지만 인간들의 불안, 공포, 한들이 응집되어서 만들어졌다는 것만은 알 수 있게 되었습니다. 그때 엘프들의 마을, 그러니까 지금의 '진실의 숲'에서는 이것에 대한 대책을 놓고 노심초사하고 있었죠. 몬스터가 나온 근원지는 '인간'들이니까, 그 인간들을 말살시키자는……."

"서, 설마요! 엘프족은 평화를 사랑하고 전쟁을 혐오한다고 들었는데……."

"후훗, 그렇습니다. 하지만 불의를 보면 참지 못하죠. 그때의 엘프족은 모든 숲을 몬스터로 득실거리게 만든 인간들에게 적의를 불태우고 있었습니다. 그들의 존재 자체가 악의 근원이라고 생각했으니까요."

"용케 전쟁이 나지 않았던 거로군요."

"글쎄요… 어찌 보면 그건 당연한 일일지도 모릅니다. 인간을 전멸시킨다는 것 자체가 불가능한 일이니까요."

"그렇지만 인간들에게 적어도 위협은 줄 수 있었을 텐데요."

"후훗… 엘프들은 쓸데없는 일에 나서지 않습니다. 그들이 바랬던 것은 위협이 아닌 전멸이었으니, 위협만 한다는 것은 그들에겐 쓸데없는 일이었던 거죠. 하지만… 저는 달랐죠. 어떤 일이 계기가 되어 인간들에 대한 분노가 폭발했던 것이었기에 혼자서라도 없앨 수 있는 만큼은 없애 버리려고 생각했었습니다. 만일 시에라가 인간에게 호감을 가지고 있지만 않았어도 저는 제 생각을 실행에 옮겼을지도 모릅니다."

"시에라가 누군지 물어봐도 괜찮나요?"

애버딘의 물음에 그는 약간 움찔하는 듯하더니 두 뺨이 잘 익은 사과처럼 발그스레하게 물들었다.

"저의…… 소중한… 분입니다."

그리고 잠시 그의 얼굴에는 슬픈 빛에 감돌았다.

"아, 연인이신가 보군요."

애버딘은 부럽다는 듯 그를 바라보며 미소를 지었다.

"흠흠, 아무튼 저는 인간에 대해 호기심이 생겼습니다. 그래서 인간들이 비교적 자주 다닌다는 숲의 입구에서 그들을 관찰하기 시작했죠."

잠시 말을 멈춘 그는 약간의 호의적인 미소를 지으며 그때의 일을 회상하는 듯했다. 애버딘은 그런 그를 보며 누군가 좋은 이미지를 심어준 인간이 있었을 것이라고 생각하고는 그가 말을 꺼낼 때까지 참을성있게 기다렸다.

"제가 처음으로 만난 사람은 숲으로 산책을 나온 모녀였습니다. 그때 진심으로 시에라가 인간을 좋아하는 이유를 이해할 수 있을 것 같았습니다. 그녀는 아름다운 것을 좋아했으니까요."

"모녀가 미인들이었나 봐요?"

애버딘이 살짝 웃으며 너스레를 떨었다. 그 역시 미소를 지으며 고개를 끄덕였다.

"마음이 무척 예쁜 사람들이었죠. 그래서 인간에 대해 좀 다르게 생각하게 되었지만 유감스럽게도 그 생각은 그다지 오래가지 못했습니다."

"왜죠?"

"…그들을 두 번째로 만났을 때, 그 모녀들은 숲의 산적에게 죽임을 당한 후였습니다. 저는 그들을 구해줄 수가 없었습니다. 이미 죽어 있었으니까요. 덕분에 인간은 인간이고, 엘프는 엘프일 뿐이라는 것을 깨달았죠. 인간은 자신의 종족을 해치면서까지 살아갈 수 있는 존재이지만, 엘프는 절대로 자신의 종족, 아니, 타 종족에게까지도 별다른 피해를 끼치진 못합니다."

애버딘은 약간 침울해진 얼굴로 되물었다.

"…자신의 종족을 아무런 거리낌 없이 없앨 수 있는 종족은 인간뿐이라는 거군요."

"네, 그때는 진심으로 그렇게 생각했죠."

그의 말에 애버딘은 진지한 표정으로 답했다.

"아니요, 그건 바보 같은 생각이에요. 난 인정할 수 없어요. 인간은 인간일 뿐이고, 엘프는 엘프일 뿐이라구요? 인간 중에서 나쁜 인간들이 있다는 것은 인정하지만, 모든 인간이 그렇지는 않아요. 당신은 잘못 생각하고 있어요."

"그도 그렇게 말하더군요. 그때 그를 만나지 못했더라면 저는 인간에 대한 혐오감을 가졌을지도 모를 일입니다."

그는 다시 한 번 잠시 말을 끊었다. 이번에는 그 침묵이 참기 힘들었는지 애버딘이 불쑥 끼어들었다.

"아, 그때 처음으로 그를 만났던 건가요?"

"네, 한바탕 산적들과 전투를 벌이려 하고 있을 때 그가 말렸습니다. 두 손으로 귀를 틀어막은 채 발로 '투희야의 유머'를 뽑아 버리고는 그대로 저를 데리고 도망을 쳤죠."

애버딘은 어처구니가 없다는 듯한 눈빛으로 그를 바라보았다.

"도망을 갔다구요?"

"후훗, 저도 어처구니가 없었습니다. 제가 도망을 쳤다는 사실보다는, 알지도 못하는 인간에게 순순히 끌려갔다는 사실에 말입니다. 그리고 그로부터 한바탕 설교를 들어야만 했을 때는 정신이 몽롱했다고나 할까요? 지금 생각해도 우스운 일이죠."

애버딘은 고개를 끄덕이며 동의한다는 표정을 지었다. 엘프에게 설교하는 인간이라니……. 그는 정말 자신만큼이나 특이한 사람이었던 것이다.

"음, 그랬군요. 그런데 어떻게 그와 일행이 되었던 거죠?"

"그는 전쟁을 종결시킬 방법을 생각하고 있었어요. 어떻게 하면 피를 흘리지 않고 몬스터를 몰아낼 수 있을까 하는 것도 말입니다. 그와는 여러 가지로 마음이 잘 맞았고, 무엇보다……."

"무엇보다?"

"…그가 제게 일행이 되어주지 않는 한 엘프의 마을에서 떠나지 않겠다고 생떼를 부려서 말입니다. 정말 곤란했죠. 그와는 이미 친구가 되어버렸는데 엘프들은 그때만 해도 인간을 좋아하지 않았기 때문에 곧잘 그는 엘프들의 화풀이 대상이 되곤 했거든요."

그는 정말 곤란했다는 듯이 눈살을 찌푸렸다.

"뭐, 곧 모두와 사이가 좋아지긴 했지만 그때는 또 그때대로 수난이었죠."

"혹시… 그와 같이 여행을 다녀오라든가 하는 그런 무언의 압력 같은 걸 받은 건가요?"

"눈치가 빠르시군요. 나중에는 장로님까지 그러시더군요. 밖에
서 좀 더 많은 것을 경험해 보라구요. 하지만 마음에 걸리는 것이
있어서 좀처럼 결심을 하지 못했었습니다."

"마음에 걸리는 것? 혹시 그 시에라라는 분 말씀이신가요?"

애버딘의 장난기 어린 미소에 그는 당황한 듯 또다시 새빨개진
얼굴로 말을 돌렸다.

"흠흠, 아무튼 코아에게 '세인트'라는 신검에 대해 듣게 되었습
니다."

"코아?"

"네, 그는 트랜트입니다만 아! 트랜트가 뭔지는 아시죠?"

애버딘은 지극히 당연한 것을 왜 묻냐는 표정으로 말했다.

"몰라요."

"…겉모습은 나무입니다. 그렇지만 이동할 수도 있고, 말도 할
수 있고, 움직일 수도 있죠."

"흠…… 살아 있는 나무라는 말씀이신가요?"

"나무는 모두 살아 있답니다. 후훗, 어쨌든 그는 뭐랄까, 인간으
로 치자면 현자라고 불릴 정도로 아는 것이 많은 트랜트였죠. 트
랜트들이 다 그렇긴 하지만."

"음… 그래서 세인트의 행방은요?"

"코아가 여러 가지로 단서를 주었죠. 검이 봉인되어 있는 곳으
로 짐작되는 곳들에 대해서."

"그래서 떠나신 건가요?"

"네, 떠날 수밖에 없었죠. 더 이상 인간들의 싸움이라든지 몬스터
에 대해 시달리지 않으려면 그 수밖에는 없다고 생각했으니까요."

"흠… 그가 절대로 혼자서는 가지 않으려고 했었나 보죠?"

"네, 그런 이유도 없진 않지만 시에라가 원했던 일이기도 했고, 솔직히 말해서 신검에 대해 흥미가 있었다는 이유가 더 컸죠."

애버딘은 시에라의 이름이 나오자 또다시 그를 놀리는 듯한 미소를 지었다.

"헤~ 연인을 많이 위하시는 모양이군요."

"그렇지도 못했습니다. 그 모험을 끝으로 그녀와는 두 번 다시 만날 수 없었으니까요."

"어째서죠?"

"그녀가 이 세상에 더 이상은 존재하지 않으니까요……."

그렇게 이야기하는 그의 얼굴에는 쓸쓸함이 배어 있었다. 뭐라고 위로할 말을 찾지 못한 애버딘은 어쩔 수 없이 그의 말을 재촉할 수밖에 없었다.

"세인트는 찾았나요?"

"네, 그리고 세인트는 애버딘을 주인으로 인정했습니다. 그 검을 찾기까지 우리는 많은 위험을 함께했었고, 많은 희생이 뒤따랐습니다. 그 이후에 모든 것이 순조롭게 풀릴 것이란 생각을 했지만 그때부터가 진정한 고비였죠. 세인트는 주인의 말에 복종하는 검이었습니다. 그리고 전쟁의 종결을 위해서는 어느 한쪽의 편을 들어주어야만 한다고 했었죠."

"그래서 그는 리절트의 편을 들어준 것이로군요."

애버딘의 말에 그는 단호하게 고개를 저었다.

"아닙니다. 그는 일방적으로 어느 한쪽 편을 들 수 없었습니다. 어느 쪽이든 나름대로의 정의라는 것이 있다는 걸 그는 누구보다도 잘 알고 있었거든요."

"그런데 어째서 대륙이 갈라진 거죠?"

"세인트가 폭주를 해버렸습니다. 누구의 편도 들어줄 수 없다면 애버딘이 막대한 희생을 치러야만 전쟁을 종결시킬 수 있었거든요. 주인을 사랑했던 세인트는 그의 대가는 받아들일 수 없다며 폭주를 해버린 것이죠. 덕분에 아데스의 공간은 일그러져서 뒤틀려 버렸고, 그래서 지금의 리절트와 다크가 생겨난 것입니다."

"어라? 샤아플린은요?"

"보다 못한 미와 사랑의 신 투희야님께서 나서서 그곳을 만들어준 것입니다. 어차피 신들의 책임도 있다고 하시면서."

"도대체 그 대가라는 것이 뭐였기에 세인트가 그토록 거부를 한 거죠?"

"그의 죽음이었습니다."

"……!"

"아까도 말씀드린 것과 같이 세인트는 주인을 사랑하는 겁니다. 그런 세인트가 그의 죽음을 순순히 받아들일 리가 없었다는 것을 애버딘은 알지 못했던 거죠. 저는 그 대가가 그의 죽음이었다는 것도 아주 나중에야 알게 되었습니다. 어차피 받아들여지지 못했던 것이니 다행스러운 일이었지만."

"뭐가 다행스럽다는 거예요? 그가 희생되었다면 지금의 엘프의 숲이 다크에 소속된 진실의 숲으로 변해 버릴 일도, 국가가 나누어지는 일도 없었을 텐데."

"저에게 있어서 그는 아주 소중한 친구였습니다. 아니, 꼭 그런 이유가 아니더라도 누군가가 일방적으로 희생을 감수하면서 아데스를 구해냈다고 했을 때, 과연 인간들이 그의 진심을 알아주기라도 했을까요?"

"좀 이기적인 말이기는 하지만 꼭 알아줄 것이라고 생각하고 시작했던 일은 아니잖아요?"

"아무튼, 인간들은 세인트가 폭주해서 대륙을 세 동강을 내버린 덕분에 전쟁을 종결시킬 수 있었습니다. 지금의 리절트가 승리한 것으로 전쟁의 형태는 끝나 버렸죠. 그래서 그는 리절트의 영웅이 되었고, 다른 나라에서도 그를 좋게 생각했습니다. 무엇보다도 그 지긋지긋한 전쟁을 어떤 형태로든 종결시켰으니까요. 리절트는 그를 그 나라의 왕으로 추대했죠. 그가 여러 번 거절했음에도 불구하고 리절트의 사람들은 그를 거의 반강제적으로 왕좌에 앉혔습니다. 여기까지가 제가 알고 있는 진실입니다."

"왕이라구요? 아무리 역사 외우기를 게을리 한 저라도 왕실의 계보쯤은 알고 있어요. 루시아님께 맹세코 그런 왕의 이름은 들어본 적이 없습니다."

"그렇겠죠. 그는 그를 왕으로 추대했던 사람에 의해 흔적도 없이 죽임을 당했으니까요. 그의 일족 모두가 죽임을 당했다고 전해 들었습니다."

"믿을 만한 이야기인가요?"

"코아에게 들은 이야기입니다. 사실이라고 봐야 하겠죠. 트랜트가 거짓을 말하거나 헛소문을 전하는 일은 드워프가 보석을 버리는 일보다 드문 일이니까요."

"…일족이 모두 죽었다구요?"

"그렇게 전해지고 있어서 저도 그런 줄 알았습니다. 하지만 당신이 남았습니다."

"어떻게 그렇게 쉽게 단정을 짓죠?"

"당신은 여러모로 그와 닮았습니다. 분위기도, 얼굴도, 그리고 당신이 가지고 있는 파타의 그 문양은 그와 그때의 동료였던 자들 이외에는 아는 자가 없으니까요."

"동료가 또 있었나요?"

"네, 현재는 저만 남게 되었지만요."

"…당신이 바라는 게 뭐죠? 왜 제게 이런 이야기를 해주는 건가요?"

"그에게 복수를 하는 것입니다."

"네?"

"300년 전 그가 제게 생떼를 썼듯이 저도 당신에게 생떼를 쓰려는 거죠. 세인트를 찾는 모험에 동료가 되어주십시오."

"이, 이봐요!"

그는 진지한 얼굴로 애버딘을 바라보았다.

"세인트를 찾을 수 있는 자는 그의 피가 흐르고 있는 당신밖에 없습니다."

"네? 설사 그렇다 해도 제가 '네, 그렇습니까?' 라고 순순히 대답할 사람처럼 보여요?"

"네."

카디프의 너무나도 단호한 대답에 그는 어이없다는 표정을 지었다.

"어째서 그렇게 생각하는 거예요?"

"세인트는 주인의 소원은 무엇이든지 이루어주는 겁니다. 그런 이유만으로도 인간들은 충분히 목숨을 걸 만한 가치가 있다고 생각하는 것 같던데요."

"옥! 당신은… 인간에 대해 너무 많은 것을 알고 있군요."

"그럼, 준비가 되는 대로 장비를 구입하러 함께 나가는 걸로 합시다."

"네… 준비하도록 하죠."

대책 안 서는 마법 마니아 공주 리즈

대화를 끝낸 그들은 약간의 시장기를 느끼며 식사를 하기 위해 식당으로 향했다.

"아! 잘 잤어요?"

아줌마가 그들을 알아보고는 먼저 인사를 걸어왔다.

"덕분에요."

애버딘이 붙임성 좋게 답하고는 카디프와 함께 의자에 앉았다.

"시장하시겠군요. 뭘 드시겠어요?"

"아무거나 주세요. 지금 기분 같아서는 슬라임 젤리라도 먹어 치울 수 있을 것 같아요."

그가 입가에 살짝 미소를 띤 채 대답하자 아줌마는 알았다는 듯 카디프에게로 시선을 돌렸다.

"그리고 손님은 어떤 것을 드시겠어요?"

"빵과 음료, 스프는 아무것이나 상관없습니다."

"네, 잠시만 기다려 주세요."

아줌마가 잠시 주방으로 사라지자 그는 걱정스러운 눈으로 애버딘을 바라보았다.

"슬라임 젤리… 드실 수 있겠습니까?"

"……."

"……?"

"그, 그런 게 있을 리 없잖아요?"

카디프는 잠시 가벼운 한숨을 내쉬며 손가락으로 메뉴판의 목록을 짚었다.

"자! 주문하신 음식 나왔습니다. 갓 구운 따끈따끈한 빵과 우유, 그리고 야채 스프와 슬라임 젤리 맞죠? 서비스로 슬라임 젤리는 특대로 드리는 것이니까 맛있게 드십시오."

그리고 애버딘은 너무 놀란 나머지 슬라임 젤리에 그대로 얼굴을 박아버렸다.

"우웃…… 이런 게…… 있을 리가…… 없잖아요……."

그는 신음 소리를 내며 슬라임 젤리를 바라보았다. 우여곡절 끝에(?) 무사히 식사를 끝낸 그들이 장비를 구하기 위해 여관을 나선 때는 벌써 오후가 되어 있었다. 방어구로 가벼운 가죽 갑옷을 산 애버딘은 카디프와 함께 거리를 구경하고 있었다. 햇볕은 기분 좋을 정도의 따스한 느낌으로 그들을 비춰주었고, 애버딘이 처음 이곳에 도착했던 때처럼 여전히 니니아의 골목은 북적거렸다. 그 중에서도 가장 사람이 많이 모여 있는 곳은 마법 스크롤을 파는 가게였다.

"자! 지금부터 깜짝 세일에 들어가겠습니다. 손에 잡을 수 있는 만큼 스크롤을 가져오세요. 20% 대할인입니다."

'20% 할인?'

갑자기 귀가 솔깃해진 애버딘은 카디프에게 잠시 기다려 달라는 말을 하고는 북적대는 사람들 속에 끼어들었다.

쿵!

"아앗! 죄송합니다."

애버딘이 어떤 소녀와 부딪친 것이다.

"아얏—! 이봐요! 앞 좀 잘 보고 다니세요!"

소녀는 동그란 눈을 더 크게 뜨고는 자신의 앞에 수북하게 널 브러진 스크롤을 챙겨 들었다.

"도와드릴게요."

"괜찮아요. 제 잘못도 있으니까… 아참! 저기 도와주고 싶으시 면 말이죠."

그녀는 그에게 귓속말로 조용히 속삭였다.

"마법 스크롤 좀 사다 주시겠어요? 물론 돈은 드릴게요. 보시다 시피 지금 스크롤을 더 가져올 수 있는 손이 없거든요."

"음, 좋아요. 근데 왜 귓속말로……?"

"저기…… 여긴 1인당 한 번밖에는 살 수 없거든요."

그렇게 말하는 소녀의 눈은 기대감으로 반짝반짝 빛나고 있었 다. 그는 가볍게 한숨을 내쉬며 카디프를 불렀다.

"카디프님, 저 좀 도와주세요."

결국 카디프와 애버딘은 양손 가득 마법 스크롤을 짊어지고 그 녀와 함께 가게에서 벗어났다.

"정말 고맙습니다. 이렇게 많은 마법 스크롤은 처음 가져 보는 것 같아요. 호홋~!"

그녀의 160도 채 안 되어 보이는 키의 상반신은 이미 마법 스크 롤에 의해 가릴 대로 가려져 있었다.

"저 말이죠, 도대체 그 정도의 스크롤을 사려면 몇 명에게 부탁 해야 하는 거죠?"

"음…… 생각보단 도와주는 사람이 드물어서 한 10명쯤?"

그녀의 말에 그들은 질렸다는 표정으로 그녀를 바라보았다. 그녀의 작은 얼굴의 실크같이 부드러워 보이는 까만 두 눈엔 총기가 엿보였고, 무엇보다 하얀 피부가 그녀를 왠지 모르게 보호해 주고 싶은 기분을 불러일으켰다. 굉장히 아름다운 소녀라는 느낌은 아니었지만 생긴 것으로 보자면 제법 기품있어 보이는 그런 분위기라고 할까? 지금은 그저 산더미처럼 쌓인 마법 스크롤을 들고 불안하게 움직이고 있지만 말이다.

"정말 죄송하지만요, 이 근처에 묵고 갈 만한 곳 어디 없나요?"

"뭐, 저희도 하레라의 여인숙이란 곳에 묵고 있으니까 그리로 가는 게 어때요? 깨끗하고 제법 괜찮은 곳이에요. 빈방이 있을지 모르겠지만."

어차피 그녀와 같은 처지인—그녀의 또 다른 산더미 같은 스크롤들을 나누어 들어주고 있었기 때문에—그들은 그녀를 하레라의 여인숙으로 안내하기로 했다.

"벌써 시간이 이렇게 되었나?"

애버딘이 기술 좋게 한 손으로 마법 스크롤을 감싸쥐고는 다목적용 빛을 꺼내 들었다.

"앗!"

소녀가 그의 모습을 보고 비명을 질렀다.

"왜, 왜 그래요?"

그가 당황해서 묻자 소녀는 그 큰 눈에 눈물이 그렁그렁 맺혀서는 그를 미운 듯 쏘아보았다.

"그렇게 잡을 수 있다는 거 왜 가르쳐 주지 않았어요? 가르쳐 주셨다면 스크롤을 더 살 수 있었을 텐데."

"…더 사서 뭐 하게요? 당신…… 스크롤 장사라도 해요?"

"그런 건 아니지만 싸잖아요! 이때 아니면 언제 저렇게 사봐요"

애버딘은 그녀와 이야기를 하느라 자신의 앞에 의도적으로 부딪쳐 오는 덩치 좋은 남자들을 발견하지 못하고는 쿵! 소리와 함께 바닥에 넘어져 버렸다.

"아야야…… 괜찮으세요?"

그는 얼굴을 한껏 찌푸려뜨리고는 손으로 히프를 문지르며 상대방을 살폈다.

"전혀 괜찮지 않아!"

그의 무방비한 포즈에 그와 부딪친 남자들의 일행이 다짜고짜 주먹을 날렸지만 그는 날쌘 고양이같이 가뿐하게 주먹을 피하며 그들을 나무랐다.

"알 만한 아저씨가 왜 그래요? 맞으면 아프잖아요!"

"그런 소린 맞아주고 지껄이라구!"

"제가 왜 맞아야만 하는 거죠?!"

애버딘은 안 그래도 큰 눈을 더 크게 뜨며 능청스럽게 시치미를 뗐다. 분위기를 보아하니 아마도 그들은 샤샤의 명을 받아 자신을 잡으려는 이곳의 도적이나 깡패들인 것 같았다. 자신이 그들의 얼굴을 모르는 것처럼 그들도 자신의 얼굴을 정확하게는 알고 있지 않을 확률이 높다고 생각한 애버딘은 일단 시치미나 떼고 보자는 속셈으로 능청을 떨어댔다.

"아저씨들 대체 누구세요? 누군데 함부로 사람을 치려고 들어요?!"

그들 중 마음이 여려 보이는 자가 고개를 갸웃거리며 보스 격으로 보이는 자에게 귓속말로 속닥거렸다.

"이봐, 이 녀석이 확실한 거야?"

또 다른 자 한 명이 그의 얼굴을 흘끗 보더니 거들기 시작했다.

"저런 순진해 보이는 계집애가 설마 사기를 치고 다니기야 하겠어? 그것도 '그분'에게……."

그들은 애버딘을 여자로 착각한 채 일단 이 녀석은 아니다 라고 판단한 듯 그에게서 물러나서 주위를 살펴보고는 아무도 그들에게 신경을 쓰고 있지 않다는 것을 확인하자 그에게 미안하다는 듯 사과를 했다.

"미안하구나, 꼬마야. 사람을 잘못 봤나 보다. 빈 주머니가 꽉 채워질 때까지 루시아님의 가호가 있길……."

"괜찮아요. 앞으론 조심하세요. 그럼… 잡혀 들어가도 금방 빠져나올 수 있는 루시아님의 얍쌉함을 닮을 수 있길……."

무의식 중에 그들은 서로 도적의 인사를 나누고는 다들 멍한 표정을 지어 보였다.

단 한 사람, 애버딘을 제외하고는…….

"전 그럼 이만…… 아하하하……."

그는 아무렇지도 않게 마법 스크롤을 챙겨 들고 일행과 함께 빠르게 그곳을 벗어났고, 순식간에 자기들끼리만 남겨진 도적 패거리들은 서로를 바라보며 또다시 멍청한 표정을 지었다.

"야! 도적의 인사를 하면 어쩌자는 거야?!"

"맞아, 하마터면 우리 정체가 들통날 뻔했잖아."

"그런데 방금 그 꼬마도 도적의 인사를 한 것 같았는데, 내가 잘못 들었던 거겠지?"

"아니, 제대로 들었어. 나도 들었거든."

여기저기서 '나도'라는 목소리가 터져 나오자 그들은 서로를 원망스러운 눈빛으로 바라보았다.

"그럼, 왜 가만히 있었던 거야?!"

"당연히 니들이 잡을 줄 알고 그랬지. 누가 멍청하게 서 있을 줄 알았나?!"

"뭐 해?! 이런 소리나 하고 있을 때가 아니잖아. 빨리 쫓아가야지."

그들 중 비교적 상황 판단이 빨라 보이는 녀석이 재촉을 하자 제일 먼저 그에게 시비를 걸었던 녀석이 여유에 찬 표정으로 두 손을 들어 보이며 그를 저지했다.

"괜찮아. 난 녀석이 갈 곳을 알고 있어. 그 자식이 아까 하레라의 여인숙으로 간다고 한 것 같았어. 그곳으로 가면 녀석을 잡을 수 있을 거야. 그리로 가보자구."

그리고…… 바로 지금이 그들의 바램이 현실로 이루어지는 순간이었다.

"어떠냐?! 순순히 이리로 오시지."

하레라의 여인숙은 샤샤의 명령을 받은 도적 패거리들이 장악하고 있었다. 식사를 하기 위해 애버딘이 식당에 들어서자마자 기다렸다는 듯이 곁의 한 10살쯤 되어 보이는 꼬마 애를 인질로 붙잡은 채 위협적으로 그와의 거리를 좁혔던 것이다. 애버딘은 그대로 약간의 거리를 유지해 가며 아이를 인질로 잡고 있는 녀석을 보며 코웃음을 쳤다.

"애들이나 잡고 죽이겠다고 위협하면 어떤 바보 멍청이는 자신의 위험을 무릅쓰고라도 구해주는 모양인데… 바보 자식! 나 같은 이의 직업은 '도덕성'이나 '정의감'과는 거리가 멀거든. 무엇보다 우리 누님께서 당부하시길 몸조심하라고 하셨는데 여부가 있으려구!"

그러나 그의 행동은 자신이 내뱉은 말과는 정반대되는 행동을 보이고 있었다. 말을 마침과 동시에 애버딘은 아이를 인질로 잡은 녀석의 뒤통수를 팔꿈치로 눌러 찍어버리며 파타로 그의 목을 겨누었던 것이다. 상황은 순식간에 역전이 되어버렸다.

"꼬마를 놔줄래? 아니면 네 목을 눌러 버릴까?"

그의 목소리에는 힘이 실려 있었다. 곱상하게 생긴 것과는 달리 우세한 그의 기세에 질린 도적은 아이의 목에 감고 있던 팔을 스르륵 풀어버렸다. 이에 때를 놓칠세라 애버딘은 도적을 발로 차버리곤 꼬마를 파타를 착용하지 않은 손으로 감쌌다. 도적과 애버딘 사이에는 마치 예리하게 칼날이 서 있는 검이 겨누어져 있는 듯 팽팽한 신경전이 벌어지고 있었다.

"여기 치즈 케이크 하나요!"

라는 난데없는 주문 소리가 날아들기 전까지는.

식당 안의 모든 사람들의 시선이 일제히 주문의 주인인 카디프에게로 쏠리자 그는 어색한 표정으로 주인장을 바라보았다.

'치즈 케이크를 가지고 싸우는 건가? 하긴, 여긴 유명한 음식점이니 그럴 만도 하지.'

그는 아쉬운 표정으로 말을 이었다.

"저… 주문이 밀려 있으시다면 생크림 케이크로 주문을 바꿔도 상관은 없습니다."

도적들은 저마다 자신들이 무슨 감정사라도 되는 것처럼 리절트에서는 보기 드문 엘프를 바라보며 웅성거리고 있었다.

"정말이지…… 기품있는 얼굴인데!"

"난 엘프는 처음 봤어."

"엘프? 어디어디? 여자냐? 남자냐?"

도적들마저 카디프에게 시선을 빼앗기자 기회는 이때다 싶었던 애버딘은 재빠른 동작으로 근처의 도적 한 명의 목덜미를 팔꿈치로 내리찍었다.

"비겁하게…… 방심한 틈을 타 공격하다니!"

우두머리로 보이는 자가 매서운 눈초리로 그를 노려보자 그는 가소롭다는 표정으로 차가운 미소를 지었다.

"그거야말로 내가 하고 싶은 말이다. 5 대 1로 싸우면서 꼬마나 인질로 잡고 말이야. 이 불쌍한 꼬마나 여기서 놔주고 날 죽이든 살리든 해보시지 그래? 물론 그럴 배짱이 있다면 말이지만. 하하하!"

우두머리가 수긍한다는 듯 고개를 끄덕거렸지만, 애버딘은 자신도 도적이긴 하지만 도적의 말은 믿을 수가 없었는지 생크림 케이크를 기다리고 있는 카디프를 불렀다.

"카디프, 이 꼬마 좀 잠시 맡아주세요!"

"그러죠."

카디프는 자신의 대답을 기다리는 듯 바라보고 있는 애버딘과 눈이 마주치자 조용히 자리에서 일어나 그의 곁으로 다가갔다. 꼬마는 상황 파악이 잘 안 되는지 잠시 주저하다 카디프의 손을 잡고는 순순히 그가 인도하는 자리에 앉았다. 그런 모습을 흡족한 듯 바라보던 애버딘은 카디프에게 윙크를 해 보이며 말을 이었다.

"답례로 계산은 제가 하겠습니다."

카디프는 그 말에 꼬마를 힐끔 바라보더니 주인장을 향해 소리쳤다.

"여기 우유도 두 잔 추가입니다!"

도적들은 뭔가 분위기가 삼천포로 빠지자 그제야 정신을 차린 듯, 애버딘의 주위를 원형 모양으로 에워쌌다. 느긋한 자세로 카디프에게 목례를 한 후에 마치 올 테면 와보라는 애버딘의 포즈를 신호탄으로 전투는 시작되었다.

"다수에게 둘러싸였을 때는 그중 가장 강해 보이는 자를 노려라!"

그는 말을 마치기가 무섭게 우두머리의 가슴으로 날렵하게 주먹을 날렸다.

파타의 장점은 이런 가까운 거리에서 유감없이 발휘된다는 것. 날카로운 금속성의 칼날이 상대편의 가슴에 정확하게 일직선을 그렸고 헉, 하는 신음 소리와 함께 그는 붉은 피를 뿜어내며 쓰러졌다.

"남은 패거리의 경우 덕망있는 우두머리를 쓰러뜨렸다면 죽음을 무릅쓰고라도 덤벼들겠지?"

그의 조소 섞인 목소리에 그들은 더욱 열이 받았지만 성급하게 덤벼들 수는 없었다. 그도 그럴 것이 지금 애버딘의 검 응용법은 전사의 것으로, 도적들이 감당하기엔 벅찼기 때문이다.

"흠, 녀석은 그다지 덕망이 높지 못했나 보군?"

능청스러운 표정으로 도적들을 쏘아보던 애버딘은 마음 한구석에 전사였던 아버지를 떠올리며 씁쓸한 미소를 지었다.

'당신이 전사였다는 것이 이럴 때 도움이 될 줄은 몰랐군요.'

그는 남은 도적을 한꺼번에 처리하려는 듯 짧게 기합 같은 고함을 내지르며 마구 주먹을 날렸다. 그가 파타를 끼고 있는 이유도 이런 다수의 적들에게 기습적으로 쫓겨 다닐 때 유용하게 쓰일 수 있기 때문이다. 건틀렛에 장착된 일직선의 양날의 검은 주먹을 상대에게 날리기만 해도 타격을 가할 수 있어 전사들이 주로 애용하는 무기였다. 단점이라면 파타를 착용한 손에는 다른 무기를 장비할 수 없다는 것이지만, 사실 그런 이유도 경제적이란 이유에서 애버딘은 꽤나 마음에 들어하고 있었다.

사실상 단점이라고 해도 그의 빠른 몸놀림이라면 다른 무기의 필요성을 느끼지 못했기에 그에게 있어선 해당되지 않는 이야기였다. 지금 그를 둘러싸고 있는 자들 역시 몸놀림의 빠르기라면 한가락 하는 자들이라 간신히 이리저리 피해내고는 있었으나 아무런 계산 없이 무식하게 휘둘려지고 있는 빠른 공격을 계속 막아내기는 역부족이었는지 얼마 지나지 않아 으악! 하는 소리를 지르며 털썩 쓰러졌다.

"누나가 위험한 일은 하지 말랬는데…… 휴~ 사정이 사정이니만큼 한 번 정도는 봐주겠지."

여기저기 쓰러져 있는 도적을 보며 나직하게 중얼거리는 애버딘의 한마디였다.

그런 그의 모습에 아랑곳없이 식당 안의 사람들은 저마다 그의 솜씨에 감탄을 하며 하레라의 여인숙을 나섰다. 아마도 병사들을 불러 그 부랑자들을—사람들에게 비춰지기엔—넘기려는 듯싶었다. 애버딘은 그런 마을 사람들에 대해 별 반응을 보이지 않으며 카디프와 꼬마가 앉아 있는 테이블로 다가가 한시름 놓았다는 듯 의자에 앉았다.

"…제가 말하지 않은 사실이 있어요."

그의 말에 카디프가 말해 보라는 듯 그를 빤히 쳐다보았다.

"난 떼떼야!"

카디프가 뭐라고 물어볼 사이도 없이 그 귀여워 보이는 꼬마가 의자에서 내려와 애버딘의 옷자락을 당기는 바람에 그들의 대화는 잠시 중단되었다.

"꼬마! 난 네가 마음에 들었어. 그래서 네게 이 몸께서 수고스럽게도 질문을 해주지. 우리 엄마는 어딨어?"

꼬마의 황당한 말에 애버딘은 인상을 잔뜩 찌푸리며 카디프를 바라보았다.

"카디프님."

"전부터 이야기하고 싶었지만 그냥 편하게 카디프라고 불러주면 고맙겠군요."

"네, 카디프. 잠시 고개를 저쪽으로 돌려주시지 않겠습니까?"

카디프가 자신이 가리키는 쪽으로 고개를 돌리자 잽싸게 꼬마를 들어서 자신의 무릎에 걸치고는 냅다 히프를 찰싹찰싹 때리기 시작하는 애버딘.

"네가 나한테 꼬마라고 부르기엔 1,000만 년도 일러! 그리고 어른에게 뭔가를 부탁할 때는 '해주세요'라고 하는 거야! 대답은?!"

떼떼의 품위없는 소리. 즉, '우엥~ 아파!' 또는 '꼬마!! 이게 무슨 짓이야?!'라는 비명 소리에 놀라 눈을 돌린 카디프가 그를 뜯어말리려는 차에 누군가 문을 벌컥 열고 들어섰다.

"엄마~!"

떼떼는 애버딘의 손에서 빠져나와 방금 문을 연 소녀에게 달려들었다.

"엄마?"

떼떼를 제외한 카디프, 애버딘, 그리고 그 소녀는 의아한 듯 떼떼를 내려다보았으나 떼떼는 막무가내로 그녀를 잡아끌며 애버딘에게로 다가갔다.

"이 꼬마가 무례하게도 내 히프를 쳤다구! 이 이쁜 히프를~!"

떼떼가 그 소녀에게 히프를 설레설레 흔들자 그녀는 영문도 모르면서 피씩 웃음을 터뜨렸고 애버딘은 자신이 또다시 꼬마라고 불리자 이마에 핏발을 세웠다.

"앗! 당신은 아까 그 마법 스크롤 마니아?! 당신이 애 엄마였단 말이에요?! 아! 그게 중요한 게 아니지. 엄마라면 자식 교육을 똑바로 시켜요! 그런데 당신, 도대체 몇 살에 사고를 친 거예요?"

그의 말에 그녀는 머리끝까지 화가 난 듯 새빨개진 얼굴로 언성을 높였다.

"애… 엄마?! 이, 이봐요! 누구 혼삿길 막히게 할 일 있어요? 엄마라니?!"

그녀가 벌컥 화를 내자 그는 꼬마를 바라보며 혀를 쯧쯧 찼다.

"꼬마야, 안됐구나. 엄마에게 버림받다니."

"이봐요! 그러니까 내가 왜 엄마냐니까요?!"

카디프는 그들을 바라보며 고개를 설레설레 흔들었다. 16, 17이나 되었을 법한 소녀가 그 꼬마의 엄마라니, 그건 불가능한 일이었다.

"저… 주위를 살펴보시는 것이……"

카디프의 말에 그들은 자신들이 동물원의 원숭이가 되어버렸다는 것을 깨달았다. 소녀는 화가 나서 외쳤다.

"밖으로 나와요!"

"헹! 누가 겁낼 줄 알고!"

졸지에 2차전(?)을 위해 밖으로 나온 그들은 점점 더 언성을 높여갔다.

"내가 애 엄마라면 당신은 애 아빠예요!"

"무슨 소리야?! 내가 댁을 언제 봤다구!?"

서로 무슨 이야기를 하는지 생각도 하지 않고 그저 언성을 높이는 그들을 바라보며 떼떼가 불안한 듯 소녀의 옷자락에 매달렸다.

"엄마, 아빠야?"

"그래! 아빠!"

애버딘은 기가 막힌 듯 두 사람을 바라보았고, 그녀는 자신이 이겼다고 생각했는지 의기양양하게 고개를 들어 올렸다.

"아빠, 떼떼 잘못했어."

꼬마는 완전히 풀이 죽은 모습으로 자신의 히프를 내밀었다.

"아빠를 못 알아봤어. 떼떼 맞아도 싸."

그들은 한동안 서로 삥진 모습으로 굳어 있었다.

'저 녀석 행동 패턴이 나랑 똑같잖아. 혹시 미래에서 건너온 내 아들?'

"이봐, 꼬마. 너, 정말 내 아들이라고 생각하는 거야? 헉! 지금 내가 무슨 말을 하는 거야?!"

애버딘이 그제야 정신을 차린 듯 떼떼를 바라보자 떼떼는 다시 자세를 가다듬었다.

"아빠도 똑같네. 하긴, 난 사람으로 폴리모프(Polymorph : 변신)해 본 것이 오늘이 처음이니까 아빠가 못 알아보는 것도 무리는 아니야."

그의 모습이 잠깐 모두의 시야에서 사라지나 싶더니만, 곧 작은 산 정도의 거대한 황금빛의 무언가가 나타났다.

'금이다~! 와우~! 재수야~!'

애버딘의 생각이 채 지워지기도 전에 사람들의 겁에 질린 비명 소리가 울려 퍼졌다.

"드, 드래곤이다!!"

"꺄아~!"

사람들의 비명 소리를 듣기 전까지는 거대한 금 덩어리라고 생각했던 애버딘의 뇌리에 불길한 생각이 스쳐 지나갔다.

"애… 엄마, 너도 드래곤이냐?!"

그녀는 애버딘의 말을 못 들었는지, 아니면 무시하려는 속셈인 지 아무런 대꾸도 하지 않은 채 골드 드래곤의 곁으로 다가갔다.

"떼떼야, 어서 다시 인간으로 폴리모프해."

그녀는 자신 앞에 놓여진 거대한 드래곤을 마치 어린애처럼 쓰다듬으며—쓰다듬는다고는 하지만 그냥 손에 닿는 곳을 위아래로 토닥거려 주는 것—부드럽게 미소를 지었다.

"어째서 엄마? 떼떼는 인간으로 있는 것보다 이게 더 폼 나는걸."

드래곤의 목소리, 아니, 드래곤의 말은 목소리가 아닌 그저 이미지로만 모두의 머리 속에서 엄숙하게 울려 퍼졌다.

'사기야, 사기! 루시아님은 드래곤마저 길들이신 건가?!'

애버딘은 드래곤의 엄숙한 전언인 '폼 나잖아~'라는 이미지가 자신의 머리 속에 들어오자 좌우로 처절하게 머리를 흔들어댔다.

"어서, 떼떼!"

그녀는 여전히 애버딘의 행동을 무시한 채 걱정스러운 눈으로 떼떼를 바라보았다. 황금빛의 거대한 골드 드래곤이 언제 존재했었냐는 듯 사라지자 아까의 건방진 꼬마 떼떼가 얌전히 그녀의 곁에 서서 골드 드래곤이 사라진 자리를 채우고 있었다.

"엄마?"

소녀는 잽싸게 떼떼를 안아 들었다. 그리고 위협적인 목소리로 외쳤다.

"물러나요! 애는 아직 파피예요. 드래곤 파피! 마을에 해를 끼치진 않을 거예요. 그러니까……."

의아한 듯 뒤를 돌아 본 애버딘은 그제야 그녀의 행동을 이해할 수 있었다. 겁을 집어먹고 있었던 사람들이 어느새 사람으로 폴리모프한 떼떼를 노려보고 있었던 것이다.

'꼬마라면 해치울 수 있어. 거대한 몸짓으로 마을을 부수기 전에…….'

마을 사람들의 생각은 그러했던 것이다. 리절트는 몬스터가 없는 나라로서 몬스터에 관한 방면에서는 전혀 지식이 없었다. 드래곤의 위력조차 모를 만큼.

"이봐, 드래곤 엄마! 너, 이름이 뭐야?"

그녀는 자신을 향해 소리치는 애버딘에게 마치 선심이라도 쓰는 듯 도도하게 고개를 돌렸다.

"리즈예요."

카디프는 리즈라는 여인에게서 많은 감명을 받았다. 오랜 세월 인간들과 생활해서인지 여러 가지 감정들이 생겨난 그이긴 했지만 오늘만큼 놀라본 적은 없었던 것 같았다. 파피라고는 하지만 드래곤에게 저렇게까지 태연하게 서 있을 수 있는 사람이 있다는 것에 무덤덤한 사람이(?) 어디 있겠는가.

"리즈라고 하셨습니까?"

그때까지 묵묵하게 침묵을 지키고 있던 카디프가 리즈에게 다가갔다. 오뚝한 콧날, 반짝이는 두 눈, 햇빛에 반사되어 마치 보석 같은 빛을 뿜어내는 은발.

리즈는 일순간 카디프의 미모에 경계심을 흐리긴 했지만 곧 마음을 다잡았다.

"그 드래곤은 곧 보호자가 올 테니, 가급적 빨리 이 마을을 떠나는 것이 좋을 겁니다. 만일 그의 보호자가 드래곤 파피를 해치려는 것으로 오해를 해서 사람들을 공격하기라도 한다면 일은 걷잡을 수 없을 만큼 커질 테니까요."

카디프의 말에 리즈는 오싹함을 느꼈다. 드래곤 파피의 위력도 인간들이 감당하기 힘든데, 드래곤이 흥분한다면 이 도시의 안전은 책임질 수 없었다. 아니, 나라 자체가 위험할지도 모를 일이었다.

"공주님! 여기 계셨습니까?!"

어디선가 다급하게 그녀를 부르는 소리가 들려왔다.

"그, 그레이!"

당황하는 그녀를 보며 애버딘이 얼떨떨하게 중얼거렸다.

"공주님? 그건 또 뭐야?"

"도대체 공주님은 어떻게 되신 겁니까?! 제가 잠시 한눈을 판 사이에 달아나시다니……."

"지금 그게 중요한 게 아니라구요!"

그녀는 변명을 하며 그레이라는 남자에게서 멀어지려고 애버딘의 등 뒤로 숨어들었다.

"난 분명히 아버님과 약속을 했단 말이에요."

애버딘은 이 상황이 이해가 안 간다는 듯 그녀를 바라보며 조용히 물었다.

"어떻게 된 일인지 설명해 줄 수 있겠어?"

그녀는 자신의 신분에 놀란 탓인지, 아니면 그녀의 일이 사람들의 흥미를 불러일으켰던 탓인지 알 수는 없지만, 비교적 잠잠해진 마을 사람들을 돌아본 후에야 안심이 되었던지 애버딘을 향해 고개를 끄덕이며 이제까지의 일을 회상했다.

"그게…… 얼마 전의 일이야. 난 샤아플린에서 사절단의 역할로 이곳 리절트로 오게 됐지."

샤아플린의 이른 새벽의 하늘은 오늘도 밤하늘의 신비로운 매력과 동이 틀 무렵의 생동감이 묘하게 어우러져 있었다. 그 하늘 아래 가장 큰 인간의 집인 성에서는 평상시와는 달리 왠지 모를 어수선함으로 가득 차 있었다.

"리즈님, 리절트에 대해 다시 말씀드리겠지만 그곳에는 '어둠'이 없습니다. '개념' 자체가 없을 정도로 어둠이 허용되지 않지요. 그것은 이 세계에 국가를 창조하신 선조께서 베니핏님의 분노를 산 나머지 공간이 삐뚤어져 버렸기 때문입니다."

"그러니까 마법은요? 네? 리절트는 뭐든지 발달해 있잖아요. 그 나라에서 아름다운 색들의 빛을 마법으로 유리에 봉인해 두고 시간을 알 수 있게 한 그…… '다목적용 빛'이란 것도 그 나라에서 만들어진 거죠? 굉장해~! 어쩌면 마법서를 손에 넣게 될지도 몰라!"

리즈라고 불리는 소녀는 실크같이 까만 두 눈에 총기가 서려 있는 제법 귀엽게 생긴 얼굴의 소유자로 160㎝가 채 안 되는 키를 가지고 있었다.

그런 그녀는 바로 이곳 샤아플린 왕가의 정통 후계자라고 할 수 있는 피를 가진 유일한 정비의 자식이자 막내 공주로, 마법에 관해 굉장한 흥미를 가지고 있었다. 그러나 이곳에서의 관습에 의하면 언제나 생각과 행동은 남자가 하도록 되어 있었고, 여자란 절대적인 복종, 또는 순종을 최고의 미덕으로 여기는 존재였다.

그런 여자들에게 당연히 검과 마법을 배울 기회가 주어질 리 없었다. 그나마 그녀는 여자이지만 공주라는 지위에 있었기 때문에 일반어로 쓰여진 마법서를 접할 기회가 있었는데, 그만 그 짧은 시간 동안 마법이란 학문에 푹 빠져들어 버린 것이다.

그러나 그 마법서의 내용은 파이어 볼과 같은 공격성의 마법이 주 내용이었고, 체력 회복이나 방어 마법 같은 기초적인 지식에 대해서는 전혀 언급이 없었기 때문에 어렵사리 그 마법들을 익히긴 했지만 따지고 보자면 그녀의 마력은 덩치만 큰 아이, 또는 아이의 몸을 가진 어른과 같은 상반된 면모를 보여주고 있었다.

때문에 그녀가 가지고 있는 마력을 아는 자들은 한결같이 그녀의 재능을 아까워하고 있었다. '남자로 태어났다면 한 인물하셨을 텐데'라고. 뭐 바꿔 말하자면 그들은 드러내 놓고 그녀를 응원하지는 않았다는 이야기지만, 그 '여자가 무슨'이라든지 '여자 따위가 감히'라는 오래 전부터의 의식을 깨버리길 원치 않았달까?

어쩌면 그들은 리즈가 마법에 관심을 가지는 것을 더 꺼리는지도 모를 일이었다. 그렇기 때문에 그녀에게 고대어에 관한 학문은 일절 가르치지 않은 것은 아닌지 의심스러울 따름이다(덕분에 그녀는 일전에 접한 마법서 이외에는 마법에 관한 어떠한 책도 접해보지 못했다).

그런 생각은 국왕도 마찬가지였으나 공주에게는 마법을 배울수 있는 좋은 핑곗거리가 있었다. 그것은 샤아플린의 지형상—다크와 진실의 숲 하나를 두고 국경선이 정해져 있기 때문에—다크에서 서식하고 있는 거대 사마귀 '맨티스 자이언트'나 몬스터, 그들에게 죽음을 당한 그곳의 주민들이 '좀비'와 같은 언데드 몬스터가되어 종종 샤아플린으로 건너온다는 것이었다. 즉, 그 핑계란 '호신용'이라는 강력한 것이었다.

공주라는 지위가 지위니만큼 충분히 보호를 받는 입장이었으나, 자그마한 것이 어찌도 그리 영악한지 샤아플린 안에서는 적어도 말발로 그녀를 이길 수 있는 존재가 없었기에 생각다 못한 왕은 이번 사절단으로 그녀를 몬스터가 없는 안전한 리절트에 보내서 실제의 정상적인—기품있고 우아한—공주들의 행동은 어떠한 것인지 공부를 시키려고 한 것이다.

그 사실을 잘 아는 대신은 한숨을 쉴 수밖에 없었다. 말괄량이 마법 마니아 공주라니…….

"공주님께서 뭔가 잘못 알고 계시는 듯한데…… 흠, 흠! 리절트는 공주님이 생각하시는 모험이나 스릴 같은 것과는 거리가 멀다는 것을 아셔야 합니다. 그 나라는 외교상 꼭 필요한 나라라 저희 샤아플린에서 다크로부터 지켜주고 있다 보니 전쟁이 없고, 24시간이 환하다 보니 몬스터가 어떤 존재인지도 모릅니다. 그런 것을 보면 오히려 저희 샤아플린이 무력적으로는 월등히 뛰어나지요. 리절트가 뭐든지 잘 만든다는 것은 일단 트루님의 지대하신 축복으로 먹고 살 걱정은 할 필요가 없기에 실용성이나 예술성 쪽으로 시선을 돌릴 수가 있었던 거라 그런 것이죠. 마법 역시 공격성보단 예술이나 실용성의 형태로 발전되어 있지요. 무엇보다 중요한 것은……."

리즈는 마법에 관한 이야기가 나오자 큰 눈을 더욱 크게 뜨며 귀를 쫑긋 세우고 있었고, 대신은 그런 그녀의 모습에 한숨을 내쉬며 큰 소리로 말을 이었다.

"하아~ 공주님은 사절단으로 가시는 것이란 말입니다!"

그녀는 대신의 말에 실망한 기색으로 수긍했다.

"알고 있어요. 뭐, 그런 관계로 거리를 혼자서 구경한다거나 품위없이 마법 아이템에 관한 일로 흥분하지 말라는 말씀이시겠죠?"

"네, 맞습니다."

"네에~ 명심하도록 하죠."

체념 어린 듯한 목소리와는 달리 그녀의 두 눈은 무슨 일이라도 꾸미는 듯이 초롱초롱 빛나고 있었다.

"공주님, 국왕께서 찾으십니다."

그녀는 자신을 부르는 소리에 대신에게 빙긋 미소를 지으며 가벼운 목례를 하고는 자리에서 일어났다.

'철없던 막내 공주님께서 꽤 기품을 풍기게 되셨군.'

흐뭇한 표정으로 그녀를 바라보고 있던 대신의 귀에 우당탕! 하는 요란한 소리와 함께 날아드는 날카로운 목소리.

"공주님! 성에서는 뛰시면 안 됩니다."

"네에~ 죄송해요."

역시나…… 그녀는 덜렁이였던 것이다.

"아~ 제발 실수없이 무사히 잘 다녀오셔야 할 텐데……."

대신은 골치가 아프다는 듯 이마에 손을 올리며 눈살을 찌푸렸다.

"리즈, 여행 준비는 다 되었느냐?"

"네, 대신께서 주의할 점도 말해 주셨고, 이제 출발만 하면 됩니다만……."

"그런데?"

"부탁이 있습니다, 아바마마."

"무슨 부탁이지?"

왕은 진지한 표정으로 자신을 바라보는 막내딸에게 애정이 듬뿍 담긴 목소리로 물었다.

"꼭 들어주신다고 약속해 주십시오."

그녀의 말에 왕이 의아한 표정을 짓자 그녀는 황급히 말을 이었다.

"그리 어려운 일은 아닙니다, 아바마마."

"그래, 좋다. 이번 일을 성사시킨다면 네가 원하는 것은 무엇이든지 들어주마. 됐느냐?"

왕은 그녀가 또 마법 아이템을 갖고 싶어하는 것쯤으로 여기고는 가볍게 승낙하며 그녀의 이마에 살짝 입을 맞춰주었다.

"무사히 다녀오너라."

"아바마마의 주위에 트루님의 빛의 가호와 베니핏님의 안식이 두루두루 깃들길 바라옵니다."

그녀의 인사에 왕은 어색한 미소를 지었다.

"얘야, 그 인사는 아주 오랜 기간의 여행을 필요로 할 때 하는 인사란다."

"그런가요? 뭐, 저에게는 집을 처음으로 떠나는 여행이니까요."

왕은 그녀의 말에 내심 불안했지만 샤아플린에서 여태껏 단 한 번도 떠나본 적이 없는 그녀가 들뜨는 것은 어찌 보면 당연한 일일 수도 있다며 자신을 타일렀다.

"너에게도 앞날의 빛과 안식의 축복이 충만한 날들이 되길 바라마."

"아바마마……."

"왜 그러느냐?"

"그건 딸을 시집 보낼 때 쓰는 인사가 아닌지요?"

"그랬… 던가?"

"그렇습니다만……."

"하하하, 뭐, 그런 사소한 일에 목숨 걸지 말도록 하자꾸나. 그럼 그만 물러가거라."

공손히 인사하며 물러서는 딸의 모습이 천천히 시야에서 사라지자 왕은 유쾌한 듯 피식피식 웃기 시작했다.

"저 녀석은 아주 날 쏙 빼닮았다니까. 하핫!"

여기까지 그녀가 설명을 하자 다들 뻥진 표정으로 그녀를 바라보았다. 샤아플린의 공주가 마법 마니아라니…….

"후우~ 공주님이 님프의 강을 건널 때까지 그런 생각을 하고 계신지 전 꿈에도 몰랐다구요. 그리고 이곳이 리절트인 만큼 좀 더 얌전하게 지내실 거라고 철석같이 믿고 있었는데……."

그레이는 가벼운 한숨과 함께 하소연을 하듯 사람들 앞에서 신세 한탄을 늘어놓았다.

"리즈 공주, 님프의 강을 건너오시느라 고생이 많으셨겠군요."

비교적 온화해 보이는 리절트의 국왕이 반갑게 그녀를 맞았다. 그렇다. 이곳은 24시간 해가 지지 않는 나라, 리절트였던 것이다.

"감사합니다. 덕분에 무사히 올 수 있었던 것 같습니다. 아바마마께서 국왕님께 안부를 여쭈라 하셨습니다."

리즈는 장식용 부채로 입을 가린 채 방긋 미소를 지으며 왕에게 인사를 건넸다. 그녀의 곁에서 호위하던 근위 기사 그레이는 속으로 안도의 한숨을 내쉬었다.

님프의 강에서의 일이 머리 속에서 내내 떠나가지 않았던 것이다.

강의 물빛이 투명하여 그 바닥의 작은 물풀까지 그대로 보인다는 깨끗한 님프의 강은 '구국의 용사'라 칭해졌던 이름 모를 용사가 공간을 가르며 국가를 만들었을 때, 세인트의 성스러움으로 인해 생겨난 강이었다.

그런 만큼 물의 정령인 님프가 살고 있다는 속설이 전해지는 곳으로 강폭이 5~10km에 달하여 대형 선박 항해엔 유리하나, 인간이 그 강에 쓰레기나 오염 물질을 흘리게 되면 님프는 가차없이 폭포나 급류로 배를 인도하기 때문에 그 강을 건너기 위해서는 다들 머리카락 한 올 떨어뜨리는 일이 없도록 조바심치며 조용히 항해를 해야만 했다.

"공주님, 뭐 하고 계십니까?"

그레이는 행여 리즈가 배 멀미를 하지 않을까 싶어 그녀를 세심하게 배려해 줬지만 그녀는 멀미는커녕 선실 바닥에 품위없이 철푸덕 엎드려서는 열심히 부채에 뭔가를 끄적거리고 있었다.

"공주님?"

재차 그녀를 부르는 소리에도 불구하고 그녀는 펜대를 입에 물고는 작은 책을 이리저리 뒤적거리며 여전히 시선을 부채에 고정 시키고 있었다.

"공주님, 도대체 뭘 하고 계시는 겁니까?"

그레이가 호기심 어린 눈으로 또다시 묻자 리즈는 자신이 보고 있던 책 표지를 그레이의 눈앞에 들이대며 말했다.

"공부해요. 헤헤, 이래봬도 공주인데 격식은 갖추어야 하지 않을까 해서요."

'누구나 손쉽게 익히는 세계의 예절 지식 100선' 이라는 화려한 표지를 보며 그는 한숨을 내쉬었다.

"그건 격식을 갖추기 위한 공부가 아니라 순간을 모면하기 위한 '사기' 아닌가요?"

공주는 정곡을 찔린 듯한 표정으로 그레이를 한번 노려보았을 뿐 부채의 여백 메우기를 멈추지 않았다. 그리고 그 부채는 지금 리즈의 손 안에 고스란히 들려져 있는 중이었다.

"그럼… 오늘은 쉬시고 내일 외교에 관한 이야기를 해보는 것이 어떻겠습니까?"

대신의 질문에 그녀는 부채를 접으며 대답했다.

"말씀은 감사하지만 저는 피곤해서…… 내일 외교에 관한 이야기를 하면 좋겠습니다만……?"

그녀는 특유의 접대용 '빙긋' 이란 미소를 입가에 띠며 왕을 바라보았다.

'공주님, 사기만이라도 제대로 치시라구요, 제발!'

근위 기사 그레이는 불안한 기색으로 공주를 바라보았지만 둔한 리즈는 자신의 실수를 깨닫지 못했는지 여전히 빙긋거리고 있을 뿐이었다. 이에 왕은 거의 '얼었다' 라는 표정으로 그녀를 바라

보았고, 다행히 대신이 유능했던지 얼른 나서서 사태를 수습하기
시작했다.

"네, 그럼 쉬신다는 말씀으로 알고 이만."

그리고 외교에 능숙한 대신인만큼 옆의 얼어붙어 있는 왕에게
'다음부터는 샤아플린에 보청기를 추가로 수출하도록 하는 것이
어떻겠습니까?' 라는 귓속말을 잊지 않았다.

"그렇게 간신히 외교를 성공시켰다고 생각했더니만, 도망은 어
떻게 치신 건지…… 후우……."

그레이는 또다시 한숨을 내쉬자 그녀는 의아한 목소리로 대답
했다.

"도망이라니요?! 전 분명히……."

그녀는 생각보다 교섭이 성공적으로 끝나는 바람에 예정일보다
며칠 앞당겨 샤아플린으로 떠나게 되었다. 왕에게 예의 바르게 인
사를 한 뒤 전송을 받으며 배로 향하던 그녀는 한 병사의 옷깃을
살짝 잡아당겨 자신의 명령에 복종하도록 마법을 걸었다.

"아바마마께 전해요. 약속했던 대로 리즈는 성공적으로 교섭을
마쳤으니 제가 원하는 모험을 시작할 것이라구요."

병사는 자신에게 귓속말로 명령을 내린 리즈를 얼떨떨한 눈으
로 바라보았지만 그는 이미 리즈의 마법에 완벽하게 걸려들어 있
었다.

"공주님께 트루님과 베니펏님의 가호가 있길… 건강하십시오."

그의 최선은 그녀에게 예를 갖추는 일밖에는 남아 있지 않았다.

"고마워요. 당신에게도 트루님의 평화가 충만하길 바랄게요."

그녀는 그를 뒤로하고는 니니아의 한 골목으로 숨어들었던 것

이다.

"아무튼 공주님, 이 일은 비밀로 덮어둘 테니 어서 배가 있는 곳으로 돌아가세요."

그녀는 떼떼를 더욱 꼭 끌어안고는 자신의 배낭에서 마법 스크롤을 하나 끄집어냈다.

'하필이면 워프도 익혀놓지 않은 상태에서…… 하긴 그나마 스크롤이라도 있으니 다행이지만.'

그녀는 최대한 빠른 동작으로 스크롤을 펼쳐 들었다.

"시간과 공간의 결계를 막아선 자여, 에…… 그 다음은 뭐였지? 에라! 주문은 몽땅 생략하겠다! 어쨌거나, 마법 스크롤인 이상 내 말을 따라야 해! 워프~!"

리즈의 말이 끝나자 곧 커다란 소용돌이가 불어와서 땅에 고대 문자로 무언가를 새기고는 사라져 버렸다. 그녀는 영문도 모른 채 고대 문자가 새겨진 바닥에 신경질을 부리며 발 밑을 바라보았다.

'젠장! 고대 문자는 아직 못 배웠단 말야~!'

리즈의 행동을 멍하게 바라만 보고 있던 애버딘은 땅에 새겨진 고대 문자를 보자 심각한 표정으로 놀라움을 표시했다.

"허억! 저런 말도 안 되는……."

애버딘의 반응에 의아한 듯 바라보는 사람들에게 카디프가 나직한 목소리로 덧붙였다.

"'이 마법 스크롤은 유통 기한이 지나 마법 협회에서 폐기 처분합니다. 불만 사항은 마법 협회의 마크가 새겨진 땅을 파 오시면 해결해 드리겠습니다' 라고 쓰여 있군요."

말을 마친 카디프의 주변에 기묘한 향기가 풍겨 나오는 꽃이 피어났다. 썰렁한 말이나 썰렁한 일이 생기면 어디서나 자라는 그 이름도 유명한 '투희야의 유머'라는 시답잖은 꽃.

애버딘은 회심의 미소를 지으며 그 꽃을 잡고는 카디프와 리즈에게 윙크를 해 보였다. 아마도 귀를 막으라는 무언의 신호였으리라.

"아이 추워~! 누구야, 날 이런 데 끄집어낸 게? 너지?! 좋아! 내가 문제 하나 낼게. 맞춘다면 이 몸을 뽑은 것에 대해 용서해주지~! 자! 문제다, 문제! 너, 펭귄이 신는 신발이 뭔지 아니?"

놀랍게도 꽃을 뽑아 들자 꽃의 수술 부분에서 사람 입 모양이 튀어나와 퀴즈를 내는 것이 아닌가?

누군가 당혹해하며 입을 열려는 차에 꽃은 그를 비웃기라도 하는 듯 오만한 웃음소리를 냈다.

"웃호호호~ 못 맞췄지? 답은 너를 부르는 소리야. 바로 '비~잉~ 신!'이란 소리지. 굳어버렷!"

꽃은 마치 사람의 발처럼 생긴 뿌리로 애버딘의 손을 후려쳤다. 애버딘은 통증이 느껴졌는지 손을 움찔거렸고, 꽃은 느긋하게 제자리로 가서는 땅속으로 파묻히며 유유히 사라져 갔다. 꽃을 뽑아드느라 귀를 막지 못한 애버딘과 떼떼를 안고 있느라 귀를 막지 못한 리즈를 포함한 모든 사람들은 마치 석고상처럼 딱딱하게 굳어버렸다.

"아빠? 엄마?"

떼떼가 의아한 듯 귀를 막고 있던 손을 내리며 리즈와 애버딘을 바라보자 카디프는 나직하게 한숨을 내쉬었다.

"휴~ 떼떼, 저를 도와주시겠습니까? 30분 후면 다른 사람들이 깨어납니다. 그전에 그들을 다른 곳으로 이동시켜야 할 텐데……."

떼떼는 고개를 끄덕이며 드래곤으로 폴리모프를 했고, 카디프는 얼어붙은 리즈와 애버딘을 가볍게 들고는 엘프답게 우아한 동작으로 떼떼의 등으로 올라탔다.

"부탁합니다."

카디프의 나지막한 소리와 함께 떼떼는 드래곤 파피답게 불안정한 날갯짓으로 창공을 비틀비틀 날아올랐다.

얼마나 지났을까?

"엄마… 엄마?!"

누군가 내 치맛자락을 당기며 '엄마' 라는 헛소리를 했다.

"공주님? 괜찮으세요, 공주님?"

부드러운 목소리. 내가 익숙하게 들어왔던 호칭.

그래, 난 샤아플린의 공주야!

"야! 애 엄마! 언제까지 퍼질러 잘 거야?!"

'애, 애 엄마?!'

난 나의 몸이 부들부들 떨리는 것을 느끼며 자리에서 벌떡 일어났다. 아니나 다를까, 그 녀석은 아까 자기가 귀 막으라고 눈치를 줘놓고 정작 자신의 귀는 막을 생각을 못한 '돌탱이'였던 것이다.

"돌탱이! 나보고 애 엄마?!"

내가 벌떡 일어나는 것을 확인한 그들은—재수없는 예쁘장한 남자(?)와 고귀한 엘프, 그리고 드래곤 파피라는 기묘한 일행은—안도의 한숨을 내쉬며 내게 김이 모락모락 나는 수프를 내밀었다.

"그 정도로 고함을 지를 정도면 건강한 거지. 자, 따뜻할 때 마셔."

'수프를 마시라구?'

리즈는 어이없는 표정으로 애버딘을 바라보았으나 그의 시선은 이미 카디프라는 엘프에게 고정되어 버렸다.

"카디프, 세인트를 찾으려면 이제부터 어디로 가야 하는 거죠?"

'세인트? 신검 세인트?! 대신이 이야기한 그 검 말이야?! 그게 저자와 무슨 상관이지?'

"글쎄요… 일단은 세인트보다 저분들이 더 급한 문제인 것 같 군요."

카디프의 말에 애버딘은 좀 머뭇거리며 답했다.

"음…… 정말 어떻게 해야 하죠? 한쪽은 공주고, 한쪽은 드래곤 이니 저로서도 뾰족한 수가 떠오르지 않는군요."

'역시 엘프는 엘프네! 난처하다는 듯 웃는 얼굴이 어쩌면 저렇 게 자연스러울까?! 엘프는 잘생겼을 뿐만 아니라 마법도 잘 다룬 다지? 그럼 이참에 마법을 배울 수 있게 부탁해 볼까?'

"이곳에 버려두고 갈까요?"

"이봐요! 지금 누구를 버린다는 거죠?!"

리즈가 진지한 어투로 애버딘을 나무랐으나 카디프는 태연한 표정으로 그녀를 저지시켰다.

그리고 한참 동안이나 애버딘의 얼굴을 응시했다.

"별로 좋은 생각은 아닌 듯싶군요."

"당연하죠. 난 샤아플린의 공주라구요. 이대로 어딘지도 모를 곳에 버려두고 간다면 분명히 리절트와는 외교상의 문제가 벌어 질걸요. 앗! 그렇게 되면 나도 곤란한데……."

리즈가 그렇게 한참 동안 자신이 파놓은 생각의 늪에서 허우적 거리고 있을 때, 애버딘은 애버딘대로 곤란한 표정으로 카디프를 마주 보았다. 그런 각자의 생각의 틀을 깨고 제일 먼저 입을 연 것은 드래곤 파피 떼떼였다.

"엄마, 근데 떼떼랑 왜 300년이 넘게 떨어져 있었던 거야? 난 엄 마 너무 보고 싶어서 리도스 아저씨 따돌리고 나왔는데."

떼떼의 말에 다시 시선이 리즈에게 모아졌다. 아까 그 폐기 처분된 마법 스크롤을 살 정도면 고대어조차 이해를 못한다는 건데, 도대체 이 마법 마니아 공주의 목적은 무엇일까?

"난 리즈야. 너의 엄마가 아닌 인간인 리즈라구."

그녀는 떼떼를 바라보며 조용히 말했지만 떼떼는 막무가내였다.

"아냐! 난 엄마가 사람으로 폴리모프한 것 봤어. 엄마라구!"

"엄마가 아니야. 난 엄마는 아니지만… 딱히 돌봐줄 사람이 필요하다면 너, 따라올래? 난 여행을 할 생각이거든. 네가 엄마를 찾을 동안이라면 누나 정도는 해줄 수 있어."

"싫어! 엄! 마!"

떼떼가 토라진 얼굴로 있자 리즈는 난처한 얼굴을 하며 두 손을 들어 패배를 표시했다.

"좋아좋아, 어차피 엄마를 찾을 텐데. 뭐, 그동안만 엄마다, 엄마!"

떼떼의 만족한 듯한 미소에 피식 웃던 애버딘은 고소하다는 어조로 말했다.

"정말이지 굉장하군. 드래곤의 엄마라~! 멋있다! 멋있어~ 하하핫!"

그러나 그의 호쾌한 웃음소리는 얼마 가지 못했다. '아빠!' 하는 소리와 함께 떼떼의 표적이 리즈에서 그로 지정되어 버렸기에. 카디프는 그 모습에 빙그레 미소를 지으며 말했다.

"리즈님, 지금부터는 어디로 가실 셈이지요?"

"다들 편하게 리즈라고 불러주세요. 그리고 아직까지는 행선지를 정하지 못했어요. 전 마법 수행을 하려고 해요. 당신들은 모험가들이신가요? 만일 그러시다면 전 카디프님께 마법을 배우고 싶군요. 절 일행으로 받아주시지 않겠어요?"

"전 누군가를 가르칠 만한 실력이 아니라고 생각합니다만."

"어차피 전 초보자입니다. 마법에 관한 것이라면 아무것이나 좋아요. 물론 사례도 충분히 하겠습니다."

리즈의 간절한 부탁에 그는 난처하다는 듯한 표정으로 애버딘을 바라보았다.

"애버딘님께서 승낙해 주신다면 얼마든지……."

"허락해 주실 거죠?"

리즈가 그 살인적인(?) 반짝이는 눈동자로 애버딘을 바라보자 그는 어쩔 수 없다는 체념의 미소를 지었다.

"휴~ 할 수 없지. 좋아. 어차피 일행이야 많으면 많을수록 좋은 거겠지."

그렇게 말한 지 10분도 지나지 않아 그들은 티격태격거리기 시작했다.

"그러니까 왜 네가 이 일행에 껴야 하는 건데?"

"치사하게 말 자꾸 바꿀 거예요?!"

리즈의 말에 떼떼는 뽀로통한 표정으로 카디프를 바라보았다.

"카디프 아저씨."

"……?"

"아저씨는 부부 싸움하는 드래곤을 어떻게 생각해요?"

"아무 생각 없는데."

"쳇! 이래서 난 엘프가 싫다니까~ 에잇! 나, 불량 파피할래."

떼떼는 갑자기 어디서 주워 본 건지는 알 수 없지만 어슬렁어슬렁 걷는, 꼭 건달 나부랭이 같은 포즈로 리즈를 툭툭 건드렸다.

"엄마, 나 폼나?"

그녀는 '부부 싸움'이란 단어가 나온 이후 줄곧 표정이 한결같았다. '드래곤 탕'의 맛은 어떨까 하는…….

"이봐, 떼떼야."

애버딘이 차분한 목소리로 뗴뗴를 부르자, 그는 행여 식당에서와 같이 '히프 맞기'를 당할까 싶어 잔뜩 주눅이 들었다.

"그럴 땐 그러는 게 아니라 '이쁜 누나가 말을 그렇게 하면 안 되지~'라고 하는 거야."

애버딘의 비음 섞인 목소리에 리즈는 인상을 썼으나 순진한 엘프인 카디프와 어린 뗴뗴는 신중하게 고개를 끄덕였다.

"아! 그렇군요."

"응, 아빠. 잘 알았어요."

애버딘, 카디프와 뗴뗴, 그리고 리즈까지 그들의 만남이 바로 이곳 아데스의 또 하나의 신화의 첫 페이지를 장식하고 있었다.

제2장
그리하여 모험은
시작되었다

기념할만한 첫 전투

애버딘 일행이 떼떼를 타고 내려온 곳은 다름 아닌 샤아플린이었다. 그것을 증명이라도 해주듯 어느덧 하늘을 붉게 물들이는 저녁 노을도 서서히 사라져 가고 본격적인 어둠이 밀려 들어왔다. 어둠이라는 것을 처음 접해보는 애버딘은 주위의 모든 풍경을 새까맣게 덮어버리며 그 존재감을 모호하게 만드는 어둠이라는 매력에 상당한 당혹감이 들었다.

"이게 바로 어둠이라는 것인가?"

그의 묘한 뉘앙스에 그녀는 잠시 그를 다시 봤다는 듯한 눈으로 바라볼 뻔했다. '너 감동했니? 나 제법 멋있지 않았어?' 라는 말만 하지 않았더라면 말이다.

"감동? 그게 무슨 엘프가 숲에 불지르는 이야기죠?"

리즈의 비아냥거리는 태도에 카디프가 뭔가 항의성의 말을 꺼내려고 할 때 어디선가 비명 소리가 들려왔다.

"살려줘요!"

아쉽게도 엘프의 불만을 들을 수 있는 절호의 기회가 연기되어 버린 채 그들은 최대한 귀를 쫑긋 세우고 있었다.

"살려줘요!"

또다시 여인의 비명 소리가 울려 퍼지자, 숲에선 엘프가 왕이라는 것을 몸소 보여주기라도 하듯 카디프가 제일 먼저 바람과 같이 어둠 속을 우아하게 달려갔고, 그 뒤로 애버딘이 그가 달려간 방향으로 몸을 날렸다.

"엄마는 안 가?"

"그게… 떼떼가 앞장 서… 아니, 우리 손잡고 갈까?"

그녀는 샤아플린의 토박이였음에도 불구하고 아직 눈이 어둠에 적응이 덜된 모양이다.

그리하여 떼떼와 리즈가 도착했을 때는 한창 오크와 애버딘의 전투가 시작되고 있었다.

"꾸이익~ 건방진 놈! 꾸이익~ 꺼져라!"

"꾸이익~ 돼지야! 꾸이익~ 너나 꺼져라!"

애버딘은 오크의 말투가 재미있어 보였는지 그 말투를 흉내내며 가볍게 몸을 풀기 시작했다.

'리절트인 맞아? 왜 몬스터를 보고도 놀라지 않는 거지?!'

리즈는 그의 강심장에 혀를 내둘렀다. 상식적으로 리절트에선 몬스터가 없기에 누구보다도 오크를 보면 당연히 놀라거나 공포를 느낀다거나 해야 하는 것이거늘, 애버딘의 눈빛은 '뭐 저렇게 생긴 것이 다 있냐?'는 듯 무덤덤, 아니, 신기해할 뿐이었다.

"카디프, 궁금한 게 있는데 대답해 줄래요?"

애버딘이 거칠게 돌진해 오는 오크를 옆으로 살짝 피하며 카디프에게 질문을 던지자, 전투 중이지만 그는 엘프다운 상냥한 미소로 답했다.

"얼마든지 물어보십시오."

"이 돼지, 마법 실패작인가요? 냄새도 구리고……."

"아뇨, 오크라는 단순하게 힘만 센 악취가 풍기는 종족이죠. 주로 무리를 지어 활동하기 때문에 경계하는 것이 좋을 듯싶습니다."

카디프는 오크에 대해 제법 자세하게 설명을 했으나 애버딘은 영 시원치 않은 표정을 보였다.

"그렇다는 것은 리절트에는 없는 녀석이라는 거죠?"

카디프가 고개를 끄덕거렸으나 아직 그 정도의 식별 능력이 있을 만큼은 시야가 돌아오지 않은 그로서는 카디프의 행동을 알 수 없었다. 다만 그의 머리 속에는 강한 의문만이 끝없이 반복될 뿐.

'그럼 리절트에는 있지도 않은 녀석이 어떻게 이렇게까지 낯익는 걸까?'

애버딘의 가벼운 몸놀림이나 동물적인 운동 신경이 오크를 상대로 대활약을 펼치긴 했으나 사실 그의 움직임은 예전에 오크를 상대해 본 경험이 있는 것이 아닌 다음에야 도저히 믿기 힘든 것이었다. 마치 단순한 오크의 행동 패턴을 이미 훤히 꿰고 있는 것과 같은 움직임을 보였으니 말이다.

리즈는 그의 움직임을 보고 꽤 숙련된 전사의 움직임을 취하고 있다는 것을 깨달았다. 그러나 그들은 마치 약속이라도 한 듯 서로 오크를 피하기만 할 뿐 치명적인 공격을 하고 있지 않다는 것에 의아했다, 라고 할까? 뭐, 얼마 지나지 않아 그 이유가 밝혀졌는데 오크의 오른손에 10cm~15cm나 될까말까 한 무언가가 잡혀 있어서—말이 좋아 잡혀 있다는 것이지 거의 손 안에 가두고 있다는 느낌이었다—함부로 공격하다가는 저 무식한 오크가 손으로 뭉개 버릴 것 같아서였다는 거였다.

"뭐 하는 거예요?! 나 좀 빨리 구해줘요!"

자신이 구하고자 하는 상대의 모습을 자세히 볼 수 없으니 상대의 정체를 알 수 없었던 애버딘은 영 떫은 표정으로 리즈를 바라보았다.

"여기에선 파리도 말할 수 있는 거야?"

애버딘의 관점에서 보자면 오크에게 붙잡힌 파리(?)가 시끄럽게 윙윙거리고 있는 것에 불과했던 것이니 떫은 표정을 짓는 것이 당연했던 것이다.

"무례한 녀석! 뭐라고 지껄이는 거냐?! 파리라니?!"

애버딘은 그 말에 그제야 뭔가를 깨달았다는 듯 고개를 끄덕였다.

"미안해, 리즈. 난 네 성격이 사납다고 오해했어. 이 나라에서 살아가려면 파리도 성질이 있어야 하는 것 같은데 인간은 오죽하겠어. 몰라서 그런 거니까 네가 너그럽게 용서해 줘."

"뭐예요?! 거기서 왜 또 제 얘기가 나오는 거죠?!"

앙칼진 리즈의 목소리를 뒤로하고 애버딘은 카디프에게 손짓을 하며 이 전투는 나에게 맡기라는 제스처를 취했다.

"뜻대로 하십시오."

카디프는 그의 의도대로 순순히 자리에서 물러났다.

"내 이름은 애버딘이다. 다들 초미남 애버딘이라고 하더군. 넌 이름이 뭐냐?"

그의 말에 리즈는 한껏 인상을 찌푸리며 떼떼를 툭툭 쳤다.

"절대로 보고 배우면 안 된다."

"엄마~ 아빠 너무 멋있어."

이미 떼떼는 애버딘에게 푹 빠져 있었다.

"꾸이익~ 거짓말하지 마라. 그렇게 꾸이익~ 긴 이름은 꾸이익~ 들어본 적 없다!"

애버딘이 뺑진 표정으로 오크를 바라보자, 카디프는 특유의 온화한 목소리로 말했다.

"머리가 나쁘다고 말씀드리지 않았습니까? 오크는 단순합니다."

그의 말에 애버딘은 허탈한 표정을 지으며 외쳤다.

"꾸이익~ 좋다! 넌 단순이라고 불러줄게. 꾸이익~"

"꾸이익~ 흉내내지 마라. 꾸이익~"

오크는 흥분한 듯 그에게 달려들어 글레이브를 날렸다. 글레이브가 그의 코앞을 아슬아슬하게 비껴가자 리즈는 고함을 빽 지르며 눈을 감아버렸다.

"으아~! 애버딘, 조심해요!"

이른 바 '뒷북치기'라는 것. 애버딘은 그런 그녀의 반응이 유쾌한 듯 윙크를 해 보였다.

"그래그래, 덕분에 살았다. 그러는 김에 리즈 너, 내가 이 오크를 다목적용 빛이 변하기 전에 없애면 날 오빠라고 불러라. 응?"

거의 억지를 쓰는 애버딘에게 그녀는 단 한 마디로 그의 말을 묵살시켜 버렸다.

"거미야, 거미야. 나 리즈가 명한다. 나의 앞을 막아선 자를 너의 위대한 줄로 막아다오. 홀드!"

역시 대답보다 행동이 앞서는 그녀였다. 그녀의 주문은 곧 거대한 거미줄을 형성하게 만들었고, 그 거미줄은 오크를 친친 감아 꼼짝 못하게 만들었다.

"꾸이익~ 인간은 비겁하다! 꾸이익~ 날 풀어줘! 꾸이익~"

"이런, 당신의 대사는 '풀어주세요'일 텐데요. 뭐, 미안하지만 저는 애버딘을 오빠라고 부를 순 없거든요. 나머진 다들 알아서

하세요."

"우와~ 역시 엄마 멋져!"

떼떼의 말에 애버딘은 한동안 멍청한 표정을 지을 수밖에 없었다.

'리즈… 넌 도대체 정체가 뭐냐?!'

카디프는 그들의 고차원적인 부부 싸움을(?) 보는 것도 슬슬 질리기 시작했는지 가볍게 고개를 저으며 움직일 수 없게 된 오크에게 다가가 그의 글레이브를 잡은 주먹을 펴게 한 후 정중하게 말했다.

"어서 나오세요, 페어리."

곧 이어 10~20cm의 반짝이는 빛을 발하며 작은 여인이 오크의 손에서 나왔다. 애버딘은 멍청한 표정으로 그녀를 바라보았다. 갑작스런 빛에 눈이 부셔서 깜빡깜빡거리던 리즈는 페어리를 발견하자 애버딘과는 대조적으로 공손히 고개를 숙였다.

"투희야님의 빛나는 아름다움에 경배를……."

"아름다운 그녀의 축복이 언제나 함께하시길……. 구해주셔서 감사합니다."

"다크에서는 그 특유의 빛 때문에 페어리 보기가 무척 힘들다던데, 어쩌다가 여기까지 오신 거죠?"

"굉장히 영리한 아가씨로군요. 호호호, 그렇게 신기해하실 것 없답니다. 전 샤아플린의 영역에 있는 숲에 있다가 오크에게 끌려왔거든요."

페어리는 가벼운 날갯짓으로 리즈의 어깨에 올라앉았다.

애버딘이 계속 이 낯선 존재에 대해 신기하다는 듯 바라보자 떼떼는 불안한 표정으로 리즈와 페어리를 번갈아 보며 고개를 갸우뚱거렸다.

'이러다 또 아빠 야단 맞으시겠네. 엄마가 훨씬 예쁜데 아빠 주책 맞게시리 왜 저렇게 쳐다본 거야?!'

떼떼의 생각과는 아랑곳없이 그는 덥썩 페어리에게로 손을 내밀어 그녀를 꽉 부여잡고는 능청스러운 눈빛으로 카디프를 바라보았다.

"카디프, 이 거대한 파리는 대체 뭐죠? 그 유명한 체체파리?"

그의 무례한 행동에 리즈는 당황한 표정으로 애버딘을 향해 고함을 빽 질렀다.

"당신은 페어리도 몰라요?! 어서 그 손 떼지 못해요!"

그녀의 눈에는 절실함이 깃들어 있었다.

'그러다가 마법 아이템이나 축복을 못 받게 된다면 죽음이얏!'

그녀의 눈에는 '페어리=마법 아이템 or 축복'으로 계산되고 있었다. 아마도 페어리라는 존재 자체가 주로 여신과 함께 다닌다거나 여신의 축복을 전해주는 일을 하는 경우가 많아서 그런 이미지가 되어버린 것이리라.

애버딘은 그녀의 그런 속마음을 눈치 채기라도 한 듯—이라기보다 살기를 띤 그녀의 눈이 무서워서—페어리를 놓아주었다. 그에게서 간신히 풀려난 페어리는 원을 그리듯 카디프에게 다가갔다.

"무례하군요! 역시 인간이란… 고생이 많으시겠어요, 엘프님."

"카디프라고 부르시죠."

그가 공손하게 답하자 그녀는 카디프를 측은한 듯이 보던 눈빛을 거두며 말을 이었다.

"절 구해주신 답례로 투회야님의 축복을 전해드리겠어요."

페어리는 모두의 주위로 우아한 동작으로 춤을 추듯이 빙글빙글 원을 그렸다.

"이 세상을 살아가는 데 있어 무엇보다 중요한 것은 즐거움! 투희야님의 축복으로 즐거움을 선사하겠어요. 당신들이 누구보다도 뛰어난 댄스 실력을 가질 수 있도록……."

말을 마친 페어리의 몸에서 잠시 희미한 빛이 새어 나왔다.

"호호호, 당신들은 이제 음악이 나오면 보는 사람이 즐거워지는 춤을 추게 될 거예요. 그럼 이만. 투희야님의 아름다운 축복이 당신들과 영원히 함께하시길 바라죠."

페어리는 인사도 듣지 않은 채 유유히 일행들의 시야에서 사라져 버렸다.

"댄스라……. 별 소용 없는 축복이군요."

리즈의 목소리에는 약간의 실망이 깃들어 있었다.

"하긴 귀족이나 왕족이 아닌 이상 댄스를 출 기회가 몇 번이나 되겠어."

애버딘이 그녀의 말에 동의를 표했다.

"음, 꼭 그렇지만은 않을 것 같군요. 페어리가 준 축복은 강제성이 있는 것 같지 않아요?"

카디프의 말에 다들 페어리가 말했던 주문을 떠올렸다.

호호호, 당신들은 이제 음악이 나오면 보는 사람이 즐거워지는 춤을 추게 될 거예요.

"시험해 보지 않을래요?"

떼떼의 말에 그들은 고개를 끄덕였다.

"그럼 노래는 누가 부를까?"

"내가 부를래. 부르게 해줘."

애버딘이 나서서 말을 하자 다들 별 불만이 없어 보이는 표정으로 그의 노래를 기다렸다. 그러나… 그것이 엄청난 실수였다는 것을 깨닫기에 그리 오랜 시간이 필요하진 않았다.

"나는야~ 애버딘, 용감한 사나이~ 앗싸! 나는야~ 정말 멋있다네~ 에~"

그가 이젠 거론하기도 귀찮은 그의 주제가 3절을 신나게 불러대자 리즈가 거의 그를 잡아먹을 듯 노려보았던 것이다.

"그런 엉터리 노래로 춤을 출 수 있을 리가…… 앗! 말도 안돼!"

그녀의 말과는 정반대로 이미 그녀의 몸은 움직이기 시작했다. 마치 '통통' 거리는 리듬을 타듯 손뼉과 손뼉이 마주치며 엇박자로 발을 퉁기며 고난도의 허리 동작을 요구하는 이 춤은—이하 '통통 춤' 이라고 표기—우아한 춤을 즐겼을 공주였던 그녀에게는 참기 힘든 꼴불견 춤이었다

그러나 이미 축복은 내려진 것. 운 나쁘게도 그 축복이란 것이 투희야가 만든 또 하나의 유머 시리즈의 축복이라는 것이 아쉽지만 이제 와서 물릴 수도 없는 것이다.

"시, 싫어! 난 이런 춤 정말 싫단 말이야~!!"

"후훗! 역시 '보는 사람이 즐거워지는 춤' 이라 강제성의 축복이군요."

여유있는 카디프의 말에 울상을 지으며 여전히 통통거리는 듯한 춤을 추고 있던 그녀는 카디프와 떼떼가 있는 곳으로 시선을 돌렸다. 그런데 이게 어떻게 된 일이람? 통통 춤을 추고 있는 자는 애버딘과 그녀뿐인 것이다.

"어, 어째서 우리만 춤을 추고 있는 거죠?"

"이건 인간에게만 해당되는 축복인가 보군요."

카디프의 냉정한(?) 말에 그녀는 처절하게 절규했다.

"애버딘! 그 이상한 노래 좀 그만 부를 수 없어요?!"

그러나 리즈의 절규와는 상관없이 그는 통통 춤이 무척 마음에 든 모양인 듯, 아예 배까지 불쑥 내밀며 신나게 통통거리고 있는 것으로 보아 그의 노래는 쉽사리 끝날 것 같지 않았다. 그리고 그녀의 구박 속에 간신히 노래가 끝나고 난 뒤에도 통통 춤에 대한 미련을 버리지 못했던 듯 혼자서 연신 배까지 퉁겨가며 통통거리고 있었던 그는 카디프의 염려스러운 말에 간신히 제정신을 차릴 수가 있었다.

"이대로 가다간 공주님께서 파이어 볼이라도 날릴 기세인데, 그만두시는 것이 좋지 않을까요?"

제아무리 엉뚱한 애버딘이라도 목숨 귀한 줄은 알고 있는지, '우리 이런 데서 계속 이러고 있지 말고 날 새기 전에 마을로 내려가는 것이 어떨까요?'라고 은근슬쩍 말을 돌려 버렸다. 그리고 그런 그의 말에 카디프는 미소를 지으며 답했다.

"음… 여기서 그다지 멀지 않은 곳에 마을이 하나 있습니다. 축제의 마을 '파피아'라고 하는 곳으로 일 년 내내 축제를 벌이는 마을입니다. 가보시겠습니까?"

샤아플린에서 오랫동안 머물러 왔다는 카디프답게 그는 이곳의 지리를 훤하게 꿰뚫고 있었던 것이다.

"우와~ 신난다! 이왕이면 볼거리가 많은 곳이 떼떼는 좋아요."

"…아주 신났군, 신났어. 미리 말해 두지만 우린 놀러가는 것이 아니야. 그곳에서는 멋대로 돌아다니면 안 돼. 만에 하나 너를 잃어버리기라도 하면 그 번잡한 곳에서 너 찾기란 남자 엘프가 여자 드워프랑 결혼하는 것보다 더 오랜 시간이 걸릴지도 모르니까 말이야."

리즈의 엄마다운 잔소리에 떼떼는 다소 불만스러운 표정으로 입을 삐죽이며 툴툴거렸다.

"엄마는 내가 아직도 파피인 줄 안다니까."

"너… 파피 맞아."

"자! 자! 그만 하지 그래. 이러다가 전부 줄줄이 사탕으로 카디프만을 의지한 채 이 숲에서 벗어나야 할지도 모르니까 말야."

애버딘의 핀잔에 리즈는 입을 삐죽거리며 떼떼의 손을 잡고 카디프의 뒤로 숨어버렸다. 이미 어둠 속에서 익숙해진 눈은 사물을 충분히 식별하고도 남았기에 그들이 큰 어려움 없이 숲을 빠져나왔을 때는 어느새 샤아플린의 하늘에는 푸르스름한 빛을 머금고 있는 새벽이 찾아왔다.

축제의 마을 파피아의 입구에서부터 부지런한 몇몇의 사람들이 거리를 청소하며 아침을 맞이할 준비를 하고 있었다. 길 양쪽에는 각종의 나무와 꽃들로 장식되어 있어 보는 사람의 눈을 즐겁게 해주고 있었고, 나무마다 램프를 걸어둬 거리를 대낮처럼 밝혀두고 있었다.

"오늘은 빛의 신 트루님께 감사를 드리는 축제인가 보군요."

카디프의 친절한 설명에 애버딘은 그저 고개만 끄덕거렸다.

종교의 자유가 인정되어 있는 샤아플린은 리절트처럼 축제를 떠들썩하게 치르는 것보다는 한곳의 마을을 지정해서 모든 축제를 치르도록 지시했다. 물론 지원금도 후하게 주고 있었고, 모든 축제를 진행해야 하는 만큼 마을 사람들은 언제나 눈코 뜰 새 없이 바빴다.

여관은 항상 손님을 맞이하기 위해 모든 방을 청결하게 유지하도록 애를 썼으며, 음식점 역시 축제를 치르기 위해 항상 주방이 쉴 틈을 주지 않았다. 덕분에 이곳은 급한 성격을 지닌 사람들이 많았지만 모두들 밝고 유머 감각이 풍부한 사람들이라 그다지 위험한 일이 벌어지거나 하진 않았다. 오히려 손님들은 다들 즐거운 추억을 간직한 채 일정을 끝내고는 자신의 마을로 돌아갔던 것이다.

"제가 알고 있는 여관이 있는데, 그리로 가지 않으시겠어요?"

마을의 한가운데를 지나갈 무렵 리즈가 주저하며 건넨 첫마디였다.

"그렇게 해주신다면 편하죠. 그럼 안내 부탁드립니다, 공주님."

카디프의 정중한 말투에 그녀는 약간 머뭇거리며 다시 한 번 말을 꺼냈다.

"카디프님, 저… 우리 서로 말을 편하게 쓰는 것이 어떨까요? 이젠 동료 사이인데 언제까지 그렇게 공주님이라고 부를 셈이죠?"

"그렇게 말씀하시는 공주님도 저를 카디프님이라고 부르시지 않으십니까?"

"그렇다면 이제부턴 서로 편하게 부르기로 해요. 어때요, 애버딘은?"

그녀의 말에 그는 전적으로 동의한다는 듯 고개를 끄덕거렸다.

"물론 나야 좋죠, 아니, 좋지. 사실 격식을 따지는 것은 그렇게 좋아하지 않아서……"

말끝을 흐리며 살짝 미소를 짓는 그의 표정을 지켜보고 있던 리즈는 왠지 자신의 얼굴이 달아오름을 느꼈다.

'정말이지… 얼굴만큼은… 잘생겼다니까……'

"음… 그렇다면 이제부터 공주님의 호칭은 뭐라고 해야 하죠?"

카디프의 갑작스런 질문에 퍼뜩 현실로 돌아온 그녀는 시원스럽게 자신을 리즈라고 불러달라고 부탁했다. 그는 한참을 고심하는 듯하더니 그렇게 하겠다고 말하고는 겸연쩍은 미소를 지었다.

"아! 벌써 다 왔군요. 아니, 다 왔어."

'꿈꾸는 별들의 쉼터'라는 커다란 간판이 걸려 있는 호화스러운 여관에 도착하자 딸랑거리는 경쾌한 종소리와 함께 명랑해 보이는 목소리가 그들을 반겼다.

"어서 오세요! 묵고 가실 건가요?"

"방 두 개가 필요한데요, 가능하면 복도 제일 끝 쪽 방을 쓰고 싶은데……."

여관 주인은 리즈의 목소리에 깜짝 놀라 그녀를 돌아보았다.

"고, 공주님?! 공주님께선 리절트의 사절단으로 가신 것으로 알고 있었는데, 그게 아니었던 모양이군요?"

"저… 그게 사실은 다녀왔는데 피치 못할 사정이 있어서 성으로는 돌아가지 않았어요. 그러니 제가 여기 있다는 것을 알리지 말아주세요."

리즈는 집게손가락을 입술에 댄 채 애교 넘치는 미소를 지으며 그녀에게 윙크를 해 보였다. 그녀는 그런 리즈가 귀엽다는 듯 애정이 담긴 눈으로 바라보며 복도 끝 방의 열쇠를 건넸다.

"2층 복도 끝 방 열쇠예요. 언제나 공주님이 오실 때 쓰시던 그 방이죠. 우선 짐을 푸시는 대로 씻으세요. 그럼 식사를 하실 수 있게 준비할게요."

그녀를 뒤로한 채 리즈는 방 열쇠 하나를 애버딘에게 건넸다.

"미안하지만 방 하나는 분명히 내가 써야겠지? 난 여자니까. 정 좁다면 떼떼는 내가 데리고 잘 수도 있어. 어떻게 할래?"

그녀의 똑부러지는 말에 떼떼가 징징거리기 시작했다.

"싫어. 나도 남잔데 왜 엄마하고 자? 싫어! 난 아저씨랑 아빠랑 잘 거야."

덕분에 리즈의 말대로 그녀는 혼자서 방을 차지하게 되었다.

"뭐, 그런 거야 상관없지만, 리즈. 너, 이 여관 주인과 잘 아는 사이야?"

"응, 예전에 내 유모로 계셨던 분이셔. 그래서 내겐 어머니와도 같은 존재시지. 샤아플린 내에서는 내가 유일하게 믿을 수 있는 사람이기도 하고."

"그래서 이곳으로 오자고 한 거구나?"

"그런 면도 있고, 파피아는 언제나 관광객들로 여관이 꽉 차서 방을 구한다는 것도 쉽지 않아. 이곳의 복도 맨 끝 방은 내 전용 방이기도 하니까 리절트에서 샀던 마법 스크롤을 맡겨놓고 나중에 찾으러 오기도 좋고 뭐, 그런 이유지. 사실 카디프가 파피아를 안다는 게 좀 의외였긴 했지만 말야. 호호."

"영악하기는……."

"아무튼 난 좀 짐이 정리되는 대로 좀 씻어야겠어. 아참! 우리가 쓸 식당은 지하에 있어. 그럼 나중에들 봐요! 오호호호호~"

그녀의 오묘한 웃음소리를 뒤로하고 다들 방으로 들어갔다.

대충 짐들을 정리한 후 껌껌했던 먼지를 가뿐하게 씻어내린 뒤 식당으로 가기 위해 현관으로 내려왔다. 처음부터 느꼈던 것이지만 이 여관은 꽤나 규모가 큰 듯 식당만 두 개가 있었다. 여관과 문 두 개를 사이에 두고 식당이 하나 있었고, 또 다른 문은 지하로 통하게 계단이 놓여져 있었다. 지하의 식당은 귀족 전용인지 일반인들의 출입을 통제하기 위해 몇 명의 건장한 남자들이 문 입구를 막아서고 일일이 주인 아주머니의 허가를 기다리고 있었다.

"샤아플린은 신분 제도가 꽤나 엄격한 것 같군?"

"글쎄, 난 이런 생활이 너무 익숙해져 있어서 사실 실감을 못하는 편이야."

그들은 여관 주인 아주머니의 안내를 받아 눈에 잘 띄지 않는 곳으로 자리를 잡았다.

"뭘 드시겠습니까?"

아주머니의 말에 리즈는 방긋 웃으며 대답했다.

"늘 먹던 대로요."

"다른 분들은 뭘 드시겠습니까?"

"떼떼는 달콤한 케이크가 좋아요! 이왕이면 우유는 시원한 것이 좋구요."

"음, 저는 거품 맥주와 추천 메뉴로 주십시오."

"아! 그럼 나도 그렇게 할래요."

일전에 슬라임 푸딩을 주문시킨 타격이 컸던 듯 메뉴판을 꼼꼼히 살피던 애버딘이 카디프를 따라 안전하게 추천 메뉴를 선택한 것을 끝으로 주인 아주머니는 그들의 식사 주문을 위해 주방으로 건너갔고, 이내 누가 보아도 리즈와 상당히 닮았다고 생각할 만한 외모를 가진 청년이 그들 곁으로 다가왔다.

"리즈님?! 설마 했는데 정말 리즈님이셨군요! 도대체 어떻게 된 거죠?! 지금 리절트에 계셔야 하지 않나요? 도대체 여기서 뭘 하고 계시는 거죠?!"

어딘지 모르게 사나운 표정의 그는 마치 죄인을 심문하는 듯한 눈으로 싸늘하게 리즈를 내려다보았다.

"오, 오라버님께서 여긴 어떻게……?!"

새파랗게 질린 표정의 리즈는 당황한 듯 그를 올려다보자 그는 마치 얼음을 토해놓는 듯한 냉랭한 목소리로 그녀를 날카롭게 추궁했다.

"전 아바마마의 명을 받아 리즈님을 대신해 축제를 진행하고자 이곳으로 온 것입니다. 이젠 리즈님이 대답하실 차례군요. 도대체 여기서 뭘 하고 계시는 겁니까?"

"아… 저는 리절트에서의 교섭을 성공적으로 끝내고 왔습니다. 어떻게 하다 보니까 저만 일찍 샤아플린에 도착하게 되었지만, 아직은 성으로 돌아갈 생각이 없습니다."

예상치 못한 일이 일어나자 그녀는 횡설수설하며 일행의 눈치를 살폈다. 그제야 그의 눈에는 다른 일행이 있다는 것을 알아챈 듯 그들에게 시선을 돌렸다. 생각지 못했던 리즈의 오빠의 등장으로 어리벙벙한 표정의 애버딘과 아무런 변화 없는 카디프의 자연스런 표정이 대조를 이루며 그를 바라보는 것에도 아랑곳없이 그는 여전히 찬바람이 부는 듯한 시선을 풀지 않았다.

"아! 이런, 일행이 있으셨군요. 실례했습니다. 저는 샤아플린의 제2왕위 계승자 레서스입니다. 투희야님의 아름다움이 언제나 함께하시기를……."

"투희야님의 아름다움이 언제나 당신과 함께하시길……. 저는 카디프라고 합니다."

카디프가 특유의 부드러운 바람과 같은 목소리로 자신을 소개하자, 가만히 그들을 바라만 보고 있던 애버딘 역시 시원시원한 목소리로 인사를 건넸다.

"투희야님의 아름다움이 언제나 당신과 함께하시길……. 저는 애버딘이라고 합니다. 그리고 이 귀여운 꼬마는 떼떼라고 하죠."

떼떼는 애교있는 미소를 지어 보이며 고개를 숙였다. 레서스는 그런 떼떼를 힐끔 쳐다보았을 뿐 같이 미소를 지어주거나 하지는 않았다.

"실례되는 질문인지는 모르겠지만 다들 리즈님과는 어떻게 아는 사이신지 말씀해 줄 수 있으십니까?"

리즈가 계속 일행의 눈치만 살피며 자신의 말에 대해 아무런 언급을 하지 않자, 답답해진 레서스는 애버딘 일행에게 그 대답을 듣고자 했다.

"이분들은 리절트에서 만나게 된…… 저의 동료들입니다."

여전히 그녀의 눈에는 레서스에 대한 신뢰감 같은 것은 찾아볼 수 없었지만 처음의 당혹감은 조금 수그러진 듯했다.

그는 그녀의 말에 냉기가 뻗어 흐르는 시선으로 그들 일행을 쭉 훑어보았다. 마치 등 뒤로 꽃이 연상될 만큼 아리따운 소녀, 아니, 소년과 열 살 남짓의 꼬마, 그리고 투희야의 살아 있는 증거로 불리고 있는 엘프…….

"동료? 무슨 동료를 말씀하시는 겁니까?"

아무리 생각해 봐도 이 일행들이 리절트의 사절단이라든지 하는 직책의 사람들 같아 보이진 않았다. 도대체 그녀는 무슨 생각을 하고 있는 것일까?

"제 마법 수행의 동료가 되어주실 분들이십니다."

그렇게 말하고 있는 그녀의 표정에서는 아무런 망설임도, 당혹감도 실려 있지 않았다.

"죄송합니다만, 뭐라고 하셨습니까?"

"이분들은 제 마법 수행의 동료가 되어주실 분들이라고 했습니다."

그녀의 너무나도 당당한 그 말에 그는 실소를 금치 못했다.

"풋! 아… 실례. 마법 수행이라니요? 리즈님, 당신이 말입니까?"

노골적으로 그녀를 비웃는 듯한 그의 목소리가 귀에 거슬린 듯 여태껏 멍하게 있던 애버딘의 표정이 일그러지기 시작했다.

"리즈, 너 서열이 어떻게 돼?"

"그건 왜 물어?"

"음, 난 샤아플린이 신분 제도가 너무 엄격한 것 같아 좀 싫은 느낌이 들었는데 말야… 지금 생각해 보니 신분 제도라는 거 엄격하다고 다 나쁜 것만은 아닌 것 같아. 서열이 2위라는 왕자가 너에게 '님'을 붙여야 한다면 말이지. 너, 서열이 도대체 몇 위라는 거야?"

레서스는 애버딘이 자신을 비꼬고 있음을 눈치 챈 듯 험악하게 인상을 찌푸리며 애꿎은 리즈에게 원망 어린 눈초리를 돌렸다.

"아주… 좋은 동료를 두셨군요, 리즈님. 아무튼 저는 이번 일을 확실히 짚고 넘어가야겠습니다. 당연히 그 모험이란 것을 아바마마께서도 허락을 하신 거겠죠?"

"아바마마께선 저와 약속을 하셨습니다. 원하는 것을 이루어주기로."

그녀는 이럴 때를 대비해 받아두었던 왕과의 약속을 떠올리며 레서스를 정면으로 쏘아보았다. 그는 마치 눈싸움이라도 하는 듯 그녀의 시선을 피하려 하지 않고 더욱 눈에 힘을 주었다.

"그렇다면 아바마마께 말씀드리죠. 리즈님께서 이런 이상한 패거리들과 어울려 다니며, 아직까지도 그 어줍잖은 마법에 마음이 뺏겨 계시다는 것을!"

타이밍 나쁘게도 주문한 음식이 나왔는지 수북한 음식이 담긴 쟁반을 양손 가득 들고 있던 아주머니가 레서스의 뒤에서 쩔쩔매고 있었다. 그것을 본 애버딘이 그냥 넘어갈 리가 없었다.

"이런 패거리? 호오~ 투회야님의 증거이신 엘프가 있는데도 '이런 패거리'라고 말하는 사람이 있긴 있나 보군. 샤아플린의 국민 대다수가 투회야님을 믿는다는 거 순 구라 아니야? 그렇지 않고서야 어디서 저런 건방진 소리가 나올 수 있겠어."

"건방진?! 무례하군! 감히 내가 누군 줄 알고?!"

"누구긴 누구야. 머리 빈 왕자 놈이지! 이런 패거리 식사 좀 하게 비키기나 하시지? 아무리 온실 속 화초로 자란 왕자라 해도 우리더러 쫄쫄 굶으며 네 시건방진 연설을 들으라고 할 정도로 순진하진 않으시겠지?"

애버딘의 말에 그의 얼굴은 더 이상 인간의 그것이라고 봐주기 어려울 만큼 일그러졌다. 한바탕 싸움이 벌어질 기세가 보이자 리즈는 조용하지만 단호한 어조로 레서스에게 말했다.

"죄송하지만 오라버님, 이만 물러가 주세요. 그리고 아직 아바마마께는 제가 이곳에 있다는 것을 말씀드리지 말아주세요. 부탁드립니다."

그렇게 말하는 그녀의 눈동자에는 절실함이 배어 있었다. 그런 그녀를 본 레서스의 얼굴에는 뜻 모를 미소가 피어났다.

"당신들에게 베니펏님의 영원한 안식이 있으시길 바랍니다."

일종의 완벽한 도발이었다. 그러나 이곳은 샤아플린. 종교의 자유가 있는 나라로서 어떤 신의 인사를 나누든지 아무런 제약이 없는 곳이다. 비록 그들에게 말한 '영원한 안식'이란 인사가 밥숟가락을 영원히 놓으라는 것을 의미한다는 걸 애버딘만이 알고 있었다고 해도 그 도발에 넘어갈 만큼 어리석지 않았던 애버딘은 한껏 레서스를 노려보는 것으로 작별 인사를 대신했다.

그렇게 레서스가 사라지고 난 뒤 아주머니는 살았다는 듯 내쉰 안도의 한숨과 함께 테이블에 음식들을 내려놓았고, 리즈는 아직까지 풀리지 않은 듯한 긴장감에 미안한 듯 주눅이 든 표정으로 일행을 바라보았다.

"오라버님께서 모두에게 실례를 한 것 같아. 아마도 악의를 가지고 그런 것은 아닐 테니까 용서해 줘. 미안해."

이제껏 힐끔힐끔 엿보듯 그녀를 훔쳐 보고 있던 애버딘은 아무 일도 없었던 듯한 미소로 차가운 거품 맥주를 한 모금 들이켰다.

"그런 건 네가 사과할 일이 아니야. 게다가 네 사과를 받는다고 해서 우울한 기분이 풀릴 것도 아니고 말이야."

"그, 그런… 그럼 내가 어떻게 해줬으면 좋겠어?"

"글쎄, 어떻게 한다고 해도 기분이 풀릴 것 같지 않은데?"

말과는 달리 입가에 미소를 띤 그는 잔뜩 주눅이 들어 있는 리즈의 머리에 가벼운 알밤을 먹이며 말을 이었다.

"말했지? 네가 사과할 일이 아니라고. 어떻게 해도 기분이 풀릴 것 같지 않은 일은 말이야……."

"……?"

"잊어버리는 게 최고야!"

"대신 맛있는 음식을 먹으며 기분을 푸는 것도 나쁘진 않을 것이라고 생각하는데?"

"역시! 나이를 폼으로 먹은 게 아니군."

카디프가 머쓱한 듯 웃으며 중얼거렸다.

"엘프의 평균 수명에 근거하면 아직 난 젊디젊은 청년이야. 노땅 취급은 사양해."

"카디프의 나이가 어떻게 되기에?"

"대략 340살쯤?"

"340?!"

"거 봐, 리즈도 놀라잖아. 충분히 노땅이라니까."

"인간의 수명에 비교하지 말라니까 그러네. 난 이제 갓 된 청년이라니까."

"그래그래, 그렇다고 해두지 뭐."

"그렇다고 해두는 게 아니라 그런 거야."

"사소한 것에 목숨 거는군. 뭐 어때? 중요한 건 340된 노땅과 아직 20도 안 된 파릇파릇한 새싹들이 맞먹을 수 있는 현실에 감사드리는 것 아니겠어? 우린 카디프의 건강이나 기원하면서 건배하자구."

"노땅 아니라니까."

"건배～!"

"건배～!"

"건배……."

노땅이 아니라던 카디프마저 맥주 잔을 높이 치켜들고는 건배를 외치자 그들은 서로 얼굴을 마주 보며 킥킥 웃어댔다. 분위기가 많이 밝아지자 이제껏 가만히 그들을 바라만 보고 있던 떼떼가 조심스러운 얼굴로 리즈를 바라보았다.

"그런데 저기, 엄마… 아까 그분이 오라버님이라면, 내 외삼촌이 되는 거야?"

리즈가 쭈뼛거리자 애버딘이 얼른 나서서 사태를 수습했다.

"아니야! 절대로 외삼촌이 아니야! 어디서 만나게 되더라도 아는 척하면 절대로 안 돼!"

"왜?"

"왜라니… 그거야… 저기……."

애버딘이 적당히 대답할 만한 구실을 찾지 못해 허둥대자 리즈가 약간 서글픈 듯 말을 이었다.

"혹시 유괴당할지도 모르니까. 그는 드래곤 파피를 모으는 취미가 있어."

"에엣?!"

일행들의 놀란 시선이 그녀에게로 모아지자 그녀는 어깨를 한 번 으쓱거렸을 뿐 별다른 말을 해주진 않았다. 다행스럽게도 떼떼는 나름대로의 상황을 납득했는지 더 이상 꼬치꼬치 캐묻거나 하지 않았다. 일행의 이상한 침묵을 눈치 챘는지 아주머니가 상냥한 미소를 지으며 다가왔다.

"식사를 다 하시고 나면 마을이라도 한번 둘러보시는 게 어때요? 축제의 마을 파피아까지 오셔서 그냥 가시면 서운하잖아요. 지금 광장으로 나가면 볼거리도 무척 많을 거예요. 한번 가보시지 그래요?"

"그러고 보니 이 시간쯤에 광장에서는 귀족들에게 소속된 광대들의 공연이 벌어지곤 했었는데……."

카디프가 그립다는 듯 회상에 잠기자 리즈가 놀란 듯한 눈으로 그를 바라보았다.

"굉장히 잘 아네~ 그렇게 말하니까 꼭 이곳에서 살아본 적 있는 것 같아."

"샤아플린에서 줄곧 생활해 왔으니까 이곳에서도 몇십 년 정도는 살아봤어."

"그럼, 이곳에 아는 사람도 많겠네?"

"그렇다고 해도 이미 대부분이 죽어버렸을 거야."

"아… 그렇구나."

사실 오랫동안 산다는 것은 어떻게 보면 잔인한 일일지도 모른다. 친했던 사람들이 하나둘씩 떠나가고 남겨진다는 그런 기분은 그다지 유쾌한 것이 아니니까 말이다. 분위기가 다소 무겁게 가라앉자 애버딘이 약간 과장된 몸짓으로 말했다.

"가자! 난 이곳에 한 번도 와본 적 없다구. 떼떼도 좋지?"

"나도 서커스 볼 거야!"

"그래그래, 그렇게 결정났으면 나가자구."

어느새 마음이 앞섰던 애버딘과 떼떼는 손을 꼭 붙잡고 식당 현관 앞에 서 있었다.

"뭐 해? 빨리 나와!"

카디프와 리즈는 그런 그들을 바라보며 어이없는 미소를 지었다.

"그래, 간다, 가!"

여관에서 그리 멀지 않은 광장엔 벌써 사람들로 넘쳐 가만히 서 있기만 해도 지나가는 사람들에 밀려 움직여질 정도였다.

"보세요~ 보세요~! 강아지가 손님이 부른 숫자를 뽑아옵니다."

일행이 발길을 멈춘 곳은 골목길 모퉁이의 작은 천막이 처진 곳으로 동물을 조련시켜 사람을 끌어들이는 일종의 서커스단이었다.

"10이요, 10!"

한 사내가 숫자를 부르자 강아지는 8과 9 사이를 갈팡질팡하더니 10이 있는 곳으로 가서 카드를 물고 왔다. 사람들의 탄성과 박수 소리가 터져 나온 것은 말할 것도 없었다.

"에~ 동물도 잘만 하면 돈이 되는구나."

서커스를 구경해 본 적이 없었던 애버딘은 제법 진지한 표정으로 강아지를 바라보았다.

"떼떼야~"

애버딘이 친근한 미소를 지으며 떼떼를 부르자 리즈는 방어 자세를 취하며 떼떼를 안아 들었다.

"드래곤으로 변신하라든지, 숫자 셀 줄 아냐는 말을 한다면 파이어 볼을 날려 버리겠어."

리즈의 엄격한 말투에 애버딘은 핏기 가시는 얼굴로 고개를 끄덕였다.

"물론이지, 내가 그럴 인간으로 보여?"

그러자 그녀는 자신의 말이 좀 심했단 생각에 자책감이 들어었다. 그런 그녀의 뒤통수에 애버딘의 자신감 넘치는 목소리가 날아

들었다.

"뗴뗴야, 너, 강아지로 변신할 줄 알아?"

"……."

한 사람과 한 명의 엘프, 그리고 드래곤은 그저 뻥진 표정을 지으며 애버딘을 처절하게 무시해 버렸다.

"아, 아니… 그게 아니라~ 그러니까 저……."

애버딘의 당황한 표정에 뗴뗴가 결정타를 날렸다.

"바아아아아아~ 보오오오오오~!!!"

애버딘이 무시당하는 기막힌 타이밍에 맞춰 왕이 행차했다는 소리가 거리에 울려 퍼졌다. 그리고 거리에는 왕의 행렬을 축하하는 거리의 악사들이 춤을 추고 있었다. 왕의 행차라는 소리에 리즈는 뜨끔해져서 일행을 향해 숨자는 제스처를 취했지만, 마음과는 달리 몸은 자동적으로 악사들이 연주하는 음악에 맞춰 통통 춤을 추며 왕의 행렬 가까이에 다가가고 있는 중이었다.

"애, 애버딘! 도, 도와줘."

리즈는 눈을 찔끔 감고 자신을 끌어내 달라는 표정으로 애버딘을 불러보았으나 그 역시 투회야의 축복을(?) 받은 몸. 아예 배를 불쑥 들이밀며 신나게 통통거리고 있는 것이 아닌가.

그녀는 웃을 수도, 울 수도 없는 처지에 놓여 이상야릇한 표정을 머금고 또 다른 일행인 카디프와 뗴뗴를 바라보았으나 그들은 그들 나름대로 중대한 고민에 빠져 있었다.

엘프인 카디프.

'나보고 도와달라고 하지 않는데 내버려둬야 하는 건가?'

드래곤 파피인 뗴뗴.

'아빠가 저렇게 신나 있는데 방해하면 나중에 한 대 맞지 않을까?'

리즈는 울며 겨자 먹기로 나름대로 머리를 굴리고는 있었으나 손이 위로 아래로 움직이느라 바빠 정신을 집중할 수 없으니 마법을 구사할 수도 없고, 그렇다고 이 상황을 벗어날 무슨 뾰족한 수도 생각나지 않았다.

"무엄하게 왕의 행렬에 끼어드는 자가 누구냐?!"

화가 난 듯한 음성과 함께 음악이 멈추자 근위대가 나와서 애버딘과 리즈를 순식간에 에워싸고는 밧줄로 꽁꽁 묶어버렸다. 멈춰졌던 왕의 행렬은 순식간에 복귀된 채 아무 일도 없었던 듯 커다란 음악 소리와 함께 거리를 활보했다. 또다시 울려 퍼지는 음악 소리에 그들은 묶인 채로 온몸을 씰룩거려 댔고, 그 모습을 본 근위병은 일행에서 빠져나와 감옥으로 그들을 호송하는 게 나을 것이라 생각했는지 왕의 행렬에서 이탈했다.

리즈와 애버딘이 순식간에 잡혀가 버리자 당황한 떼떼는 난처한 표정으로 카디프를 바라보았다.

"저기, 아저씨… 아빠랑 엄마 어쩌지?"

떼떼와는 달리 당황한 기색이라고는 전혀 찾아볼 수 없는 카디프는 특유의 차분한 어조로 떼떼의 질문에 답해주었다.

"내가 살았던 때와 크게 변하지 않았다면 이곳에 있는 감옥이라고는 한곳밖에 없어. 그러니 근위병만 잘 설득한다면 리즈와 애버딘은 곧 나올 수 있을 테니까 너무 걱정하지 마."

떼떼는 알겠다는 듯 고개를 두어 번 끄덕였고, 그 모습을 물끄러미 바라보고 있던 그는 잠시 머리 속으로 예전의 지리를 떠올리며 떼떼의 손을 잡고 한 방향을 향해 걸어나갔다.

알현

"이제 어쩌지?"

얌전하게 근위대를 따라, 아니, 끌려 감옥으로 향하던 애버딘은 고개를 숙이고는 난처한 표정을 짓고 있는 리즈를 바라보며 한숨을 쉬었다. 감옥이란 도적들에겐 그다지 가고 싶지 않은 곳이었다. 물론 일반인에게도 그렇지만.

리즈는 조용한 목소리로 그에게 말했다.

"이대로 도망친다면 나중에 개죽음당하니까 허튼 생각 말고 그냥 따라가. 내 신분도 있고 하니까 아바마마께서도 크게 어쩌진 않으실 테니 너무 걱정하지 마."

그녀는 차마 말하지 못한 한마디를 자신의 마음속으로 덧붙였다.

'어째서 아바마마가 이곳에 계신 거지?!'

그녀는 침울한 표정으로 모든 불만을 투희야에게 아낌없이 퍼부어주었다.

'뭐 그딴 축복이 다 있어!! 말이 좋아 축복이지 그거 저주 아

냐?! 도대체 신이라는 작자는 무슨 생각을 하는 거야?!'

어느새 감옥에 다다랐는지 근위병의 발걸음이 늦춰졌다. 외형으로 봐서 그저 커다란 저택으로만 보이는 건물은, 쇠창살로 모든 창이 봉해져 있지만 않았다면 무척 고풍스러운 건물 양식이었다. 마치 짐을 쑤셔 넣듯 아무렇게나 한쪽 방으로 애버딘과 리즈를 밀어넣은 근위병은 튼튼해 보이는 문을 굳게 열쇠로 잠가 버렸다.

"도대체 무슨 생각으로 왕의 행렬을 방해한 건지 모르지만 이 안에서 조용히 반성하도록 해."

명령조의 근위병의 말투에 리즈는 더 이상 망설여 봤자 결과는 마찬가지다, 라는 생각에서인지 새빨간 루비로 만들어진 왕가의 문장을 내보였다.

"이거면 내가 누군지 알 수 있겠죠? 아바마마를 뵙게 해줘요."

"이, 이런! 저, 저의 무례를 용서해 주십시오."

근위병은 왕가의 문장을 보자 얼굴에 당황한 기색이 역력했다. 어쩔 줄 몰라 하는 그를 보자 리즈는 답답했던지 냅다 언성을 높였다.

"그런 건 아무 상관 없으니까 지금 당장 아바마마를 뵙게 해주세요!"

"네! 알겠습니다. 그리고 공주님이 계실 방도 알아보도록 하겠습니다."

"됐어요. 어차피 적당한 곳도 없을 텐데 신경 쓰지 말아요."

한결 부드러워진 그녀의 목소리에 안심이 되었는지 근위병은 가볍게 목례를 한 뒤 서둘러 밖으로 나가 버렸다.

그녀의 소식을 전해 들은 샤아플린의 국왕이자 리즈의 아버지인 그는 양미간을 찌푸리며 곤혹스런 표정을 지어야만 했다. 자신의 딸이 외국인 청년과 함께 파피아의 감옥에 감금되어 있다는 사실이 그를 당혹스럽게 했던 것이다.

"이리로 데려오너라, 둘 다. 그리고 모두들 잠시 물러가 있도록 하게."

모두가 물러간 후 그는 아주 긴 한숨을 내쉬었다. 레서스가 그녀를 이곳에서 보았다는 말을 했을 때만 해도 그저 그가 헛것을 본 것이려니 생각하며 웃어넘겼다. 권위만을 내세우는 레서스와는 달리 언제나 자신의 일에 대해 책임감을 가지고 처리하는 리즈가 사절단의 임무를 팽개치고 샤아플린에 있을 리 없다고 생각했기 때문이다. 더군다나 그녀는 자신이 임무를 완벽하게 수행해 내면 뭔가를 들어달라는 이야기까지 했던 마당이다.

그러나 빨간 루비의 문장은 대대로 샤아플린의 왕족의 증표. 어느 누가 간 크게 왕가의 문장을 도용해 샤아플린의 공주라고 사칭하겠는가? 그것도 왕을 뵙게 해달라는 요청까지 해가면서 말이다.

얼마 후 리즈와 애버딘이 그가 있는 곳으로 불려오자, 그는 허탈한 미소를 지었다. 리즈가 자신의 임무도 팽개치고 함께 있는 남자라고 하기에 어쩌면 사랑의 도피일지도 모르겠다는 생각을 했건만, 그녀와 함께 불려온 남자는 너무나도 연약한 인상의 미소년이었다.

'리즈에게 미남 밝힘증이 있었던가?'

"아바마마께 어둠의 안식과 빛의 영광이……. 리즈 이제 막 돌아왔습니다."

공손하게 인사를 하는 리즈와는 달리 애버딘은 간단하게 목례를 할 뿐이었다.

'이봐, 리즈. 이제 막 끌려왔습니다, 아니야?' 라는 생각을 하며.

그런 그에게 큰 신경을 쓰지 않았던 국왕은 리즈에게 싸늘한 눈빛을 보내며 말했다.

"그 인사는 제대로 모든 일들 마쳤을 때 하는 것이라 일러줬을 텐데."

그녀는 의아한 눈빛으로 아버지를 바라보았으나 곧 그가 의미하는 바가 무엇인지를 깨달았다. 그녀의 말이 진실이라고 하기엔 시간이 맞지 않는다는 것이다. 그도 그럴 것이 드래곤인 떼떼를 타고 왔으니 당연히 예정 시간보다 훨씬 일찍 도착했고, 그러니 그는 자신이 사신의 역할을 하지 않고 이곳으로 도망친 것이라 여긴 것이다.

"아바마마, 저는……"

"말하지 않아도 알 만하다. 그래, 이 녀석은 누구냐? 어떻게 알게 된 사이지?"

"저 말씀이십니까?"

애버딘은 그제야 예의를 갖추며 자세를 바로잡았다.

"그대에게 말한 것이 아니네. 내 딸아이에게 묻는 것이지."

그는 그녀가 자신에게 진실을 알려주길 기대하는 눈빛으로 딸을 바라보았다.

약간 주춤하긴 했으나 오래 지체하지 않고 아버지를 정면으로 바라본 그녀는 단호한 어조로 그의 물음에 답했다.

"제 모험의 일행입니다."

"호오~ 모험이라구? 굉장한 일을 하려고 하는구나. 그런데 무슨 모험을 하려는 거지?"

그는 애버딘을 바라보며 진실에 관해서는 거의 포기한 듯한 어조로 중얼거렸다.

'그럼, 저 허여멀건한 자식이 마법사라는 건가?'

그녀는 일전에 아버지와의 약속을 떠올리며 말을 이었다.

"아바마마께서는 일전에 저와 하셨던 약속을 기억하시고 계십니까?"

"무슨 약속을 말하느냐?"

"제가 리절트와의 외교를 성공적으로 끝내면 무엇이든지 원하는 것을 들어주기로 하셨던 약속 말입니다."

그는 '감히 네 입에서 약속을 운운하느냐?!' 라는 말을 입 안으로 간신히 삭이며 고개를 끄덕였다. 그녀의 말은 계속되었다.

"저는 성공적으로 외교를 마쳤습니다. 그 보고는 그레이 경이 도착하는 대로 아바마마께 올려드릴 것이니, 아바마마께서는 곧 제 말의 진실 여부를 아실 수 있을 것입니다. 다만……"

그는 리즈의 말을 가로챘다.

"네가 지금 사절단의 역할을 충실히 수행했다고 주장하는 것인가?!"

거짓을 싫어하는 샤아플린의 국왕. 그의 목에선 시퍼런 핏대가 그의 분노를 역력히 나타내 주었다.

"네, 그렇습니다."

"하아~ 리즈야. 넌 지금 나를 바보로 여기는 것이냐? 그렇지 않고서야 어떻게 리절트의 영역에서 겨우 벗어나 있어야 할 네가 이렇게 빠른 시간 내에 샤아플린에 도착할 수 있었다고 주장할 수 있느냐?"

딸아이로부터 시선을 돌린 그는 문득 애버딘에게로 시선을 집중시켰다.

'혹시… 저자가 마법사라면……'

"혹시 워프 마법을 쓸 줄 아느냐?"

그녀는 화가 난 듯한 그의 표정에 고개를 푹 숙였다.

"아직 워프는……"

"너 말고 저자 말이다."

애버딘은 그제야 자신이 말할 차례가 왔다고 생각하며 왕을 정면으로 바라보았다.

"이번에는 말을 해도 괜찮겠습니까?"

"그렇다네, 젊은이. 지금은 자네에게 묻고 있는 것이네."

애버딘은 속으로 '입에 거미줄 칠 뻔했네. 으으~' 따위의 말을 궁시렁거리며 답했다.

"저는 마법사가 아닙니다. 그렇지만 워프라면… 리즈가, 아니, 공주님의 마법 스크롤을 사용하면 얼마든지 쓸 수 있습니다."

애버딘은 눈을 찡긋해 보이며 리즈를 바라보았다. 그 정도의 거짓말 정도는 문제가 되지 않는다는 듯. 그러나 정작 그녀는 그의 의도를 눈치 채지 못했는지, 아니면 그저 눈치 못 챈 척하는 것인지 고개만 폭 숙이고 있었다.

"마법 스크롤? 마법 스크롤을 들고 갔던 거냐?"

"아닙니다. 그런 것이 아니라, 리절트에서 아주 싸게 팔기에……"

"음… 넌, 공주이면서 왜 그렇게 세일에 약한 건지… 아직도 그 버릇을 고치지 못했느냐?"

그녀는 여전히 고개를 들지 못하고 그저 얼굴만 붉혔다. 애초부터 평민의 유모에게 그녀를 맡긴 것이 문제였을지도 모른다. 공주가 갖춰야 할 위엄, 품위, 그런 것에는 관심이 없고 마법을 배우겠다느니, 평민의 생활을 해보고 싶다는 등의 자유를 꿈꾸는 그녀를 어떻게 해야 현실에 눈을 돌리게 할 수 있을까.

원하기만 한다면 모든 것을 다 가질 수 있는 그녀였다. 샤아플린의 국왕이 특별히 총애하는 막내딸이자, 제1왕위 계승자인 리즈가 바로 그녀의 신분이니까 말이다.

그녀는 무슨 생각에선지 왕에게 음악을 준비시키도록 부탁했다. 왕의 명령으로 음유 시인 한 명이 곧장 방으로 들어왔다.

"이 방에서 무슨 일이 생기든 상관하지 말고 음악만 연주해 주세요."

리즈는 몇 번이나 신신당부를 하고는 결국 그렇게 하겠다는 답변을 받아낸 뒤 심호흡을 내뱉고는 질끈 눈을 감았다. 곧 이어 음유 시인의 하프 소리가 방을 가득 메우며 아름다운 음색이 퍼져 나왔다.

"이곳 샤아플린으로 오세요. 태초의 땅을 알 수 있을 거예요. 몬스터는 무섭지 않아요. 용사가 꼭 한 번은 거쳐 가야 할 이곳 샤아플린으로 오세요……."

왕은 자신의 딸과 외국의 낯선 청년이 음유 시인의 노래에 맞춰 허리를 퉁겨가며 꼴사나운 통통 춤을 추고 있는 것을 마치 못 볼 거라도 본 거 마냥 눈살을 찌푸렸다.

"리즈야, 이게 무슨 짓이냐? 당장 그만두지 못하겠느냐?!"

그러나 리즈와 애버딘은 왕의 명령을 들을 수가 없었다.

음유 시인의 하프 소리가 빨라질 때마다 손과 발은 더욱 바쁘게 움직여졌고, 고난도의 허리 동작을 요구하는 허리 퉁기기 통통 춤은 점점 더 '통통'이란 소리가 어울릴 정도로 리즈와 애버딘의 히프를 씰룩거리게 만들고 있었다.

리즈는 더 이상 이 춤을 참기가 힘들었는지 음유 시인에게 말했다.

"이제 됐어요! 연주를 그쳐 주세요."

음유 시인의 노래와 연주가 그치자 애버딘과 리즈는 거칠어진 숨소리를 가다듬었다.

"음유 시인은 이제 그만 물러가거라."

왕은 음유 시인이 밖으로 나가는 것을 확인하자마자 리즈를 큰 소리로 꾸짖었다.

"도대체 공주라는 자가 사람들 앞에서 그런 괴상한 춤을 춰대 다니 생각이 있는 거냐?!"

리즈의 얼굴에 잠시 부끄러운 빛이 스쳤으나 그녀는 당당하게 그의 말에 답했다.

"아바마마, 화를 내시기 전에 제 말부터 좀 들어주십시오."

"아직도 할 이야기가 남은 것이냐?"

"제가 마법 수행을 떠난다는 것은 어디까지나 표면적인 이유를 말한 것입니다. 사실은… 애버딘과 저는 통통 춤이라는 저주를 받아 이것을 풀 수 있는 방법을 찾기 위해 여행을 떠나기로 한 것입니다."

"저주라니?"

왕이 의아한 빛으로 되묻자 눈치 빠른 애버딘이 나섰다.

"통통 춤은 본인의 의지와는 상관없이 음악이 흐르면 아까 보시던 바와 같이 강제로 통통 춤만을 추게 하는 것입니다. 공주님은 앞으로 벌어질 여러 가지 연회에 이런 춤을 출 수는 없다고 생각하시고는 이 여행을 계획하신 것입니다."

"…하긴 그 춤은 여러 가지로 공주 자신과 샤아플린의 이미지를 추락시키는 춤이 될 것 같군. 하나, 공주가 가지 않고 그 저주를 풀 방법은 없는 것이냐?"

어느새 투희야의 축복이었던 통통 춤은 저주로 바뀌어 버렸다. 그러나 그런 사실을 알 리 없는 왕이 그들의 말에 동요하고 있다는 것은 저주를 풀 수 있는 방법을 운운하는 것만 봐도 알 수 있는 문제였다. 애버딘은 회심의 미소를 지으며 말했다.

"없습니다. 저주란 본래가 풀기 어려운 법인데, 풀려는 상대마저 저주를 건 대상으로부터 멀리 떨어져 있다면 가능성은 없다고 봐야죠."

왕은 난처한 표정을 지었다. 이미 리즈가 사절단의 역할을 충실히 이행했는지 아닌지는 관심 밖으로 벗어난 지 오래였다. 그가 한참을 고심하고 있을 때 시종이 문을 똑똑— 노크하는 소리가 들려왔다.

"무슨 일이냐?"

"카디프라는 엘프 한 분과 떼떼라는 꼬마가 리즈 공주님의 일로 국왕님을 뵙겠다고 찾아왔습니다."

"리즈야, 아는 이름들이냐?"

리즈는 떼떼와 카디프의 이름이 나오자 무척 불안해졌다. 이제 조금만 더 하면 왕은 자신을 모험이든 여행이든, 어디든 간에 보내줄 참인데 상황을 모르는 그들이 나서기라도 한다면 모든 계획은 물거품으로 돌아갈 일이었다. 더군다나 카디프는 순진한 숲의 어린 양이었다.

'일이 꼬이는군.'

"리즈야?"

"앗! 네, 그분들도 제 동료들입니다."

"그렇다면 들라고 해야겠군. 카디프라는 엘프와 떼떼라는 꼬마를 이리로 데려오도록 해라!"

왕의 말이 끝나기가 무섭게 애버딘은 자신의 말에 속도를 더했다. 떼떼가 자신과 리즈를 보며 엄마니, 아빠니 하는 소리를 들으면 고지식해 보이는 이 샤아플린의 국왕이 가만히 보고 있을 위인 같지 않아서였다.

"실례되는 말인 줄 압니다만, 카디프와 저는 통통 춤의 저주를 푸는 일 말고도 시간을 다투는 급한 볼일이 있습니다. 여기서 더 지체할 시간이 없군요. 공주님의 일을 어떻게 하실 것인지 저희 일행이 오기 전에 결정을 내려주셨으면 하는데요."

"결정이고 뭐고도 없다네. 내 딸아이가 저런 춤을 추며 살 게 내버려둘 수는 없는 일이니까 말일세. 다만 리즈가 선택한 동료들이 어떤 자들인지 알아보고 싶은 것이야. 그렇게 오랜 시간은 뺏지 않을 테니 잠시 기다리게."

리즈는 자신의 모험에 왕의 정식 허가가 떨어지자 안도의 한숨을 내쉬었다.

카디프와 떼떼가 왕이 있는 곳으로 들어서자 왕은 카디프를 향해 정중히 인사를 건넸다.

"투희야님의 살아 있는 증거이신 분과 귀여운 손님에게 그분의 영원한 축복이 함께하시길."

"투희야님의 즐거움이 언제나 국왕님께 함께하시길."

"투희야님의 즐거움이 언제나 국왕님께 함께하시길."

떼떼는 카디프의 말을 따라 공손히 샤아플린의 국왕에게 인사를 건넸지만, 지금 떼떼의 눈에 국왕이 들어올 리가 없었다. 그것은 시선이 리즈에게 고정되어 있는 것만 봐도 알 수 있는 일이었다. 애버딘은 교묘하게 그런 떼떼의 곁으로 다가가 다정하게 떼떼의 어깨에 자신의 두 손을 얹었다.

"걱정 많이 했니? 괜찮으니까 이제 안심해."

떼떼는 고개를 끄덕였다. 애버딘은 떼떼의 입에서 '아빠, 엄마'라는 단어가 튀어나오면 언제든지 그의 입을 막을 수 있게 다정함을 가장해 그의 어깨에서 손을 떼지 않았다.

"리즈에게 이야기는 들어서 대충의 사정은 알고 있소. 엘프이신 카디프님께서 함께하셨다니 워프 마법의 의혹도 사라지는군요. 하하, 우리 딸을 잘 부탁드립니다."

"네, 염려 마십시오."

카디프와 애버딘은 천연덕스럽게 대답하고는 리즈를 바라보았다.

"아바마마, 한 가지 청이 있습니다만, 들어주시겠습니까?"

"뭔가?"

"통통 춤의 일은 은밀하게 진행할 것이니, 표면상으로의 저의 여행은 마법 수행의 모험으로 사람들에게 알려주십시오. 그렇다면 저에게 근위 기사 없이 여행할 수 있는 핑계가 생기게 되니까요."

"좋다. 그 정도쯤이야 무슨 큰일이라고. 그런데 출발은 언제 할 생각이냐?"

"짐을 꾸리는 대로 즉시 떠날 생각입니다."

"그렇다면 미리 작별 인사를 해야겠군. 여행하는 내내 너에게 투희야님의 사랑의 은혜가 계속되길 바라마."

"아바마마에게 빛의 가호와 어둠의 안식이 함께하시길……."

리즈의 청아한 목소리를 끝으로 모두들 정식으로 모험을 시작할 수 있었다, 라고는 해도…….

당장 세인트의 실마리라든지 리즈가 어떻게 하면 마법을 빠르게 익힐 수 있는가 하는 방법 같은 것은 없었다. 달리 말하자면 그들에게는 그만큼의 여유가 있다는 이야기였다. 성에서 옷이라든지, 마법 스크롤이라든지, 비상 식량 따위를 가득 챙겨 든 배낭을 메고 나온 그들은 이제 막 축제의 마을 파피아에서 벗어나고 있었다.

그들은 갑자기 늘어난 자신들의 짐이 무겁기도 하고, 걸은 지도 제법 되었는지라 다리가 욱신거린다는 떼떼의 투정에 커다란 나무 그늘에서 잠시 휴식을 취하기로 했다. 앞으로의 여정에 대해 이야기하기 위한다는 핑계를 댔지만 그들의 여정에 관한 이야기는 방향을 잃고 뒷동산 하수구로 빠져 버린 지가 옛날이었다.

엘프는 그 특성상의 느긋함이 있는 자이고, 그건 드래곤에게도 해당되는 이야기였다. 더군다나 리즈나 애버딘도 그다지 급한 성격들은 아니기에 다들 여유가 있어 보였다. 하긴 그러니까 자신의 진짜 목적을 잊고 저러고들 있는 거겠지만…….

"카디프 아저씨, 그 세인트라는 검, 정말로 전설만큼 강력한 검이었어요?"

떼떼가 제법 진지한 표정으로 카디프에게 말을 걸었다.

"현존하는 마법 검과는 레벨이 달라. 검 자체에 인격이 있는 데다가 마법을 쓸 수 있고, 평상시에는 인간으로 폴리모프를 하고 다니니 도둑 맞을 염려도 없지."

"와~ 굉장하네. 그러니까 그거 마법 검이란 거지?"

그다지 이야기에 집중을 하고 있지 않았던 듯 리즈는 '마법 검'이란 소리에 두 눈을 반짝이며 호기심을 내비쳤다.

"그렇지만 그 검은 주인을 스스로 선택하는 검이라서 뭐랄까… 그 후손들이라면 가능성이 있긴 하지만, 아무나 손에 넣을 수 있는 검은 아니야."

그러자 이제껏 가만히 있던 떼떼가 나섰다.

"달리 말하자면 검의 주인이었던 최후의 일족에게는 따른다는 이야기네요."

"그런 셈이지."

그러자 떼떼의 머리 속에는 어느덧 망상 버전이 떠올랐다. 구국의 영웅(?) 떼떼! 마법 검을 쓰는 위대한 드래곤…….

"어이~ 어이~ 너는 안 돼."

애버딘의 특유의 손으로 파리를 쫓아내는 듯한 포즈에 떼떼는 기분이 상한 듯 따져 물었다.

"왜 안 돼요?"

"그거야… 드래곤으로 폴리모프했을 때 검을 입에 물고 싸운다고 생각해 봐. 좀 꼴사납지 않을까?"

순전히 애버딘의 지식이 부족해서 나온 이야기였으나 사실을 알 리 없는 뗴뗴는 파피에게 그런 검은 어울리지 않는다는 비유로 해석하고는 한숨을 내쉬었다.

"어? 저기 뭔가 있는 것 같은데?"

리즈가 애버딘에게 손가락으로 한 방향을 가리켰다.

"어디? 어디?"

애버딘은 주위를 두리번거렸으나 아무것도 발견할 수 없었다.

"잘못 본 게 아닐까? 나도 못 봤는데?"

시력이 좋은 카디프조차 고개를 젓자 그녀는 자신이 헛것을 본 것이라고 단정 짓고는 머리를 좌우로 흔들었다.

'벌써부터 긴장했나? 뭔가 희끄무레한 것이 보인 것 같았는데……'

"괜찮아요?"

뗴뗴의 걱정스런 표정에 그녀는 싱긋 웃어 주었다.

"괜찮아. 이제부터 본격적인 모험이라고 생각하니까 긴장이 돼서 그래. 걱정하지 마. 그것보다 카디프, 우선 세인트를 찾으려면 어디부터 조사하는 게 좋을 것 같아?"

그녀의 말에 카디프는 잠시 생각에 잠긴 듯하더니 곧 입을 열었다.

"다크로 가는 게 좋겠군. 진실의 숲에 있는 코아에게 물어보는 것이 아무래도 제일 빠를 거야."

그는 병들어 있는 코아를 떠올리며 속으로 씁쓸한 미소를 지었다. 24시간 어둠뿐이라는 다크를 떠올리자 애버딘은 조금씩 긴장되기 시작했다.

'몬스터의 소굴에 어둠이라……. 드디어 모험의 화려한 스테이지가 시작되는 건가?'

제3장
진실… 그 너머에

기억의 파편

한 줌의 빛도 허용하지 않겠다는 듯 사방이 온통 어둠에 잠긴 이곳 다크. 그리고 그 영역의 미묘한 숲, 진실의 숲에서는 지금 좀처럼 보기 드문 풍경이 펼쳐지고 있었다. 엘프를 마치 램프처럼 부려먹고 있는 사람과 두 눈 가득 호기심을 뿜어내고는 있지만 한 소녀에게 붙들려 자유를 잃은 채 끌려가고 있는 꼬마 아이 바로 애버딘 일행이 다크에 초착해 진실의 술을 헤쳐 나가고 있는 것이다.

"아! 거기 나무뿌리가 있으니 조심해."

"으… 으…… 코아라는 사람이 있는 곳은 아직 멀었어?"

애버딘의 툴툴거리는 말에 리즈가 주위를 두리번거렸다.

"이 근방에 있을 텐데……."

"그럼, 우린 이곳에 있을 테니까 카디프 혼자 다녀오는 것이 어떨까?"

"그래도 괜찮을까? 이곳은 몬스터도 많은 데다가 리즈나 애버딘은 아직 어둠에 익숙해지지도 않았잖아."

"뭐… 애버딘이라면 어떻게든 해줄 것 같으니까, 더군다나 떼떼도 있잖아. 걱정 마. 오히려 카디프가 빨리 다녀오는 편이 더 효율적일 거야. 이런 말 하는 건 좀 그렇지만 어둠 속의 우린 생각하는 오크보다도 쓸모없는 존재라구."

그녀의 말에 애버딘은 울컥하는 표정을 지었으나 곧 허탈한 표정으로 돌아섰다.

"하아~ 도대체가 이런 어둠만이 있는 곳에서 사람이 산다는 것부터가 잘못된 거야. 그 코아라는 사람은 도대체 뭐로 만들어졌기에……."

툴툴거리는 그의 질문에 카디프가 싱긋 웃었다.

"애버딘은 기억 못하는 것 같지만 그는 전에 여관에서 말한 바 있는 나무의 정령 트렌트야. 그럼, 다녀올 테니 잠시 기다려."

카디프가 사라지고 난 후 그들은 적당한 곳에 자리를 잡고 앉았다.

"흠…… 도대체 파이어 볼도 라이트도 쓸 수 없다니 좀 이상하지 않아?"

애버딘의 말에 그녀는 그런 질문을 하는 네가 더 이상하다는 표정으로 그를 바라보았다.

"정말 몰라? 그런 것은 상식이잖아. 다크는 베니펏님의 힘이 닿아 있는 곳이니까 당연히 빛이 배척될 수밖에 없거든. 라이트도 파이어 볼도 매개체가 빛이니까 사용할 수 없는 거야."

그녀의 말에 애버딘은 알아들었다는 듯 고개를 끄덕였다.

그러나 아무리 생각해도 이상하다는 듯 리즈를 향해 두 눈을 디룩디룩 굴렸다.

"나… 하나만 더 묻자."

"그래, 말해 봐."

"흠…… 도대체 파이어 볼도 라이트도 쓸 수 없다니 좀 이상하지 않아?"

"너, 바보지?! 그런 특별한 현상이야 말로 신의 힘이라고 하는 것 아니겠어?"

"그런 막연한 대답 말고, 내가 알고자 하는 것을 마법 중에서 어느 하나의 힘을 완전히 배척시키거나 무효화하는 그런 마법이 있느냐 하는 거지."

제법 진지하게 묻는 에버딘의 말에 리즈도 덩달아 진지한 모습이 되었다.

엘프의 마법은 빛의 신 트루님과 어둠의 신 베니핏님의 마법이 투회야님으로 인해 균형이 이루어져 제3의 개체로 탄생되는 조화이다. 그러니 애버딘이 말한 무효화나 배척은 일어날 수 없다.

드래곤의 마법은 완성. 신성 마법과는 전혀 다른 뿌리를 가지고 있다. 따라서 두 신의 마법에는 해당 사항이 없을 뿐만 아니라 신의 마법에는 관여조차 않는다. 그러므로 그가 말한 엘프의 마법과 마찬가지로 해당 사항이 있을 수 없다. 인간의 마법은 마음. 곧 불가능한 것을 현실화하려는 욕망의 응집이 발현된 게 아닐까? 한참 동안 고민에 빠져 있던 그녀는 고개를 부르르 떨었다.

'뭐, 신의 힘이니까 인간이 알 수 없는 뭔가가 있겠지. 거기다 난 마법을 체계적으로 배우지 않아서 네가 묻는 것의 답을 알고 있지 않아. 미안하지만 고민할 가치도 없어'라고 어렵사리 내린 결론에 드르렁드르렁 코 고는 소리로 답하는 애버딘과 떼떼 때문이었다.

"네~ 네~ 어련하시겠어요. 정말이지 이런 사람과 일행이 된 것 자체가 내 일생 최대의 실수라니까."

그녀는 기가 막혀 혀를 차다가 문득 혹시라도 있을지 모를 몬스터의 습격에 대비하기 위해 긴장된 모습으로 주위를 살폈다.

"이러다가 오크라도 튀어나오면 난 어떻게 해야 하는 걸까. 아무튼 카디프가 빨리 와야 할 텐데……."

"카디프… 나는 자네가 떠난 줄 알고 있었는데?"

코아의 음울한 목소리가 카디프의 귓가에 울려오자 그는 자신의 오랜 친구의 배려가 사라지지 않았음을 느낄 수 있었다.

"코아, 묻고 싶은 게 있어서 다시 돌아왔어."

"세인트인가? 그렇다면 잘못 왔네. 여길 보게나."

코아는 자신의 썩어 들어가는 가지 한 자락을 들어 보였다. 예전에는 무척이나 강인했을 제법 굵직한 크기의… 그러나 지금의 모습으로는 적어도 100년은 빛을 보지 못한 듯 죽어가고 있어서 조금이라도 힘을 가하면 그대로 부스러질 듯이 보이는 가지를……

"이렇게 되기까지 얼마만큼의 세월이 지나갔을 것 같나? 아무도 찾아오지 않았지, 아무도……. 그러니 소문 같은 것을 들을 기회도, 기력도 남아 있지 않아. 자네도 알다시피 나는 나무의 정령일세. 그렇게 쉽게 무기력한 모습을 보이지 않아."

무기력해진다라……. 그것은 분명히 사라져 버린 시에라를 두고 하는 이야기일 것이다.

"그렇군. 그렇지만 나도 최근의 소식을 바라고 온 것은 아니야. 네가 알고 있는 데까지만이라도 좋아. 이야기해 주지 않겠어?"

코아는 그의 말에 지그시 눈을 감았다. 이야기해 준다고 한들 엘프로서는 그 검을 다룰 수 없을 터, 그는 자신의 오랜 친구인 카디프에게 상처를 주고 싶진 않았다. 아직도 혈기 왕성한 청년인 카디프. 까마득하게 살아갈 나날이 많은 그.

"기억이 나지 않는군. 그것보다… 이곳이 어떤 곳인지 잊지는 않았겠지. 일행이 있다면 그만 돌아가야 하지 않아?"

카디프는 그의 말에 그제야 뭔가를 깨달은 듯 일행들이 있는 곳으로 날렵하게 발걸음을 돌렸다.

"미안해. 나중에 다시 오도록 할게!"

이곳은 진실의 숲. 그가 생각지 못한 일이 일어나고 있을지도 모른다. 진실을 비추는 거대한 숲 아래에서…….

"꺄아~! 떼떼야?!"

그런 그의 예상은 적중한 듯 리즈의 비명 소리가 그의 귓가에 쩌렁쩌렁하게 울리고 있었다. 숲에서는 엘프를 따라갈 자가 없었다. 흡사 지나가는 바람과도 같다고 할까. 그만큼 그는 빠르게 일행들에게로 다가갔으나 어디서 나타났는지 모를 거대한 안개에 의해 움직임이 제지당해 버렸다.

"나는 이들의 일행입니다! 베니핏님, 당신의 시험을 받아야 하는 일행입니다!"

그는 목청이 터져라 안개를 향해 고함을 질렀으나 안개가 그를 들여보내 줄 리 없었다. 그 대신이라고 하면 뭣하지만 그의 눈에 비교적 친숙한 페어리가 나타났다.

"어라? 카디프네? 나는 사람인 줄 알았더니."

카디프는 그녀에게 사정하듯 말했다.

"내가 깜빡했어. 이 숲을 통과하기 위해선 가슴에 묻어둔 진실 중 가장 뼈아픈 진실을 드러내야 한다는 것을. 내 잘못이야……. 제발 들여보내 줘."

페어리는 진지하게 그의 이야기를 들어줬으나 그뿐이었다.

"그래서?"

"들여보내 달라는 이야기야. 난 진지하다구!"

그의 절박한 말에 페어리는 벌컥 화를 냈다.

"나도 진지하게 묻고 있는 거야. 이봐, 엘프 씨! 내가 누구라고 생각하는 거야?"

페어리의 말에 그는 무겁고 긴 한숨을 내쉬었다.

그녀는 페어리. 종종 여신의 축복을 전해주기는 하지만 여신의 권능을 독단적으로 사용할 수는 없다. 마력도 거의 인간과 비등한 그들은 쉽게 이야기해서 이 상황에서 전혀 도움이 안 되는 존재란 소리다. 그 사실을 깨달은 카디프의 음색이 비교적 차분해졌다.

"넌 투희야님을 모시는 존재란 걸 내가 모를 것이라고 생각하나? 투희야님께서 이 진실의 숲에 계시는 거지?"

그의 날카로운 추궁에 페어리는 말을 더듬으며 당황했다.

"무, 무슨 소리야?! 투희야님께서 이곳에 계시면 베니핏님께서 안개를 부르셨겠어?"

얍쌉하게 말을 돌리고 있는 페어리를 보고도 그는 거의 표정의 변화를 일으키지 않았다.

"이봐, 난 보통 엘프와는 달라서 네가 하는 말을 곧이곧대로 믿지 않아. 좋게 말할 때 투희야님을 모셔오는 게 좋을 거야!"

카디프와 페어리가 실랑이를 벌이고 있을 때 안개 속에서는 놀라운 일이 벌어지고 있었다.

떼떼가 폴리모프를 해서 거대한 골드 드래곤으로 변해 있었고, 뭔가 홀린 듯 연신 한쪽으로 걷고 있었다. 아니, 달리고 있었다. 더 정확하게 표현하자면 제자리에서 달리고 있는 것이었다. 그리고 애버딘은 뭔가에 짓눌린 듯 연신 고함을 지르며 검을 휘두르고 있었다. 리즈는 눈을 동그랗게 뜬 채 떼떼와 애버딘을 목이 쉬어라 번갈아 부르고 있을 뿐, 원인을 알 순 없었다. 다만 그녀가 아는 것이라고는 이상한 안개가 낀다 싶더니 뗴뗴의 몸이 공중으로 솟아오르고 애버딘의 눈동자가 붉게 물들더니, 줄곧 이 상태가 계속되었다는 것뿐이었다. 그녀는 스스로에게 침착해야 한다고 타이르고는 이상한 점을 찾기 시작했다.

'저렇게 거대한 드래곤이 움직이는데 땅은 미동도 없어? 게다가 애버딘이 검을 가지고 있다는 소린 듣지 못했어! 만일 그가 검을 가지고 있다고 해도 언제부터 저 검을 쥐고 잔 거지?!'

리즈는 황급히 애버딘의 배낭으로 시선을 옮겼다. 그의 무기인 파타는 애버딘의 손에 장착되어 있어야 한다. 그런데 지금…….

"왜 배낭에 애버딘의 파타가 있는 거야?!"

그녀는 비명이 새어 나오려는 자신의 입을 손으로 틀어막고는 주위를 둘러보았다. 불행인지 다행인지 자욱한 안개만이 그녀의 시야를 가릴 뿐 몬스터는 보이지 않았다.

'이럴 리가 없어! 이럴 리가…… 엄마는 내 옆에 계시단 말야! 아빠도… 아빠도!'

뗴뗴의 눈에는 놀라운 광경이 벌어지고 있었다. 자신이 자고 있는 사이에 그의 부모가 자신의 눈앞에서 인간으로 폴리모프하더니 인간의 모습으로 죽어가는……. 고개를 세차게 흔드는 그의 눈앞에서 반짝이는 검 아래 어머니가 쓰러져 버렸다. 그녀는 자신을 바라보고 있는 뗴뗴의 안타까운 눈빛과 마주쳐서 잠깐 슬픈 기색을 띠고는 이내 평온한 미소를 머금은 채 눈을 감아버렸다.

'아… 아빠는?!'

그가 시선을 다른 곳으로 돌린 보람도 없이 아버지는 이미 숨을 거둔 뒤였다. 한 가지 의아한 점은 아버지의 모습이 애버딘이 아니었다는 것이다. 그러나 뗴뗴는 이미 숨을 거둔 자가 자신의 아버지라는 것을 잘 알고 있었다. 어떻게 알고 있는지는 자신도 알 수 없었다. 그리고 그런 것은 그다지 중요하지 않았다.

'지상 최대의 생물이라 일컬어지는 골드 드래곤이 인간 아래 무릎을 꿇었다는 건가?! 이건 말도 안 돼!'

떼떼의 반짝이는 눈물을 바라보고 있던 리즈는 안타까운 시선을 보내며 발만 동동 굴리고 있었다.

'내가 모두의 정신을 돌릴 수 있는 방법을 알 수만 있다면……'

그녀는 두 손을 불끈 쥐며 머리를 쥐어짜기 시작했다.

'분명히 이들을 이상하게 만든 뭔가가 있어. 그게 뭐지?!'

한참을 머리를 감싸쥐고 있던 그녀는 마침내 뭔가를 알아차린 듯 아랫입술을 꽉 깨물었다.

"안개라… 그렇다면……."

그녀가 이상한 일이 벌어지는 원인을 알아차리는 순간, 어디선가 차가운 금속이 그녀의 양미간을 향해 날아왔다.

"누구냐?!"

아슬아슬하게 금속의 물질을 피해낸 리즈가 앙칼진 목소리로 외쳤다.

"어라~ 죄송하네요. 제가 실수했군요."

리즈의 목소리에 한 여인이 모습을 드러냈다. 그리고는 싸울 의사가 전혀 없다는 듯 두 손을 내저어 보이며 눈 깜짝할 사이에 그녀의 앞으로 다가왔다.

"넌 누구지?"

그녀의 딱딱하게 굳은 얼굴을 보며 정체 불명의 여인이 안타깝다는 듯 중얼거렸다.

"아깝네~ 좀 더 미인으로 태어났다면 좋았을걸."

리즈는 이 이상한 여인이 중얼거리는 소리가 신경에 거슬린 듯 더욱 눈에 힘을 주었다.

"이상한 소리하지 말고 정체나 밝히시지! 그렇지 않으면……"

그러나 그녀의 말은 곧 입 안으로 웅얼거려졌다. 계속해서 뭐라고 말하고 있었지만 그 말소리가 입 밖으로 나가지 않는 것이었다.

"후후, 미안해요. 하지만 난 시끄러운 건 딱 질색이라."

그녀는 여유있는 미소를 지어 보이며 리즈를 바라보았다.

"조용히 그들의 시험을 지켜보도록 해요. 아! 반항을 하지 않는다고 약속한다면 멋있는 애버딘님의 응원을 할 수 있도록 사이런스를 해제해 줄 수도 있는데…… 뭐, 당신이 싫다면 할 수 없는 거지만, 그치만 정말 예쁘다니까~ 애버딘님은."

리즈의 분노로 일그러진 표정을 재밌다는 듯 관찰하던 그녀는 이내 식상한 듯 고개를 저으며 애버딘의 상황을 지켜보기 시작했다. 리즈는 당장엔 그녀가 자신을 해칠 의사도 없어 보이고, 그저 애버딘에게 넋이 빠져 있는 것을 바라보며 안도인지 허탈감인지 모를 한숨을 내쉴 수밖에 없었다.

'하필이면 이런 고약한 취향의 여자에게 잡히다니 운도 없지~!' 라는 불평과 함께 리즈는 자신이 처한 상황을 좀 더 냉정하게 살펴보기로 했다.

첫째, 동료는 지금 자신을 도와줄 수 있는 상황이 아니다. 둘째, 앞에 있는 인간인지 뭔지 모를 여인은 여차하면 자신에게 제재를 가할 수 있다. 그것도 이곳은 마법을 쓸 수 없는 곳인데도 그녀는 마법을 사용할 수 있다. 셋째, 남은 것은 동료들이 이상한 상태에서 벗어나 자신을 구해주는 걸 기다리는 수밖에 없다.

'하지만… 난 아무것도 안 하고, 구출당하는 띨빵한 공주 역은 하기 싫다구!'

떼떼는 왠지 온몸이 뜨겁게 달아오르는 것을 느낄 수 있었다. 그로서는 처음 접해보는 분노였으리라. 환상이든 진실이든, 여전히 그 앞에 그의 부모가 죽어 있다는 사실은 변함이 없었다. 떼떼의 눈은 점점 붉게 충혈되기 시작했다. 머리 속에서 소름 끼치도록 달콤한 목소리가 울려 퍼진다.

"고작 인간 따위에게 골드 드래곤이 수치스럽게 죽어갔어. 그런데도 넌 한심하게도 인간을 부모라고 부르며 따르고 있지. 지금이라도 늦지 않았어. 누가 너의 부모를 죽였는지 다시 한 번 잘 보도록 해."

머리 속의 울림은 떼떼의 가슴속으로 깊이 스며들었다.

"누가 너의 부모를 죽인 거지? 도대체 누가 진정한 너의 아버지야?"

떼떼의 머리 속에는 달콤한 목소리와 함께 한 영상이 그려지고 있었다. 푸른, 아니, 하늘색에 가까운 눈빛을 하고 있는 검을 든 남자의 모습. 바로 애버딘이었다.

"자! 기회야. 복수를 하는 거지. 은혜도 모르는 해츨링 따위가 되기 싫거든 어디 실력을 발휘해 봐."

잔인하리만치 달콤한 울림을 내뱉고 있는 목소리는 떼떼를 재촉하기 시작했다.

"어서!"

"아아아아아악—!"

애버딘의 눈이 더욱더 붉게 타오르기 시작했다. 일종의 분노와 친구에 대한 안쓰러움 따위를 눈동자 속에 담고 있는 그 눈은 끊임없이 이야기하고 있었다. 자신이 알고 있는 진실에 대해…….

"인간을 가지고 노는 신 따위는 믿지 않겠다!"

그리고는 카디프를 안쓰러운 눈으로 바라보며 나지막하게 중얼거렸다.

"어떤 결과를 낳게 된다고 해도 나를 따르겠어?"

카디프는 그에게 희미한 미소를 지어 보이며 답했다.

"물론이야. 우린 친구잖아."

애버딘은 카디프의 그 마음에 감사할 따름이었다. 그리고 그의 그런 마음 덕에 확신이 선 듯, 세인트는 궁극의 실체의 모습을 드러냈다. 투명하리만치 하얀 피부, 마치 핏방울 같은 색의 붉은 입술, 차가워 보이는 은회색의 머리카락을 어깨까지 차분하게 늘어뜨린 여인의 모습을.

"명령을……."

그녀의 시선은 애버딘의 눈을 마주치지 않겠다는 듯 땅에 고정되어 있었다. 애버딘의 목소리는 바람을 가르는 칼날과도 같이 허무했다.

"이 지긋지긋한 전쟁이 그만 평화로울 수 있게 마침표를 찍어야 하지 않겠니?"

그의 뒷말은 쓸쓸한 미소와 함께 카디프가 듣지 못하도록 마음속으로 전할 수밖에 없었다.

"나의 죽음을 대가로… 말하지 않아도 알 수 있겠지, 세인트."

그녀가 터져 나오는 눈물을 삼키며 신성 주문을 외우자 그녀의 몸에서 찬란한 은색의 빛이 뿜어져 나오나 했더니, 그 빛은 대륙을 가를 듯한 기세로 아데스 전체를 뒤덮어 버렸다.

애버딘의 온몸에는 찢어지는 듯한 고통이 번졌으나, 그 고통이 그를 죽음에까지 이르게 하진 않았다. 그가 바라는 평화 대신 대륙이 빛의 고요함 속에 잠겨 갈라지고 있었다.

"이게 어떻게 된 거지?"

세인트에게 추궁하듯 다그쳐 물었으나 그녀는 아무런 말을 하지 않고 검의 모습으로 돌아가 버렸다. 그리고 이내 단아하고 청초한 빛과 같은 목소리가 그들에게 울려 퍼졌다.

"세인트는 너의 대가를 부정했다. 그러나 너의 집념이 대륙을 갈라 버릴 줄은 우리들 중 아무도 알지 못했지. 흠…… 그렇다고 너무 우쭐해하진 말게. 우린 또 만나게 될 테니. 네가 그 의지를 또다시 불태우게 된다면 말이지만… 하하핫!"

묘한 여운을 남기며 목소리는 사라지자 갈라진 두 개의 대륙 중 한곳이 빛으로 둘러싸였다.

"뭐, 뭐였어?! 지금 그 목소리는?"

애버딘의 당혹스런 목소리는 차분하면서도 힘있는 목소리에 묻혀 버렸다.

"잊지 말라, 그대여! 자네들의 하루를 시작할 수 있게 해주는 빛과 어둠의 적이 아니라 하루를 끝낼 수 있는 휴식과 서로의 소중함을 느끼게 해줄 수 있는 친구라는 것을. 그러나 거짓을 진실처럼 보이게 할 거대한 빛에 맞서기 위해서는 모든 것을 냉철하게 볼 수 있게 해주는 어둠밖에 없다는 것을. 나는 그대가 원한다면 언제나 그대의 힘이 되어주겠네."

목소리가 사라짐과 동시에 이번에는 아까와는 다른 대륙의 빛이 사라지고 있었다. 그곳은 작은 반딧불의 빛조차 용납하지 않고 앗아가 버리자 을씨년스러운 기운을 풍겼다. 완전히 그 대륙이 어둠으로 잠기기 직전 한 가냘픈 목소리가 애버딘의 귓전을 잡아끌었다.

"세인트가 거절한 그 대가를 제게 주세요. 그렇게 하면 당신의 과오를 조금이나마 돌릴 수 있습니다."

그 목소리에 애버딘은 고개를 끄덕였다. 그리고 그 순간 가냘 퍼 보였던 그 목소리의 힘에 의해 커다란 파장이 일어났다. 어둠 으로 뒤덮였던 대륙과 빛으로 뒤덮인 대륙 사이에 조금이나마 균 형이 형성된 땅이 생겨났다.

"약속해 주세요. 어떤 일이 있더라도 도망가지 않겠다는……."

아득히 멀어져 가는 정신을 추스르려 애쓰며 애버딘은 다시 한 번 고개를 끄덕였다.

그들이 정신을 차린 것은 그로부터 몇 시간이 흘렀는 지, 며칠 이 지나 버린 건 지 알 수 없었다. 어느덧 자신이 있었던 신들의 하늘과 닿을 수 있다는 하일리 산맥에서 벗어나 있다는 것만 알 수 있었을 뿐이다.

"카디프……."

제일 먼저 정신을 차린 애버딘이 카디프를 걱정스러운 눈으로 내려다보았다.

"괜찮은 거야?"

"응, 괜찮아. 걱정하지 마."

"고마워."

카디프는 그의 싱거운 말에 빙긋 미소를 지었다.

"뭐가 고맙다는 거지?"

"넌 시에라에게 스스로 엘프이길 포기하겠다고 했었지?"

시에라의 이야기가 나오자 카디프는, 약간 안색이 어두워졌으나 이내 아무렇지 않은 표정으로 돌아왔다.

"난 나야. 애버딘의 친구 카디프이며, 시에라를 사랑하는 카디 프 그 자체지. 네가 무슨 말을 하고 싶어하는지는 모르겠지만, 엘 프로서의 의견을 묻고 싶은 것이라면 과거의 경험을 되살려 답해

주겠어. 뭘 물어보고 싶은 거야?"

애버딘은 그의 말에 고개를 저으며 하늘을 올려다보았다.

"만일… 만일에 말이야."

"……?"

"어차피 인간이니까 내가 먼저 죽을 테고, 그거야 너도 잘 알고 있을 테니까 하는 소리야. 만일 내가 다시 태어나거든 날 찾아주 겠다고 약속해 주지 않을래? 조금이라도 너의 우정에 답해줄 수 있도록……."

애버딘의 말에 그는 단번에 안색이 흐려졌다.

"너… 나더러 너같이 골치 아픈 녀석을 평생 뒤치다꺼리해 달 라는 소리를 그런 식으로 돌려서 말하고 있는 거지?"

"하핫, 역시 엘프는 때려치운 모양이군. 하아~ 내가 다음에 여 자로 태어나야 기선 제압을 해볼 수 있을 텐데."

"지금 뭐라고 하는 거야? 소름 끼치게시리……."

"하하하, 말해 놓고 나니 나도 그러네. 생각해 봐. 시에라가 나를 향해 그 '미워~! 미워~!' 하며 광선을 내뿜는걸. 우와~ 이 소름 돋는 것 좀 봐."

그의 반농담조의 말을 들은 카디프는 단번에 얼굴을 붉혔다.

"그 헛소리만 하지 않는다는 약속을 한다면 그 정도의 부탁쯤 은 얼마든지 들어주지."

애버딘의 머리 속에서 갑자기 그때의 가냘픈 여인의 목소리가 울려 퍼졌다.

"그곳은 지금의 당신이 속해 있는 곳이 아닙니다! 더 이상 알려 고 들지 마시고 제가 이끄는 곳으로 나와주세요!"

애버딘은 잘못 들었다고 생각했는지 고개를 갸웃거리며 다시 하늘을 올려다보았다. 그러나 여전히 가냘픈 목소리는 들려오고 있었다.

"그곳에서 나와야 합니다. 저를 믿어주세요!"

카디프는 안개 속을 바라보며 의아한 표정으로 중얼거리기 시작했다.

"그러고 보니 이상하군. 투회야님께서 계신데 그분의 증거인 내가 안개가 꼈다고 그곳에 들어가지 못하는 이유가 뭐지?"

페어리는 그의 말에 시선을 떨구며 답했다.

"잊었어? 300년 전, 너 스스로가 엘프이길 거부한다고 했던 것을 벌써 잊은 거야? 그것은 네가 더 이상 투회야님의 증거가 될 수 없다는 걸 의미한다는 것을 알고 있겠지?"

페어리의 떨리는 말투에 그는 흠칫했다. 누가 사람만이 환생을 한다고 했던가.

"그 목소리는 시에라?"

그녀는 그가 기억하고 있던 창백한 안색의 시에라의 모습으로 변해갔다.

"그래요. 당신 말이 맞군요. 당신도 시험을 치러야 하겠죠."

마치 햇빛에 반사된 나뭇잎과 같이 반짝이는 듯한 엷은 청록색의 눈동자에는 눈물이 그렁그렁하게 맺혀 있었다. 자신의 앞에 모습을 드러낸 그녀는 하늘하늘거리는 엷은 갈색의 머리카락과 연약한 이미지를 풍기는 가느다란 팔과 허리를 지닌, 그가 기억하는 시에라의 마지막 환영의 모습 그 자체였다.

"시에라……?"

카디프의 목에서 허탈한 울림이 새어 나왔다. 그것과는 상관없이 시에라의 청아한 목소리는 날카로운 비수같이 그의 가슴에 꽂혀왔다.

"나를 베고 가세요. 그것만이 카디프님께서 저곳으로 가실 수 있는 유일한 방법입니다. 그렇지 않으면 제가… 카디프님을 베어 버리겠어요!"

모든 상황을 지켜만 보고 있어야 하는 리즈는 그저 안개를 어떻게 해야겠다는 생각은 굴뚝 같았지만 어떻게 해야 할지 몰랐다. 이대로 있다간 떼떼는 금방이라도 브레스를 뿜어서 모두를 죽게 할 것 같았고, 애버딘은 애버딘대로 자해를 할 것처럼 검을 쥐고 뭐라고 알 수 없는 소리만 중얼대고 있었다.

'카디프는 어떻게 된 거지? 왜 안 오는 거야?!'

그녀는 거의 울상을 지으며, 자신의 곁에서 초조한 미소를 지으며 애버딘을 바라보고 있는 정체 불명의 여인을 노려보았다. 그녀의 강력한 항의의 시선을 받은 여인은 그저 가소롭다는 표정으로 리즈를 무시하는 발언을 날렸다.

"힘도 없는 주제에 그렇게 노려본다고 뭔가가 해결될 것 같아?"

리즈는 그녀의 말에서 왠지 짙은 슬픔이 묻어나오는 듯한 느낌을 받았다. 독기에 찬 듯한 눈으로 자신을 노려보는 데도 그다지 무섭지가 않았다. 그리고… 사실 이런 상황에 처해 있는 데도 그녀가 밉지는 않는다랄까. 자신도 이해할 수 없는 심리에 그녀는 이내 고개를 돌려 버렸다.

'지금 이런 생각을 하고 있을 때가 아니야.'

그녀가 다시 안개를 없앨 방법에 생각이 빠져들 무렵 떼떼가 날카롭게 울부짖으며 애버딘을 향해 달려들었다.

"부모님의 원수! 죽어라! 크아아아앗~!"

떼떼의 거대한 입에서는 강력한 브레스가 그의 주위로 지독하게 요동치고 있었다.

그 브레스가 애버딘에게만 날아가고 있다는 것이… 이곳이 진실의 숲이라는 것을 증명해 주고 있을 뿐.

'안 돼!'

리즈는 절규하는 심정으로 비명을 질렀으나 그 소리는 입 안에서 맴돌 뿐이었다. 그때, 리즈의 기대(?)와는 어긋나는 일이 벌어졌다.

"아들아~ 아버지에게 그런 행동을 하면 어떻게 되는지 아니?"

천연덕스러운 목소리… 애버딘이 제정신으로 돌아온 것이다. 원래의 모습. 즉, 검은 고사하고 파타도 없는 상태에다 아무런 방어구도 없는, 평상시의 그 모습 그대로 그 자리에 여유만만하게 서있는 것이다. 그런데도 그는 떼떼로 인한 그 어떤 상처도 입지 않았다. 안도의 한숨을 내쉰 그녀는 힐끔 애버딘에게 빠져 정신이 없는 여인을 바라보고는 냅다 자신의 품에 있던 마법 스크롤 하나를 꺼내 들고는 그것을 애버딘에게로 던졌다.

"야호~ 받았다. 고마워, 리즈"

리즈에게 멋있는 남자 1호의 포즈를—윙크를 하며 손으로 키스를 보내는—취하며 스크롤을 읊기 시작했다.

"대지를 다루는 자, 빛을 다루는 자, 비를 뿌리는 자, 그대들의 이름으로 명한다. 텅 빈 이 땅이 기름진 농토로 변할 것을… 오잉?! 이거 벼가 자라게 하는 주문이잖아?! 이런 걸 주면 어떻게 해~!"

애버딘이 징징거리려고 하는 순간, 어디서인지 한바탕 회오리바람 같은 것이 불어와서는 안개를 다 몰아가 버리고, 하늘에서 천둥 번개가 떨어져 고대 문자를 새겼다.

'죄송합니다! 혹시 대혈투 중이셨거나 피치 못할 상황으로 워프를 쓰셔야 했던 분, 그리고 기타 사항으로 이 스크롤을 사용하시려 했던 분들께는 대단히 죄송하지만… 이 스크롤은 불량 스크롤입니다. 환불을 원하시거나 교환을 원하시거든 마법사 협회의 마크가 새겨진 땅을 파 가지고 와서 교환하시기 바랍니다. …부디 이 상황에서 알아서 살아남으시길 바라는 바입니다' 라는 엉뚱한 메세지와 함께 그 뒤를 이어 기막힌 타이밍으로—그들에게는 이미 익숙해진—기묘한 향기를 풍기는 꽃이 피어났다.

"투희야의 유머?!"

불량 스크롤이 불러일으킨 회오리바람으로 안개가 걷히자, 이제껏 시에라의 공격에 피해다니기만 하던 카디프의 눈에 제일 먼저 발견되었다.

"시에라, 안개가 걷혔으니 난 너와 싸우지 않고도 일행에 가담할 수 있어. 그러니……."

"무의미한 싸움은 그만두자고 말씀하고 싶으신 건가요?"

시에라의 음성이 미묘하게 떨려오자 그는 순식간에 그녀에게로 달려가 있는 힘껏 포옹을 해주고는 애버딘 일행이 있는 곳으로 몸을 날렸다.

"미안해… 시에라. 정말 미안해."

아름다운 나무의 드리드어스, 시에라는 모습을 감추었다.

그녀는 이곳 진실의 숲이 남긴 카디프의 추억이자 환영일 뿐이었으니, 결국 사라질 수밖에 없는 운명이었던 것이다.

카디프는 그 사실을 알고 있으면서도 뒤를 바라보고 싶은 충동을 억제할 수 없었다. 그러나 그는 일행을 향해 달려야만 했다. 간신히 그녀가 있는 곳으로 되돌아가고 싶은 충동을 억누르며 카디프가 일행 속으로 뛰어들자 리즈를 막고 있던 여인은 당황한 듯 재빨리 자취를 감춰 버렸다. 그러나 그러한 그녀의 노력도 엘프의 예리한 눈은 속일 수 없는 법.

"당신은 투희야님이 아니십니까?"

투희야라고 불린 그 여인은 자신의 정체가 들통나자 모두의 앞에 다시 자신의 모습을 드러냈다.

"이게 어떻게 된 일입니까?"

카리프의 물음에 투희야라고 불린 여인이 고개을 가볍게 저었다.

"난 그대가 알고 있는 여신 투희야가 아니니까. 그건 그대가 알고 있는 여신에게나 묻도록 해. 이 일은 전적으로 그녀가 꾸민 일이야."

카디프가 뭐라고 입을 열려고 하던 차에 리즈는 간신히 말문이 트였는지 고래고래 악을 써댔다.

"카디프! 참 빨리도 나타나는군. 차라리 일 다 끝난 다음에 오지 그랬어! 내가 혼자서 얼마나 무서웠는지 알아? 게다가 여신님과 같은 이름을 가진 저 건방진 여자! 당신이랑 아는 사이였던 거야?"

마치 적을 발견한 말벌처럼 쏘아붙이는 리즈의 불만이 터지기가 무섭게 투희야의 모습이 변하고 있었다. 투명하리만치 하얀 피부, 부드러운 황금빛의 머리카락, 어두운 밤하늘과 같은 깊이 있는 눈동자, 호리호리한 몸매에 보기 좋을 정도의 키… 바로 투희야님의 초상화라고 불리던 그림에서 묘사된 그 모습 그대로 변하고 있었던 것이다. 리즈는 놀란 두 눈을 더욱더 크게 치켜떴다. 마치 자신이 거짓된 환영을 보고 있는 것처럼.

"안 속아!"

볼멘소리로 리즈는 고개를 설레설레 흔들어댔다.

"이젠 내게 환영을 보여주려는 거지? 절대로 안 속아!"

리즈의 말에 대답이라도 하듯 바람에 흔들리는 갈대 같은 가냘픈 목소리가 모두의 머리 속으로 퍼져 왔다.

"당신들이 본 환영. 그것은 진실입니다. 믿고 싶지 않다고 해도 그것이 진실입니다. 세인트를 찾고자 한다면 당신들이 필히 알아야만 하는 진실이죠."

애버딘과 뗴뗴는 그 목소리에 흠칫했는지 부르르 몸을 떨어뗐다.

'이 목소리는 나를 이끌어주던?'

'그럼… 아버지가 나의 아버지를 죽였다는 말이 사실이란 말이야?! 말도 안 돼! 이분은 나의 아버지야! 아니, 아버지가 아닐지도……'

각각의 생각을 읽기라도 한 듯 그녀는 애버딘에게 다가왔다.

"당신은 전생이란 것을 믿나요?"

애버딘은 별 생각 없이 중얼거리듯 그녀에게 답했다.

"그럴 수도 있고, 아닐 수도 있죠."

"기억해 내야만 해요. 당신이… 세인트를 가장 마지막으로 본 사람이니까. 당신이 바로 300년 전의 그 사람이니까. 기억해 내세요. 당신에겐 그럴 책임이 있어요! 그래서 반드시 세인트를 찾아야만 합니다."

"아무리 그렇게 말한다고 해도 무리예요. 대뜸 이상한 환영을 보여주고는 그것이 진실이니 곧이곧대로 믿으라구요? 거기다 한술 더 떠서 내가 그 증조부라니, 지나가던 개가 웃겠네요. 안 그래요, 카디프?"

그러나 애버딘의 기대는 완전히 산산조각나 버린 듯싶다. 카디프의 눈에서 구슬 같은 눈물이 뚝뚝 떨어지고 있는 걸 보면. 사실 그의 의지와는 상관없이, 그러니까 기쁘다든지 슬프다든지라는 느낌을 느끼기도 전에 눈물이 먼저 떨어지고 있었던 것이다.

환생. 그것은 그이면서 그가 아닌, 또 다른 자아를 가진 그라는 것. 카디프는 자신의 정신적 지주와 같았던 친구가 돌아왔다는 사실에서 오는 안도감이 더 크게 머리 속에 새겨지고 있었다.

"카디프, 괜찮아?"

애버딘이 걱정스러운 눈으로 그를 바라보았다.

카디프의 머리 속에는 자신의 가슴속에 남아 있던 그의 애버딘의 모습과 자신의 앞에 있는 애버딘의 모습이 동시에 겹쳐져 왔다.

카디프, 괜찮아?

그러던 중 투희야는 리즈를 견제하고 있었던 그 여인의 모습으로 되돌아갔다.

"정말이지, 꼭 하기 싫은 말은 내게 떠넘기고 있어! 약아빠진 것 같으니라구……."

툴툴거리며 그녀는 카디프의 어깨를 잡아 정신없이 앞뒤로 흔들었다.

"얼빠진 엘프! 정신 차려!"

그러나 카디프는 아까와는 다른 의미로 멍해져 있었다. 그렇게 사정없이 앞뒤로 흔들어댔는데 어지럽지 않을 리가 없었다.

"너, 호모 아니지?! 그럼 빨리 정신 차려!"

이번에는 더 빠른 속도로 흔들어댄다. 이래서야 엘프 잡겠다는 생각이 들었던 리즈가 그녀를 말리는 사이에 간신히 정신을 차린 카디프는 어느새 평상시의 표정으로 돌아와 있었다.

그리고 투희야에게 시선을 돌렸다.

"설명해 주실 수 있겠습니까, 이 일에 대해서?"

그러나 그녀는 아직까지는 일행에게 자세한 이야기를 들려주고 싶은 마음이 없는 듯, 이번에는 거대한 드래곤의 모습을 하고 있는 떼떼를 집적거리기 시작했다.

"이봐, 꼬마 드래곤! 정신 차려."

떼떼는 반쯤 풀린 눈을 하고는 투희야를 바라보았다.

"나는 꼬마 따위가 아니다. 떼떼라고 불러."

떼떼는 이상하다는 표정과 혼란스러움이 동시에 뒤섞인, 말 그대로 묘한 표정이라고밖에 설명할 수 없는 얼굴로 애버딘을 노려보았다.

"인간이… 인간이 어떻게 드래곤을 죽일 수가 있는 거지? 그것도 골드 드래곤을 하나도 아니고 둘씩이나."

말을 주춤거리던 떼떼는 다시 투희야에게로 시선을 돌렸다.

"정말 이 상황이 거짓이 아니고 진실이라면… 나는 어떻게 해야 하는 거지?"

"내가 가르쳐 주지. 단, 폴리모프를 한다는 조건 내에서."

애버딘은 떼떼가 인간의 꼬마로 폴리모프하는 모습을 지켜본 후에 진지한 표정으로 떼떼의 눈을 바라보았다.

"너는 내가 누구라고 생각하고 있니?"

"……."

떼떼는 아무런 대답을 하지 않고 무표정한 얼굴로 그를 바라보았다.

"질문을 바꾸지. 넌 나를 증오하니?"

"…내 감정을 뭐라고 표현해야 하는지 잘 모르겠어."

"그래? 그럼 하나만 더 묻지. 나를 간단히 죽일 수 있다고 생각하나?"

"……."

떼떼는 다시 한 번 묘한 표정을 지었다. 인간을 죽이는 것. 그 정도쯤은 브레스를 뿜지 않고도 얼마든지 쉽게 해치울 수 있다. 그에게는 아주 간단한 일이다. 그러나 떼떼는 애버딘을 아직도 아빠라고 생각하고 있었다. 리즈 역시 엄마로 보이고 있는데, 그런 자신이 자신의 손으로 부모를 죽인다는 것은 상상만으로도 억장이 무너질 듯한 일이었다.

떼떼의 어두운 표정을 보고 있던 애버딘은 그의 어깨를 다독거리듯 토닥였다.

"아무런 대답도 할 수 없다는 것은 아직은 너가 어른이 되지 않았다는 것이지. 난 내가 환생한 애버딘인지, 아니면 그 자체인지 잘 모르겠어. 하지만 이것만은 똑똑히 기억하고 있단다. 너의 보호자를 자처했다는 것."

떼떼는 몸을 부르르 떨었다.

"인간이 드래곤을 보호하겠다고?"

"너가 나를 너의 아버지로 만들었던 것 같은데?"

애버딘은 씁쓸하게 웃었다. 자신이 저지르지 않은 짓을 가지고 비난을, 아니, 그것보다도 심한 추궁을 당하고 있다니.

"나는 당신 말대로 질문에 대답할 수 없었다. 그러나 복수를 해야 한다면… 당신을 찾아 아데스의 끝까지 간다 해도 찾아내고야 말 테지. 그렇지만 당신은 나를 보호해 준다고 했어."

떼떼는 리즈에게로 처량한 시선을 돌렸다.

"결정은 엄마가 해줘요."

간절한 눈으로 자신을 바라보고 있는 드래곤 파피.

그녀는 모성 본능을 자극받았던 것일까? 떼떼를 위해 곁에 있던 투회야에게 간청했다.

"이런 진실 따윈 우리가 알 필요도 없어요. 우리의 기억을 지워 줘요! 우리 일은 우리가 알아서 해요! 이따위 진실 당장 없애주세요!"

이제껏 조용히 있던 투회야의 눈에서 살기 어린 핏대가 섰다.

"너는 조용히 있으라고 했지! 죽고 싶으냐? 뭘 알아서 하는데? 마법도 제대로 활용하지 못하는 초보 마법사 주제에! 너희 인간들이란 뭐든지 알아서 한다고 해놓고 모든 걸 망쳐 버리는 짜증나는 족속들이 아닌가? 충고란 항상 단 사탕 같은 것이 아니야! 알고 있으라면 알고 있으란 말이다!"

그녀가 흥분하는 모습을 처음 본 카디프로서는 머리 속의 몇 가지 의문들이 더욱 짙어져만 갔다.

"투회야님, 당신은 제가 알고 있는 분이 아니라고 하셨습니다. 그 말이 사실입니까?"

그제야 그녀는 살기를 한결 누그러뜨렸다.

"그래, 나는 이제 신 따위가 아니다. 여신 투회야는 나이면서 내가 아닌 존재야. 난 곧 여신의 자격을 박탈당할 거야. 300년 전 인간의 편에 섰을 때부터 정해졌던 일이지. 그래서 여신과 지금의 모습으로 번갈아가며 나타날 수밖에 없어. 엄밀하게 말하자면 지금의 나는 여신의 환생체가 될 녀석이니까."

그리고 놀랍게도 주문조차 외우지 않은 상태에서 파이어 볼을 불러냈다. 파이어 볼은 그녀의 왼손에서 작은 원을 그리며 정체 불명의 적을 기다리고 있었다.

"짜증나게 언제까지 엿듣고 있을 셈이야? 이제 그만 모습을 드러내시지!"

그러자 흰색, 적색, 녹색, 흑색, 갈색으로 머리카락을 색색으로 염색한 남자가 나타나선 그와 어울리지 않는 기품있는 분위기와

위압감을 가진 목소리로 그녀를 비웃었다.

"푸하하핫! 감히 나를 파이어 볼 따위로 불러내다니 투희야는 만만한 여신이 아니군."

"아… 아저씨?!"

떼떼의 얼굴빛이 창백해짐과 동시에 아저씨라 불린 그 남자는 짙은 눈썹과 눈꼬리가 미세하게 떨며 반가운 표정을 지어 보였다.

"너가 지금 날 보고 아저씨라고 불렀으?"

위엄있어 보이는 얼굴과는 달리 그는 경망스러워 보일 정도로 폴짝 뛰어가는 걸음걸이로 떼떼에게 다가가서는 양 볼을 쭉쭉 잡아당기며 흐뭇한 미소를 지었다.

"요고~ 요고~ 누구 혼삿길 망칠 일 있으? 귀엽다 귀엽다 하니까 자식이~!"

모두는 그의 외모와는 상반된 황당한 행동에 잠시 넋을 잃은 듯 서로를 바라보았다. 그제야 모두의 따가운 시선을 느낀 그는 화들짝 떼떼를 놔주며 머리를 긁적거렸다.

'내가 흥분하면 말끝이 '으'로 끝나는 버릇이 있어서으… 이해들 해주셔으'라며 멋쩍은 듯 투희야를 바라보았다.

"그거… 뜨겁지 않으?"

투희야는 그가 뭔가 평범하지 않은 것을 눈치 채고는 파이어 볼을 재빨리 무효화시키며 물었다.

"도대체 넌 누구지?"

약간은 기분이 상한 듯 그의 눈꼬리가 올라갔으나, 그 덕분에 흥분은 가라앉은 듯 어디까지나 웃는 얼굴로 그는 말을 이었다.

"초면에 반말 찍찍하는 여신은 매력없지만 대답하는 게 예의겠지? 나는 떼떼의 보호자 비스무리한 녀석이지."

그리고는 자신의 말을 증명하기라도 하듯 거대한 드래곤의 모습으로 폴리모프해 버렸다. 흰색, 적색, 갈색, 녹색, 흑색의 각각 하나씩 머리가 다섯 개가 달려 있는 크로매틱 드래곤으로!

"이런 상황이니까, 내가 당신에게 정중하게 요청하지. 이 녀석의 기억을 당장 지워라! 뭐, 몽땅 지우면 나의 멋진 기억도 사라지니까 그건 관두고 에… 오늘 기억만 지워라. 이것도 많이 봐준 거란 걸 알아줬으면 좋겠군."

그러자 카디프가 조용히 나섰다.

"제가 참견할 일은 아니지만 그런 걸 협박이라고 보는 것이 맞습니까?"

그는 카디프가 자신의 말을 알아들은 것이 의외라는 듯 눈을 크게 떴다… 라고는 해도 열 개의 눈동자가 일제히 커다란 눈으로 카디프를 바라보고 있는 상황은 그다지 유쾌한 장면은 아니었다.

"호~ 엘프 중에서도 제법 똑 소리나는 녀석이 있었나 보네. 마음에 드는군. 그래, 자네 말대로 지금 내 말은 저 여신에겐 협박이라고 봐야지. 자네 이름이 뭔가?"

"카디프입니다."

"상으로 나의 이름을 알려주지. 나는 리도스. 성격 온후~ 속성 난폭. 자네도 잘 알고 있는 평범한 크로매틱 드래곤이지. 이 머리들이 각자 같은 색의 드래곤 한 마리의 특성을 가지고 있다는 아주 평범한 드래곤이란다."

리도스의 말에 카디프가 약간 고개를 갸웃거리자, 애버딘은 좀 못마땅한 표정으로 해설을 덧붙였다.

"투희야님, 저 리도스라는 자가 원하는 대로 해주지 그래요? 저건 나 하나가 드래곤 다섯 마리의 위력을 가지고 있으니, 죽기 싫으면 원하는 대로 해달라는 소리 같은데."

그제야 애버딘 쪽을 힐끔 바라보는 리도스.

"오우~ 이쁜 언니가 머리도 좋군! 그런데… 가슴이 좀 빈약하네? 언니, 육식 안 좋아하지? 그러니까 발육이 늦지."

제법 진지하게 건들거리는 그를 바라보며 애버딘은 전에도 이런 일을 많이 겪은 듯 한숨부터 쉬었다. 이런 자들에게 가장 효과 있는 방법은…….

"윗도리라도 벗어줄까?"

"에엣?!"

애버딘은 웃통을 벗으며 제법 근육을 만들어보려 애를 썼다. 그런 그의 모습에 리도스는 심각한 표정으로 중얼거렸다.

"제기랄! 남자였다니, 아깝군. 이봐, 넌 누구지?"

애버딘은 그의 질문에 답하기 전 잠시 몸을 부르르 떨며 윗도리를 주섬주섬 주워 입었다.

"나는야~ 애버딘~ 누구도 당할 자가 없다네~"

리도스의 앞에서 애버딘은 자신의 주제가 1절을 주저리 주저리 불러댔다. 크로매틱 드래곤의 얼굴이 멋지게 굳어버리자 리즈가 애버딘에게 핀잔을 주며 나무랐다.

"내가 그 이상한 노래 부르지 말라고 했지!!"

리도스가 떼떼에게 그런 것처럼 신축성이 아주 뛰어난 고무줄을 잡아당기듯 애버딘의 뺨을 쭉쭉 잡아당기는 옵션까지 취하면서…….

"아야야~!"

그러나 다들 정작 리도스가 굳어버린 이유가 애버딘에게 '졌다'라는 감정을 품었기 때문이라는 사실을 눈치 채진 못했다. 아! 물론 떼떼는 빼고 하는 말이다.

"아저씨, '멋이다! 나도 어디 그런 노래 하나만 만들어 달라고 해봐?' 라고 생각하고 있었죠?"

리도스는 정곡이 찔린 듯 크게 헛기침을 두세 번 한 뒤 말을 이었다.

"흠! 흠! 뭐… 그런 게 아니라…… 흠! 아무튼 인간인 네가 드래곤의 보호자라는 건 좀……."

이라고 내뱉자마자 그의 머리 속에서는 지난날의 귀찮은 육아에서 벗어날 수 있다는 계산이 떠버렸다. 보호자가 없는 드래곤 파피는 그가 속한 지역에서 가까운 위치의 드래곤이 보호한다는 원칙을 깨고, 떼떼와 속성이 정반대인 크로매틱 드래곤의, 그것도 제법 높은 위치에 자리하고 있는 리도스가 떼떼를 맡게 된 것은 떼떼가 아데스에서 단 하나밖에 남지 않은 골드 드래곤이라는 부담스러운 녀석이기 때문이었다.

그렇기에 완전한 드래곤이 되었을 때 지켜야 할 예의라든지 지식 같은, 여러 방면에서 어떤 드래곤에게도 뒤지지 않을 훌륭한 드래곤이 되도록 하기 위해 리도스가 철저하게 가르쳐야만 했던 것이다.

그러나 솔직하게 말하자면 리도스가 애를 기른다는 것은 애초부터 말이 안 되는 일이다. 그의 예의범절 수준이 거의 깡통인데 누구를 가르친단 말인가.

그러나 인간이라면 이야기가 틀려진다. 지루하고 틀에 박힌 예절과 세상의 지식. 그 방면에선 일가견이 있는 자들이니까 말이다. 리도스는 이런 좋은 기회를 놓칠 수 없었다.

자신은 떼떼의 보호자로서 떼떼가 위험에 처했을 때 구해주기만 하면 되는 것이다.

"뭐, 상관없겠지. 너도 보호자해라."

말을 끝낸 리도스는 인간의 모습으로 폴리모프하고는 투희야를 바라보았다.

"인간이 주제넘게 드래곤에게 이래라저래라 하는 것도 우스운 얘기지만, 너희 신들이 언제부터 우리 드래곤에게 간섭을 하기 시작한 거지? 아니면 지금부터라도 한바탕 드래곤과 신의 전쟁을 불러일으키고 싶은 건가?"

제법 진지한 리도스의 모습에 투희야는 짜증이 섞인 목소리로 말했다.

"좋아좋아, 까짓 기억 지우는 거야 나한텐 일도 아니지만, 꼬마의 복수는 누가할 생각이지?"

애버딘이 나섰다.

"내가 정말 그의 부모를 죽였다면, 여기 있는 리도스가 날 죽이는 걸로 하지."

그의 말에 그녀의 안색이 조금 흐려졌다.

"당신은 자신의 목숨을 무슨 싫증난 장난감 취급하듯 하는군. 뭐, 좋아."

그러자 리도스도 고개를 끄덕였다.

"사실을 확인할 때까지 난 어떤 일이 있어도 이들과 함께하겠다. 이 정도면 충분하겠지?"

그제야 투희야는 사라졌다. 투명한 구슬에 떼떼의 불타는 듯한 증오를 담고서.

"이 아이의 오늘 기억을 영원히 없애주지. 대신 인간인 애버딘과 리즈를 양부모로 기억하도록 조금 조작을 취해놓겠어. 그럼… 세인트나 잘 찾아보도록 해. 난 이쪽에서 사라져 주지."

벌써 5일이 지났다.
진실의 숲을 벗어난 지 벌써 5일째다.

딱히 목적지가 정해져 있지 않은 그들로서는 슬슬 짜증이 나기에 충분한 시간이었다. 그러나 이 여유만만한 모험가들에겐 전에도 말했듯이 시간이란 것이 그다지 중요하지 않은 모양인 듯싶었다.

"아빠, 우리 어디로 가는 거야?"

떼떼는 진실의 숲에서의 기억은 조금도 나지 않는 듯 예전처럼 애버딘을 따르고 있었고, 애버딘 역시 진실의 숲에서 있었던 일들을 모르는 척 떼떼를 챙겼다.

"글쎄… 저기 카디프에게 물어보는 것이 빠를 텐데."

"아저씨, 우리 어디로 가는 거죠?"

아저씨라는 말에 조건 반사처럼 리도스의 입꼬리가 씰룩거린다.

"떼떼! 아저씨라고 하지 말라니까. 카디프에게 실례라구."

"저는 별 상관 없습니다만."

카디프는 자신의 뒤로 숨는 떼떼를 감싸고는 생긋 미소를 지었다. 리도스는 겸연쩍은 듯 그런 그들을 바라보며 또다시 머리를 긁적거리다가 마침 좋은 생각이 떠올랐는지 일행들을 향해 고개를 돌렸다.

"카디프와 애버딘은 예전에 절친한 친구였다며? 어차피 애버딘의 기억도 찾아야 하고, 리즈의 마법 수행도 겸할 거면 내게 일석이조의 좋은 방법이 있는데 들어볼래?"

"와우~ 그거 정말 좋은 생각인데요! 이야기해 보세요."

리도스의 이런 제안은 리즈의 절대적인 동의를 이끌어냈다. 진실의 숲에서의 투희야의 말이 계속 마음에 걸려왔던 그녀로서는 솔깃한 얘기가 아닐 수 없었던 것이다.

"그래… 흠, 애버딘은 카디프에 대해 얼마나 알고 있지?"

애버딘은 머리를 휘휘 저었다. 엄밀히 말하자면 만난 지 일주일밖에 안 된 사이다.

"흐음~ 만난 지 얼마 안 됐나 봐? 뭐, 상관없지. 카디프는 '그'
에 대해서 잘 알고 있지?"

리도스는 애버딘과 그의 증조부(?)를 구분하기 위해 증조부를
'그'라고 지칭했다. 카디프는 그런 리도스에게 자신에 찬 목소리
로 대답했다.

"그가 저를 알고 있는 만큼은 확실히 알고 있다고 생각해요."

그 말에 재밌다는 듯 애버딘은 피씩 미소를 지었다.

"우리 지금도 그런 사이 아닌가? 난 카디프가 지금의 나를 알고
있는 만큼은 카디프를 알고 있는 것 같은데?"

장난스런 애버딘의 말에 리도스는 고개를 끄덕이며 아주 간단
하게 말을 이었다.

"바로 그거라구~! 카디프는 예전에 알고 있었던 애버딘을 대
하듯 그대로 행동하란 소리지. 만일 그가 애버딘으로 환생한 거라
면 과거를 기억해 내는 건 좀 무리일지도 모르지만, 아직 한 가지
의 가능성이 남아 있잖아."

"내가 그 자체일지도 모른다는 가능성?"

"그렇지! 그리고 네가 '그'가 아니라고 해도 나름대로 '그'의
행동 패턴은 파악되지 않을까? 둘이 다니던 곳을 가보고 그러면
싫어도 몬스터와 마주치게 될 거니까 그 사이사이에 리즈에게 내
가 마법을 가르쳐 주고. 그럼, 모든 문제가 끝나는 거 아냐?"

"엣?!"

"'엣?!'이라니? 위대한 드래곤이 스승이 되겠다는데 싫다는 거
야?"

"그럴 리가요. '그럼 잘 부탁드리겠습니다, 스승님'이라고 하기
전에! 우리 서로 말을 편하게 쓰는 게 어떻겠어요?"

리도스는 인상을 찌푸리며 그녀의 다음 말을 기다렸다.

"사실 리도스님이 일행에 가세하기 전에 서로에게 말을 편하게 쓰기로 했었거든요. 리도스님이나 카디프의 나이 차는 잘 모르겠지만, 오래 사는 종족인만큼 애버딘이나 저보단 나이가 많겠지만 전 일국의 공주예요. 어릴 때부터 반말하는 데 익숙해 왔던……."

"이봐이봐, 뭔가 착각하고 있는 듯하군. 왜 드래곤인 내가 겨우 인간이라는 종족의 공주에게 예를 지켜야 하지? 드래곤은 인간을 섬기지 않는다. 기억해 둬. 나이로 따진다고 해도 거기에 있는 떼떼 역시 너의 몇십 배는 거뜬히 넘어간다는 것을."

"아니, 제 말은 예의를 갖춰달라는 뜻이 아니라 서로 말을 편하게 쓰자는 거예요."

떼떼는 불만에 가득 찬 눈으로 리도스를 노려보며 리즈를 감쌌다.

"아저씨, 우리 엄마를 괴롭히지 말아요!"

유독 떼떼에게만은 약했던 리도스는 한숨을 쉬며 체념한 표정을 지었다.

"그래그래, 다들 반말해라, 해! 저기 저 카디프만 동의한다면 나도 불만은 없어."

리도스는 엘프인 그가 반말을 찍찍 내뱉는 것은 상상할 수도 없다는 것을 계산에 두고 말을 한 것이었으나, 그의 기대를 무참히 깨는 카디프.

"그래, 그러기로 하지 뭐. 그럼, 여비도 벌어볼 겸 몬스터나 잡으러 갈까?"

리도스가 말도 안 된다는 표정으로 카디프를 바라보는 가운데 애버딘이 자신의 배낭을 두드렸다.

"여비라면 여기 충분히 있어. 그러니 돈 걱정일랑 하지 말고,

'그'에 대한 이야기나 해주지 않겠어?"

애버딘의 사뭇 진지한 표정에 리도스가 제동을 걸었다.

"어이! 어이! 그런 건 차차 알아가기로 했잖아. 감상적인 말은 그만두고 저기 카디프 말대로 몬스터나 잡으러 가자구. 돈은 많을수록 좋잖아. 단, 예전에 그와 함께 갔던 곳으로 가기로 하는 게 어때?"

리도스는 자연스럽게 시선을 리즈에게로 옮기고는 그녀의 동의를 구한다는 듯 한쪽 눈을 찡긋거렸다.

"리즈도 좋지? 그런데 너, 몬스터를 잡아본 경험은 있는 거야?"

"오크 한 마리 정도는… 아, 잡았다는 것보단 포박했다고 하는 편이 옳은 거겠지만……."

리즈는 모두와 함께 한 첫 전투를 떠올리며 자신만만한 미소를 지었다. 리도스는 그런 그녀가 눈치 채지 못할 정도의 낮은 목소리로 궁시렁거렸다.

"그럼, 경력이라고 할 것도 없이 초짜 중의 상 초짜군. 뭐, 경험이란 것은 쌓기 나름이니까."

카디프는 리도스가 자신의 이야기에 동의할 때부터 무언가에 골똘히 생각에 빠져 있는 듯하더니 모두에게 제안했다.

"쉬운 곳부터 갈래, 어려운 곳부터 갈래?"

애버딘이 잠깐 주춤거리다가 물었다.

"가까운 곳이 어디야?"

"둘 다 비슷비슷해."

리즈가 한 발짝 나서며 물었다.

"어려운 곳이란 구체적으로 어떤 곳이지?"

"마법이 통하지 않는 곳. 그리고……."

말끝을 약간 흐리며 애버딘을 바라보던 카디프는 한숨을 내쉬었다.

"광신도 집단이 살고 있어."

리즈의 안색이 단번에 창백해졌다.

"정말… 굉장히 어려운 곳이군. 흠! 광신도? 웬만하면 절대로 사양하고 싶군. 거긴 지금 가면 난 재기 불능이 될 게 확실하거든."

그러나 리도스의 입장은 조금 달랐다. 어차피 다녀올 거 지금 다녀오는 것이 리즈가 무기력을 덜 느낄 것이다. 마법을 제대로 쓰지 못하는 리즈에게는 심리적으로 별 타격을 주지 못할 테니까. 그러나 그 이유만이 다는 아닌 듯했다.

"카디프, 광신도 집단 말야, 분명 예쁜 여자들이지?"

"아저씨… 추해요."

떼떼의 말에 리도스는 살짝 꿀밤을 먹였다. 리즈는 그런 그들을 보며 고개를 설레설레 흔들었다.

"결정은 애버딘이 하는 게 어때?"

"카디프는 어디부터 가고 싶어?"

"쉬운 곳. 그곳이 애버딘과 처음으로 모험을 시작한 곳이거든. 그리고 예전에 즐겨 썼던 내 활이 있는 곳이기도 하고."

"그럼 거기로 가. 그리고 되도록 워프는 이제 그만 하고 걸어가는 게 어때? 이렇게 다녀서야 어디가 어딘지 알 수가 있어야지."

그 말에 떼떼도 동의한다는 듯 고개를 끄덕끄덕거렸다.

"아빠 말이 맞아. 나중에 음유 시인들이 영웅 떼떼의 노래를 만든다고 해도 워프하고 다닌다는 구절 같은 것만 반복되면 왠지 폼이 안 나잖아."

모두들 한 사람과 한 마리의 드래곤을 무시하기로 결정한 듯 메모라이즈를 읊조리기 시작했다. 떼떼와 애버딘은 서로를 끌어안으며 오버 액션을 취했다.

"아들아, 꼭 나중에 너의 노래를 만들 음유 시인에게 전해라. 우린 이런 차가운 무시 속에서도 꿋꿋했다고."

"두말하면 잔소리죠!"

리즈는 그 둘을 바라보며 짜증 섞인 목소리로 리도스에게 말했다.

"저 둘이 아무 소리도 못하게 사일런스라도 쓰면 안 돼?"

"나도 동감하긴 하지만 지금 필요없는 건 무시해 버리고 최대한 집중해서 워프할 곳의 이미지를 마음속으로 떠올려. 아직 워프도 마스터 안 됐다니 쯧……."

그녀는 별다른 대꾸를 하지 못한 채.

'드래곤이 스승이라니… 역시 추상적인 수업이 될 것 같군. 하아~'

카디프가 목적지의 이미지를 리도스와 리즈에게 전송했다.

"어두운 동굴입니다. 다크의 중앙에 위치해 있고, 동굴의 안에는 커다란 베니핏님의 동상이 있습니다. 그리고……."

그의 말이 채 끝나기도 전에 시간을 알아보기 위해 애버딘이 꺼낸 다목적용 빛에서 이상한 소리가 나왔다.

"멍멍멍! 오후야, 밥 먹을 때거든. 멍멍멍! 밥 줘어~!"

평소 빛으로 시간을 알려줬던 다목적용 빛은 어느새 새끼손가락 크기의 강아지 모양을 하고 있는 생명체로 변해 짖기 시작했다.

"이, 이게 뭐야?!"

화들짝 놀란 애버딘이 다목적용 빛을 떨어뜨리자 팟! 하는 소리와 함께 강아지가 사라졌다.

"그것은 다크에서도 시간을 알려줄 수 있도록 중립의 마법을 써서 강아지 모양의 영상을 심어놓은 거야. 그게 꽤나 시끄럽기 때문에 꺼내지 말라고 한 건데."

카디프가 친절하게 애버딘에게 설명해 주고는 다시 워프의 이미지를 떠올렸다.

"투희야님의 명령이다. 내 앞의 보이지 않는 또 다른 공간을 열어라. 워프!"

"리도스가 원하노니, 공간을 가르고 내가 갈 길을 열어라. 워프!"

"시간과 공간의 결계를 막아 선 자여… 에…… 그 다음은 뭐였지? 에라~! 주문은 몽땅 생략하겠다! 어쨌거나 열리라면 열려! 워프~!"

당연히 리즈의 워프가 성공할 수 있을 리 없었다.

'그냥… 열어놓은 곳으로 갈게요' 라는 재빠른 그녀의 뒷수습에 일행들은 뒤늦게 깨달았다. 애초에 카디프 혼자 워프를 썼으면 될 것을 아까운 주문만 낭비했다는 것을. 후회해도 이미 엎질러진 물은 담을 수 없는 법. 모두는 카디프가 열어놓은 워프 게이트를 향해 애버딘을 선두로 뛰어들었다.

"풋~! 역시 엘프의 능력은 얕잡아볼 수 없군. 이거 쉬운 코스 맞아?"

애버딘은 징그럽다는 표정으로 파타를 이리저리 흔들어댔다. 촤악! 소리와 함께 날카로운 금속의 칼날이 거대한 라고데사의 몸통을 찢어대자 여기저기 누런 체액들이 튀었다. 리즈가 입을 막고 올라오는 구토를 참아내느라 주춤거리고 있는 그 순간, 애버딘의 볼멘소리와 신음 소리가 리즈의 뒤에서 동시에 터져 나왔다.

"크웃! 졸지에 내가 기사 노릇까지 해야 해?!"

리즈를 노리고 뛰어드는 라고데사를 급하게 팔로 막아내느라 옷자락이 찢겨지고 붉은 선혈이 그의 팔에서 솟아 나온 것이다. 그것을 본 애버딘의 머리 속에는 순간적으로 리도스의 부주의에 대한 욕지거리와 방금 전의 상황이 떠올랐다. 워프로 도착해서 내려온 것은 아무것도 없는 동굴 안이었다.

'와! 정말 좋은 곳이군! 몬스터를 잡으러 왔는데 몬스터가 한 마리도 없다니, 너무너무 쉬워~!' 라고 리도스가 큰 소리로 빈정거린 것이 화근이었을까.

갑자기 어디선가 한 무더기의 라고데사가 스멀스멀 기어나오기 시작하더니, 더 이상 앞으로 나아갈 수 없을 정도로 그들의 주위를 빼곡이 에워쌌다. 마치 '오늘 식사거리는 너희들이다!' 라고 작정을 한 듯 기형적으로 큰 머리와 노란색 집게 턱에 달린 흑갈색 흉갑을 일행들에게 들이댔다.

일행에게서 약간 떨어져 리즈를 노리고 다가오고 있는 라고데사의 다섯 쌍의 다리 맨 앞발의 끝에는 먹이를 잡기 쉽도록 해주는 흡판이 달려 있었는데, 거미라는 것도 자세히 본 적 없는 리즈에게는 코앞에 자신들을 에워싸고 있는 그들이 세상에서 가장 징그러운 생물체였다. 차라리 파이어 볼로 태워 버리려는 생각에 주문을 외우려던 차에 자신을 향해 외치는 카디프의 한마디는 그녀를 기겁하게 만들었다.

"불 계통의 마법은 쓸 수 없다는 거 잘 알고 있지? 이곳은 다크야! 혹시나 해서 하는 말이니까 잊지 마!"

그녀가 기겁을 하고 있는 사이 라고데사의 징그러운 다리가 어느새 리즈에게로 들러붙었다.

"꺄아아아아아아~!"

팔을 이리저리 흔드는 것으로 저항인 듯 하는 리즈를 한심하다는 듯 보고 있던 애버딘이 재빨리 달려와 파타로 막 리즈를 물려던 녀석의 입을 관통해 버렸다. 누런 체액이 여기저기로 튀자 리즈가 염려되어 바짝 붙어 있던 일행은 그 녀석의 체액을 온통 뒤집어쓸 수밖에 없었고, 마침 비명을 지르던 리즈의 입 안으로도 그것은 어김없이 튀어버렸다.

라고데사는 일행에게 무차별 공격을 가했고, 그들은 달라붙은 그것들을 떼어내느라 땅바닥을 구르고 이리저리 발로 차고 검과 파타를 마구잡이로 휘두를 수밖에 없었다.

애버딘은 아무도 돌아보지 않는 리즈를 감싸 안고 공격을 구사하느라 등판의 옷이 다 해어진 데다 여기저기 가벼운 생채기까지 생겨 그 상처에선 붉은 핏방울이 튀고 있었다. 리즈는 언뜻 지쳐 보이는 애버딘의 표정과 자신 때문에 생긴 상처를 보며 정신을 차리려 애썼다.

'정신 차려야 해! 더 이상 짐이 될 순 없어!'

마음을 굳게 먹은 그녀는 이를 악물고 애버딘의 품에서 빠져나와 자신의 품속에 있던 단검을 아무렇게나 휘둘러 댔다.

"앗! 저 바보가!"

리즈를 노린 다섯 마리의 라고데사가 동시에 점프하자 애버딘은 온몸을 날려 그들의 위로 굴러 버렸다. 리즈 역시 자신에게 들러붙는 라고데사를 잡기 위해서는 바닥을 구르는 수밖에 없다는 것을 깨달았다. 으깨지는 라고데사의 감촉 위에 또 다른 라고데사가 겹쳐졌다. 축축한 체액이 옷 안으로 스며들자 그녀는 기절하고 싶었지만 그럴 수 없는 자신의 튼튼한 신경에 저주를 펴부으며 리도스에게 외쳤다.

"리도스! 폴리모프라도 해서 밟아버리면 안 돼?"

그리고는 구르고 있는 자신을 또 다른 라고데사가 덮치기 전에 벌떡 일어났다 구르기를 반복했다. 사정은 리도스도 마찬가지였다.

"감히 라고데사 따위가!"

분노에 찬 리도스의 고함 소리와 동시에 카디프는 또 다른 워프 게이트를 열었다.

일행은 누가 먼저랄 것도 없이 워프 게이트로 뛰어들었다. 그리고는 카디프를 향해 핀잔을 날리는 것을 잊지 않았다.

"진작에 쓰지!"

이구동성의 외침에 머쓱해진 카디프는 머리를 긁적이며 자신의 손수건을 꺼내 리즈의 얼굴에 흥건하게 묻어 있는 누런 체액을 닦아주었다.

"큭! 혹시… 손수건 남는 거 있어?"

그제야 애버딘의 팔을 흥건하게 적시고 있는 선혈이 일행의 시선을 집중시켰다.

리즈의 눈가에 눈물이 글썽글썽해진 것은 두말할 것도 없거니와 카디프는 아침에 상처 치료에 대한 메모라이즈를 읊조려 두지 않은 것에 대해 깨닫고는 리즈에게 시선을 돌렸다.

"회복 마법 걸 줄 아는 거 없어?"

리즈는 기어이 눈물을 뚝뚝 떨어뜨리며 고개를 저었다. 그것이 미안했는지 애버딘은 평상시처럼 너스레를 떨어댔다.

"어이~ 어이~ 괜찮아. 이거 갖고 안 죽어. 이 정돈 침 바르면 금방 낫는다니까."

그 말을 들은 떼떼가 핥아줄 기세로 혀를 내밀자 리도스가 기겁을 하며 말렸다.

"하지 마!"

"왜요?"

떼떼가 의아해하자 리도스는 한숨을 내쉬었다.

"하아~ 말이 그렇다는 거지. 그렇게 하면 병균 들어가 버린다 구! 이래서 애들 앞에선 무슨 말을 못한다니까."

그의 손은 어느덧 푸르스름한 기를 발하고 있었다. 애버딘의 팔에 그의 손이 닿자 아픔은 거짓말처럼 사라지고, 온몸이 마치 금방 목욕이라도 하고 나온 것처럼 개운해졌다.

"고마워."

애버딘이 빙긋 웃으며 리도스에게 윙크를 날리자 그는 무슨 날카로운 화살이 자신의 가슴에 꽂히는 기분이 들었다. '나는 호모가 아니다!'라고 자신에게 되뇌었으나, 본의 아니게 그는 헬렐레하는 웃음으로 답해 버리는 자신을 깨닫곤 고개를 흔들어댔다. 몹시 어색한 모습으로.

다크의 저녁은 방심하면 금방이라도 몸이 움츠러들기 쉬워질 만큼 쌀쌀한 공기가 대지를 가득 채운다. 애버딘은 자신의 배낭에서 딱딱한 빵과 말린 고기를 꺼내 들고 오는 리즈를 보며 왠지 딱하다는 생각이 들었다.

'가만히 있으면 편하게 있을 일국의 공주가 왜 고생을 사서하는지 알 수가 없군.'

애버딘은 리즈를 도와주기 위해 물이 든 가죽 주머니를 꺼냈다. 빛이란 개념이 통하지 않는 다크로서는 마땅히 불을 피울 수 있을 리가 없다. 그들은 밀가루로 만든 것이란 사실을 느끼기 힘들 정도로 굳어버린, 돌 조각 같은 빵을 그냥 우적우적 턱이 빠져라 씹어댈 수밖에 없었다.

더 이상 씹자니 턱은 아프고, 그렇다고 그만 먹자니 배가 고팠던 애버딘은 인상을 찌푸리며 빵을 녹여 버릴 듯한 기세로 노려보았다.

"이거 씹다가 내 이빨 다 부러지겠네. 저기, 리도스."

리도스 역시 빵을 씹다 말고 망설이던 차에 애버딘이 자신을 부르자 냉큼 고개를 돌렸다.

"응?"

"브레스 말인데, 레드 드래곤의 브레스는 화염이라고 리즈에게 들었던 것 같은데 맞아?"

애버딘이 한 가닥 실오라기 같은 희망을 품고서 물었다.

"그게 왜?"

"브레스 적게… 조절 가능해?"

리즈는 애버딘의 의도를 눈치 챘는지 피씩 웃음을 터뜨렸다.

"호호호홋, 하긴 어쩌면 가능할지도 모르겠다."

그녀의 말에 애버딘의 만면에는 웃음이 피어났다.

"그렇지? 그렇지?"

"뭔데? 너희들만 알지 말고 나도 좀 알자."

리도스의 눈빛은 이 녀석들이 왜 실실거리는지 알고 싶어하는 호기심 어린 눈빛으로 변했다. 카디프는 궁금해하고 있는 리도스에게 부연 설명을 덧붙였다.

"드래곤은 세상에서 유일하게 신의 지배를 받지 않는 자라는 것은 네가 더 잘 알고 있겠지? 그렇다는 것은 너라면 다크에서도 화염의 브레스를 뿜어낼 수 있지 않을까 하는 거지."

카디프의 말이 끝나기를 기다렸다는 듯 애버딘이 엄살을 피우며 몸을 비비적거렸다.

"너, 불 좀 피워라. 이왕이면 저기~ 나뭇가지라도 모아서 해보는 게 좋겠다. 나 추워 죽겠어."

"너희들은…… 거냐?"

"뭐라고?"

"너희들은… 드래곤을 뭐로 보는 거냐고 물었다."

애버딘은 기분이 상한 듯한 리도스에게 필살 애교 버전의 웃음을 흘리며 마치 꼬리가 있다면 살랑살랑 흔들어줄 기세로 다시 몸을 비비꼬았다.

"그러지 마알구우~ 혀어어엉~"

그런 애버딘의 뒷 배경엔 마치 꽃이 보이는 듯해서 일행 중 유일하게 여자인 리즈조차도 그 미소에 '허억~'이란 감탄사를 내뱉을 수밖에 없었다.

'풋! 확실히 애버딘이군.'

카디프는 전에도 많이 본 상황임을 느끼며 그들을 뒤로하고 혹시라도 모르니 나뭇가지를 주우러 사라졌다. 그리하여 잠시 후 카디프가 나뭇가지를 들고 왔을 때 리도스는 덩그러니 혼자 남아 있었다.

"다들 어디 간 거야?"

"나뭇가지 주우러……."

"풋! 푸하하하핫!"

카디프는 오랜만에 박장대소하며 웃을 수 있었다. 너무 웃어서 눈물이 나려는 그에게 리도스는 인상을 찌푸리며 말했다.

"제길! 웃지 마. 그래! 나 이제부터 부싯돌이다!"

"하하하!"

잠시 후 애버딘과 그 일행이 돌아와 리도스는 곧 폴리모프를 했고, 제 모습을 보인 크로매틱 드래곤의 5개의 거대한 머리는 자신의 발톱만한 나뭇가지 더미를 노려보고 있었다.

"화염의 브레스만이에요! 다른 브레스를 뿜어내면 절대 안 돼요!"

떼떼가 다시 한 번 자신의 임무를 확인시켜 주자 그는 짜증스러운 듯한 표정으로 고개를 끄덕였다. 카디프의 신호를 시작으로 다른 머리들은 모두 일제히 고개를 숙이고 있는 반면, 오직 붉은 색의 머리만이 고개를 뻣뻣이 쳐들고 억지로 무언가를 하려는 듯 인상을 묘하게 찌푸렸다. 끄윽~! 하는 소리와 함께 콧김과 트림—드래곤의 트림—이 쏟아져 나왔다. 아주 극소량의 불꽃과 함께…….

그리고 그 불꽃이 나무 더미 한가운데에 적중했으나 주변의 공기에 포함된 물기가 많은 탓인지 쉽사리 타오르지 않자 또다시 꺼억~! 하는 듣기 괴로운 소리를 내야만 했다.

또 한 번의 불꽃이 같은 자리로 쏟아져 나오자 나무 더미는 화르륵 하는 소리와 따뜻한 온기를 내뿜었다.

"역시 드래곤의 브레스는 통한다는 건가."

새로운 사실을 알아냈다는 것에 흡족한 리즈는 고개를 끄덕이며 떼떼와 함께 불가로 쪼르르 가서 몸을 데웠다.

"멋져~!!!"

애버딘은 눈을 반짝반짝 빛내며 리도스에게로 가서는 박수를 쳐주었다. 그런 것을 우쭐해하며 보라는 듯한 시선을 모두에게 보내는 리도스와 그런 그를 무시하며 불가 근처에 있던 플라타너스 나무에 등을 기대며 앉아버리는 카디프.

모두들 나름대로 흡족한 기분으로 한껏 움츠러들었던 몸을 폈다. 어느덧 잠에 겨웠는지 떼떼는 리즈 곁에서 벌러덩 누워버렸다. 리즈도 사실 졸리기는 했지만 자신의 온몸에 말라비틀어져 있는 체액부터 어떻게 하면 모를까, 더 이상 지저분해지고 싶지는 않았다. 더군다나 습기로 축축한 땅이 기분 좋을 리 없었던 것이다. 애버딘은 그런 리즈를 흘낏 바라보다가 자신의 옆에 앉아 있는 리도스의 옆구리를 슬쩍 찔렀다.

"너, 멋있는 사나이 맞지?"

그는 당연하다는 듯 고개를 끄덕였다.

"그럼, 난 아주 멋있는 사나이지."

애버딘은 또다시 웃음을 띠며 말을 이었다.

"그럼 신사겠네?"

"당연하지~"

어깨를 으쓱거리며 우쭐대는 리도스에게 애버딘은 결정타를 날렸다.

"그럼 리즈랑 떼떼한테 망토 내주고 싶겠네?"

그는 어서 빨리 내놓으라는 듯 리도스의 망토를 만지작거렸다. 요는 어린아이와 여자를 맨땅에서 재우지 말라는 소리였다. 그는 주춤거리며 리즈와 떼떼를 바라보고는 슬라임 젤리라도 씹은 듯한 표정으로 망토를 벗었다. 그러다가 먹잇감을 발견한 독수리처럼 날렵한 몸짓으로 카디프의 망토를 잡았다.

"이봐, 카디프."

그는 줄곧 그들의 대화를 듣고 있었던 듯 리도스의 말을 막아버렸다.

'나는 엘프거덩~ 안 그래도 멋있거덩~'이라며 아예 꿈도 꾸지 말라는 식의 쐐기를 박아버리고는 리도스에게 잡힌 망토를 끄집어 내렸다. 리도스는 혼자당할 수는 없다는 표정으로 카디프의 처절한 무시 속에서도 꿋꿋이 그에게 들러붙었다.

"애버딘은 망토가 없잖아~ 그러지 말고 너도 얼른 벗어!"

카디프는 왕년에 '그 애버딘'에게 배웠던 솜씨를 유감없이 발휘하려는지 얼굴을 붉히며 말했다.

"야하게시리~ 그런 말 아무에게나 하면 안 되지~"

리도스는 그 느끼한 대사 한마디에 그를 고수로 인정하고는 손을 털어버렸다.

그러나 카디프에게는 방심할 수 없는 마지막 히든카드가 있었으니, 그가 바로 애버딘이었다.

"너, 무늬만 엘프지?"

카디프는 볼멘소리로 중얼거렸다.

"필요할 때만 엘픈데."

"아냐, 아무리 봐도 넌 무늬만 엘프고, 사실은 엘프를 동경했던 드워프였던 거야. 그래서 네가 솜씨 좋게 만든 엘프 가죽을 뒤집어쓰고 엘프인 척하고 다니는 거지."

"…어떻게 하면 그렇게 황당한 상상을 다할 수 있는 거야?"

"그럼 확인해 봐도 돼?"

"마음대로 해."

말이 끝나기가 무섭게 애버딘은 그의 망토를 벗기고는 리도스에게 건네며 한쪽 눈을 찡긋거렸다. 어이가 없는 표정으로 망토를 받아 든 리도스는 카디프를 보며 혀를 찼다.

"쯧쯧, 그런 걸로 속냐? 암만 똑똑해도 역시 엘프는 별수없다니까."

리도스는 애버딘과 카디프가 다정스런 내용의 대화를(?) 나눌 수 있도록 내버려두고는 불가 근처에 체액이 묻지 않은 부분에 카디프의 망토를 바닥에 깔고는 떼떼를 살짝 들어 옮겼다.

"좀 웅크리면 너랑 떼떼 자기는 충분할 거다."

목소리를 낮춘 그는 리즈에게 자신의 망토를 건넸다.

"고마워."

"고맙단 소리는 애버딘에게나 해. 카디프랑 내 망토 건네주라고 한 건 그 녀석이니까."

"뭐? 정말?"

"그래. 그럼, 내가 비싼 빵 먹고 헛소리하게 생겼냐? 그런 소리 하려거든 피곤할 텐데 차라리 잠이나 자든가."

"아니… 저기 애버딘에게 고맙다고 전해줘."

리즈는 그녀답지 않게 빨개진 얼굴을 망토로 가려 버렸다.

떼떼와 리즈가 달콤한 꿈나라로 가버린 것은 그리 오래 걸리지 않았다. 애버딘은 잠이 오지 않는 듯 부럽다는 표정으로 그들을 바라보았다.

"젊은것들은 좋겠어. 난 늙었는지 영 잠이 안 온단 말야~"

그런 그가 가소롭다는 듯 리도스는 입을 씰룩거렸다.

"그게 아니라 운동 부족이겠지. 너, 한바탕 운동이라도 하고 오는 게 어때?"

이제껏 가만히 있던 카디프의 귀가 꿈틀했다. 어떤 기이한 느낌을 받아 서서히 몸을 일으켰다.

"엘프는 야밤에 곱게 자는게 특징인데 도무지 시끄러워서 잠을 들 수가 없군."

카리프는 중얼거리며 오른쪽 숲을 향해 빠르게 이동해 갔다. 애버딘이 눈썹을 씰룩거리며 상체를 일으켰다.

"어? 나는 카디프 없으면 장님인데……."

이어 옆의 리도스를 향해 짐짓 걱정스러운 투로 말했다.

"혀엉~ 설마 형까지 나를 버리고 가진 않겠지?"

리도스는 몸을 뒤척이며 답했다.

"나도 어두우면 잘 안 보이는디영~"

애버딘은 무슨 생각에 미쳤는지 자신의 주머니에서 천 조각 하나를 꺼내 불쑥 리도스에게 내밀었다.

"자~!"

"이게 뭔데?"

"카디프 손수건이야. 냄새라도 맡아봐."

리도스는 엉거주춤 상체를 일키며 누굴 개 취급하느냐고 따지려다가 이내 한숨을 내쉬더니 손수건에 코를 대로 냄새를 맡았다.

"저쪽이야."

애버딘의 손을 부여잡고 리도스는 냅다 달리기 시작했다. 물론 자신의 브레스로 만든 횃불을 챙겨 드는 것을 잊지 않고 말이다. 그리하여 그들이 도착한 곳은 리즈가 자고 있는 곳과 조금 떨어진 곳으로, 그곳에서는 카디프가 우아한 동작으로 회색 지렁이와 싸우고 있었다. 몸 길이 10m에 달하는 거대한 새실리아와.

"정말이지, 이놈의 숲은 무슨 벌레가 이렇게 많아. 제기랄!"

애버딘의 볼멘소리를 신호로 그들 역시 싸움에 가세할 수밖에 없었다.

새실리아의 공격 패턴은 참으로 단순하다. 다리가 없다. 그래서 당연한 말이지만 기어야만 한다. 그리고 문다. 물리면 아프다. 그리고 암만 상대가 지렁이라도 주제에 공격을 하면 피하기까지 한다. 몸을 웅크렸다 폈다를 반복하며……

이것 역시 당연하다면 당연한 소리지만 몸을 웅크리는 순간에 몸이, 아니, 정확하게 이야기하자면 몸을 점프할 때 몸통 가운데는 허공에 뜬다. 요는 그것이 엄청나게 거대하다는 것인데, 행동권이 10km나 된다니, 이것은 말을 타고 달린다 치더라도 제법 달려야 하는 엄청난 거리였던 것이다. 게다가 그 정도의 몸 길이가 움직인다는 것은 점프를 한다는 거리가 그만큼 길다는 것을 의미하기도 한다.

애버딘은 계속 툴툴거리며 자신을 관통하기라도 할 기세로 덤

버드는 새실리아를 간신히 피해냈다. 새실리아의 길다란 몸은 목표물이 비켜 나가자 재빠르게 몸을 돌렸다. 마치 거대한 뱀이 쥐를 쫓는 것처럼 애버딘은 죽기 아니면 살기라는 생각으로 양쪽에서 입을 벌리며 다가오는 새실리아를 파타로 사정없이 찔러댔다.

쿠에~ 엑!

날카로운 비명 소리.

"해치웠나?"

애버딘은 자신의 팔을 빼내려고 온몸을 뒤틀며 날뛰는 새실리아의 몸에 어지럽게 매달려 중얼거렸다.

'매달린 것까진 좋은데 이거 어떻게 뛰어내리지?'

그는 자신이 마치 과일 조각에 꽂힌 이쑤시개처럼 새실리아의 몸통에서 쉽사리 빠져나갈 수 없다는 것을 느끼며 리도스를 불렀다.

"리도스, 도와줘!"

절박한 심정이 된 애버딘의 외침을 듣자마자 리도스는 곧 거대한 드래곤으로 변화했다. 다섯 개의 거대한 머리. 입장은 다시 역전되었다. 이쑤시개 애버딘이 사과 새실리아로부터 해방되는 순간 리도스의 발에 의하여 거대 지렁이는 다 밟혀 버린 것이다. 카디프는 어의없는 표정으로 다시 인간으로 폴리모프해서 난리를 치고 있는 그를 바라보며 감탄을 했다.

"역시… 드래곤이란 종족은 굉장하군."

그리고 한마디 토를 다는 것을 잊지 않았다.

"그래도 말야… 이런 식의 전투라면… 싱겁지 않아?"

"흥!! 그렇게 싱거우면 내 신발이나 닦아줘! 이게 뭐야! 안 그래도 비싼 신발을 새실리아나 밟는 데 쓰게 만들고."

리도스는 툴툴거리며 카디프를 따라 리즈와 떼떼가 있는 곳으로 발걸음을 돌렸다.

"하아~ 신발보다 급한 게 나라구. 좀 씻었으면 한이 없겠다."

애버딘은 자신의 이마에 흘러나오는 땀을 손으로 스윽 닦아 내리며 조용히 일행의 뒤를 따랐다. 그들이 죽어라고 새실리아와 전투를 벌이던 동안에도 리즈와 떼떼는 아무것도 모른 채 자고 있었나 보다. 한번씩 몸부림을 치는 떼떼가 발을 리즈의 배에 걸쳐 올린 것을 빼고는 미동도 없었다.

"정말 부럽다…… 리즈 쟤 무늬만 공주 아니야?"

"그러게, 무슨 공주가 밖에서도 저렇게 잘 자?"

"으음~ 시끄러워!"

정말 죽여주는 타이밍이었다.

그들은 리즈의 눈치를 살피며 그대로 맨땅에 털썩 누워버렸다. 리도스가 내뿜은 브레스의 불길이 꺼지지 않는 한 이곳은 절대 안전 지대였으니 보초가 필요할 리 없었지만, 카디프는 만약의 경우를 생각해야 한다며 아까 등을 기대고 앉았던 플라타너스 나무에 의지해 눈을 감았다.

광신도 피스의 등장

24시간이 어둠뿐이라는 다크에서도 아침은 찾아왔다.

그 명성에 걸맞게 어둠에 잠긴 아침이라는 이질적인 풍경으로.

"우웅~!"

고양이처럼 온몸을 쭉 펴며 기지개를 켜는 애버딘에게 리즈가 듣던 중 반가운 소식을 알렸다.

"카디프가 호수를 찾았대! 이제 마음껏 씻을 수 있어."

"그게 정말이야?"

애버딘이 반색을 하며 어린아이처럼 좋아했다. 찜찜했던 라고데사의 체액의 냄새도, 간밤에 흘렸던 많은 땀과 새실리아의 체액도 씻어버릴 수 있다는데 좋아하지 않는 사람이 이상한 것이겠지만……

"리즈, 너부터 씻고 오는 게 좋지 않겠어? 넌 여자잖아. 아! 보초는 필요없어?"

"벌써 떼떼에게 부탁해 놨어."

"그래? 그 녀석이 믿을 만하려나……."

"뭐야? 너, 혹시 네가 보초를 서고 싶어서 그러는 건 아니겠지?"

"무슨 소리야?! 네가 훔쳐 볼 데가 어딨다고……."

그의 말에 리즈는 단단히 토라진 듯 애버딘의 말이 채 끝나기도 전에 휭~ 하는 찬바람을 남기고 가버렸다.

"잠시라도 널 좋게 본 내가 바보지."

"이, 이봐. 그래도 남의 말은 끝까지 듣고 가야지!"

하지만 이미 리즈의 뒷모습은 애버딘의 시야에서 멀어져 점이 되어버린 지 오래였다.

"아! 여기 있었군."

"카디프, 무슨 일이야?"

"호수를 발견했다는 걸 알려주려고……."

"아~ 그거라면 벌써 리즈에게 들었어."

"그래? 빠르기도 하군."

"응. 그리고 리즈라면 씻으러 간다고 호수로 가버렸어."

"리도스를 보초로 데려간 건가?"

"아니, 떼떼를 데려간다고 들었는데."

"그래? 그럼 리도스는 어딜 간 거야?"

문득 애버딘의 뇌리에 불길한 예감이 스쳤다.

"설마 리즈 목욕하는 거 훔쳐보러 간 건 아니겠지?"

"그러고 보니…… 크로매틱 드래곤은 여자를 꽤나 밝힌다는 소문이 있던데, 호수는 여기서 쭉 가면 나오거든. 만일 리도스가 리즈를 훔쳐보러 간 거라면 수풀이 우거진 쪽으로 가지 않았겠어?"

"나 잠깐 산책 좀 다녀올게."

바람처럼 빠르게 달리는 애버딘의 뒷모습에 카디프는 뜻 모를 미소를 지었다.

'여러모로 빠르기도 하군. 쿡!'

카디프의 말대로 수풀이 우거진 쪽을 뒤지다 보니 리도스를 비교적 쉽게 찾을 수 있었다.

"어이! 어이! 여기서 지금 뭐 하는 거야?"

"뭐 하긴, 이런 기회가 앞으로 얼마나 더 있을 것 같아? 미리미리 눈 보신 좀 하려는 거야."

"저런 어린애 훔쳐볼 데가 어딨다고 그러냐?"

리도스는 애버딘의 말에 정곡을 찔린 듯 잠시 주춤거리다가 곧 주먹을 불끈 쥐며 힘있는 목소리로 대답했다.

"사나이의 로망은 훔쳐보기야!"

"그건 로망이 아니라, 노망이겠지! 떼떼 보는 앞에서 망신당하기 싫으면 순순히 따라와."

"쳇! 융통성없긴… 따라가면 되잖아. 따라가면……."

누군가 씹다 뱉은 슬라임 제리를 주워 먹은 듯한 표정으로 리도스는 순순히 애버딘을 따라 카디프가 있는 곳으로 갈 수밖에 없었다.

다들 목욕을 마친 후 개운한 표정으로 식사를 끝내고는 카디프가 열어놓은 워프 게이트를 통해 또 한 번 라고데사가 득실거리던 동굴 속으로 뛰어들었다.

혹시 입을 열어 소리가 밖으로 새어 나가면 어제의 그 징그러운 라고데사들이 언제 또다시 들이닥칠까 싶어 긴장한 탓일까? 발소리마저 죽이며 베니핏의 동상이 있는 곳까지 다다랐는데도 좀처럼 그들은 아무런 말도 하지 않았다. 이미 어둠 속에 눈이 익숙해졌는지 이제는 굳이 카디프의 도움 없이도 사물을 식별할 수 있게 되었던 그들은 베니핏의 동상을 뚫어져라 쳐다보았다.

"잘못 본 거지?"

일행들의 침묵을 깨고 제일 처음 날아든 리도스의 한마디.

"잘못 본 거야."

리즈는 고개까지 돌리며 애써 동상을 외면하려 했다.

"우와~! 아빠, 굉장히 유명한가 봐?"

마냥 신난 떼떼.

"내가… 베니핏님처럼 생겼다는 말인가?"

애버딘의 떨빵한 한마디.

그렇다. 베니핏의 동상은 온데간데없이 사라지고 '위대한 애버딘'이라는 글씨가 새겨진 애버딘의 거대한 동상이 그곳에 들어서 있었던 것이다.

"큰일이군. 빨리 이곳을 벗어나야 해."

좀처럼 표정에 동요가 없는 카디프가 새파랗게 질린 표정으로 일행들의 발걸음을 재촉했다.

"왜 그래?"

"분명히 그들이야. 그들이… 영토를 확장했어! 바보같이! 세월이 300년이나 지나도록 그들이 그 좁은 공간에서만 살아갈 리 없다는 걸 염두에 뒀어야 했는데……."

"설마… 그들이란……."

리즈 역시 그들의 정체를 눈치 챘는지 얼굴이 사색이 되어버렸다.

"그래, 바로 애버딘의 광신도 집단들이라구. 라고데사나 그들이 언제 튀어나올지 모르니까 되도록이면 언성 높이지 말고 빨리 이곳에서 빠져나가야 해."

카디프의 말을 들은—애버딘을 제외한—그들은 헬쑥하게 질린 얼굴로 냅다 도망치듯 달리기 시작했다. 동굴 속은 드워프나 드래 곤의 미궁만큼은 못 되지만 꽤 정교하고 길게 만들어진 듯 조금 안으로 들어왔다 싶은 생각이 들자 세 가지의 갈림길이 나왔다.

"어디로 가지?"

난처한 리즈의 표정에 애버딘은 손가락에 침을 묻히고는 각각 세 개의 갈림길 앞을 서성거렸다. 그러자 가운데의 갈림길에서 바 람이 불어오는 것을 느낄 수 있었다.

"출구가 있는 곳은 가운데 길이야."

카디프는 고개를 저었다.

"내 활은 벽면이 전부 막힌 곳에 있어."

그의 말에 애버딘은 파타로 가운데 갈림길에 'X' 자를 그었다.

"혹시 그 벽면이 함정이 있는 곳은 아니지?"

애버딘이 조심스럽게 그에게 물었다.

"아니야. 아무리 소중한 활이라도 그런 곳에 목숨을 걸고 들어 가서 숨기진 않아."

"좋았어."

그는 동굴에 떨어진 돌을 주워 들고는 오른쪽의 갈림길에 호수 에 여러 번의 파문을 일으키듯 돌이 땅에 튈 수 있도록 던졌다. 하나 아무런 일도 일어나지 않자 그는 조심스럽게 오른쪽의 갈림 길로 들어섰다.

"내가 신호를 보낼 때까지 아무도 들어오지 마. 그 주변에 있는 거 아무것도 손대지 말고 그 자리에 꼼짝 말고 있어."

애버딘은 바닥에서 몇 개의 돌을 주워 들고는 능숙한 솜씨와 허리를 굽힌 구부정한 자세로 이리저리 벽면과 바닥을 살피기 시 작했다.

"이럴 때 지팡이가 있으면 편할 텐데… 할 수 없지."

예상대로 벽면에는 보이지 않을 정도로 작은 스위치 장치가 붙어 있었고, 그대로 허리를 세우고 갔다가는 천장에 붙어 있는 스위치를 머리로 눌리게 되어버려 함정을 작동하게 해둔 곳도 있었다. 그는 조심스럽게 오른쪽의 갈림길에서 빠져나왔다.

"왼쪽이야."

다들 놀랍다는 듯 애버딘을 바라보았다.

"굉장해. 모르는 사람이 보면 너 하는 거 보고 도적인 줄 알겠다."

리도스의 말에 애버딘이 뭔가 우물쭈물 말을 꺼내려 하는 순간 리즈가 애버딘을 잡아끌었다.

"앞장을 서야 가든지 말든지 할 거 아냐. 함정이나 갈림길이 또 있을 줄 우리가 어떻게 알아? 한가하게 노닥거리지 말고 빨리 이리 와."

"그래, 간다, 가!"

애버딘을 선두로 왼쪽의 갈림길에 들어선 그들은 얼마 지나지 않아. 나무 상자에 보물처럼 카디프의 숨겨둔 화살을 찾을 수 있었다. 카디프의 말에 의하면 몇백 년이 지났다고 들었는데 나무 상자나 화살이나 어디 한군데 손상 간 곳이 없었다.

"이 정도로 오래 두면 적어도 곰팡이라도 피거나, 아님 퀴퀴한 냄새라도 나야 하는 게 정상 아니야?"

"음… 뭐, 영구 보존 마법이라도 걸어뒀겠지."

"그런 마법도 있어?"

"알고 보면 마법이란 건 굉장히 편리한 거라구."

"모르고 봐도 편리한 것 같은데. 에헤헤."

"바보."

카디프는 자신의 화살을 대충 점검해 보고는 별 이상이 없다는 것을 확인하자 조금의 망설임도 없이 또다시 일행들을 재촉하기 시작했다.

"어서 가자! 이런 곳은 빨리 벗어날수록 좋아."

아무래도 그는 뭔가를 굉장히 두려워하는 듯 보였다.

"그 애버딘 광신도 집단이라는 사람들이 그렇게 무서워?"

이해가 안 간다는 투로 애버딘이 카디프에게 묻자, 다들 이구동성으로 외쳤다.

"당연하지!"

"도대체 뭐가 무섭다는 거야?"

"네놈같이 구린 놈을 광적으로 좋아한다는데 그게 어디 정상이겠어?"

리도스의 말에 애버딘은 상처받았다는 표정을 지어 보였다.

"내가 그렇게 구려?"

"그렇게 확인 사살당하고 싶어?"

리즈가 리도스의 곁에서 거들었다.

"쳇! 그래, 나 구리다, 구려."

"그걸 이제 알았냐?"

"구린 김에 더 구린 짓 해주랴?"

"여기서 어떻게 더 구려?"

그는 리즈를 뚫어지게 쳐다보며 물었다.

"정말 후회 안 할 거지? 분명히 이야기하지만 네가 물어본 거야. 절대로 내가 하고 싶어서 하는 게 아니라."

"무슨 짓을 하려고 협박까지 하고 그래?"

그는 목청을 가다듬었다.

"나는야~ 애버딘~ 잘생기고 똑똑한 나는야~ 애버딘~"

"으아아아! 안 돼에에에~!"

뜻밖에도 그의 주제가에 절규하는 사람은 리즈가 아닌 카디프였다.

"이런 데서 그런 노래를 부르다니! 절대로 안 돼!"

그는 거의 이성을 잃은 듯 흥분에 또 흥분을 거듭했다.

그러나 이미 때는 늦은 듯, 어디에선가 나타난 시커먼 그림자 하나가 그들의 앞을 막아섰다.

"앗! 이럴 수가?! 저 사람은 애버딘님이시잖아?!"

시커먼 그림자의 정체는 목소리 한번 끝내주게 우렁찬 여자인 것 같다. 그녀의 주위에 많은 사람들이 모여 있었던 듯 순식간에 한 무더기의 사람들이 지난번의 라고데사 패거리를 연상시킬 정도로 꾸역꾸역 모여들고 있었다. 그리고 그들의 목청 역시 귀가 쩌렁쩌렁 울릴 정도로 끝내주게 컸다.

"야~! 애버딘님이야! 여기 좀 봐봐!"

"어디? 어디?"

"카디프님도 있어! 진짠가 봐! 그 전설이~"

웅성거리는 사람들 속에 카디프는 그만 넋이 나가 버리고 말았다.

'포위당했다!'

사람들의 웅성거림에 기가 질리지 않은 일행은 아마도 애버딘밖에 없는 듯했다.

"투희야님의 아름다움에 경배를… 안녕하세요?"

사람들은 그제야 정신을 차린 듯 다들 한결같은 포즈로 넙죽 엎드려서는 그에게 절을 해댔다.

"아름다운 애버딘님께 경배를……."

목소리는 하나의 큰 파도가 되어 울렸다. 그중에는 애버딘이 자신들에게 말을 건넸다는 이유만으로 감동을 받아서 훌쩍거리고 있는 자들도 있었다. 제일 처음 그를 발견했던 목청이 끝내주는 여자가 자랑스럽다는 듯 사람들에게 외쳤다.

"어디선가 낯익은 노래 가사가 들려오기에 누가 이런 곳까지 왔을까 싶어서 와봤더니 애버딘님이 계시지 뭐겠어요. 아하하핫!"

애버딘은 머리를 긁적거리며 물었다.

"낯익은 노래 가사? 혹시 이걸 말하는 거예요? 흠흠! 나는야~ 애버딘~ 잘생기고 똑똑한 나는야~ 애버딘~"

그의 주제가의 효과는 대단했다. 우선 애버딘의 광신도라고 일컬어지는 사람들이 감격의 눈물을 흘리며 마치 파도를 연상시키듯 그에게 다시 넙죽넙죽 절을 하는 괴현상을 불러일으킴은 두말할 것도 없거니와 리즈가 입에 거품을 물며 통통 춤을 추는―애버딘이 통통 춤을 신나게 추는 것은 당연한 소리―모습을 보여주었으니까 말이다. 게다가 저희 선조님들께서 지어드렸던 '애버딘님의 주제가'를 아직도 잊지 않아주셨군요. 흑흑, 하는 소리에 경기를 일으킨 듯 기절한 카디프가 다시 깨어나자 리즈는 완전히 기가 질린 듯한 눈으로 애버딘을 바라보며 벌린 입을 다물지 못했다.

'광신도… 그 뜻을 알 것 같군.'

"자, 여기서 이럴 게 아니라 일단 저희 마을로 가시죠."

여전히 목청이 끝내주는 여자가 애버딘 일행을 바라보며 말했다.

"거절하면 후환이 두려울 테니 순순히 따라가는 게 좋아."

카디프의 처절했던 경험에서 우러나오는 듯한 충고에 움찔한 리즈가 반항할 엄두도 못 내고 애버딘의 뒤에 서자, 목청이 끝내주는 여자의 앙칼진 목소리가 동굴 안을 쩌렁쩌렁하게 울렸다.

"넌, 뭐야?! 왜 애버딘님의 뒤에 졸졸 붙어다니는 거지?"

아무리 기가 죽었다고 그 말을 곱게 받아넘길 리즈가 아니었다.

"난 일행이야! 네가 그렇게 '님, 님' 하는 그놈의 일행이라구!"

그러나 그녀는 너무 흥분한 나머지 커다란 실수를 하고 말았다. 이곳이 애버딘의 광신도 집단의 소굴이라는 것을 깜빡한 것이다.

이미 식은땀을 삐질삐질 흘리며 일제히 자신을 노려보고 있는 사람들을 외면한다고 해도 실수는 무마될 수 없었다.

"넌, 정체가 뭐야? 뭘 믿고 애버딘님을 그렇게 불경스럽게 부를 수 있는 거지?!"

"자세히 보니까 예쁘지도 않잖아! 저런 애는 고생 좀 하게 여기 버리고 가!"

"버리고만 가? 아예 묻어버리자!"

남녀노소할 것 없이 모두들 도끼눈을 치켜뜨고는 리즈를 잡아 먹을 듯 노려보았다.

"애버딘, 네가 무슨 수를 써야 할 것 같은데?"

광신도 집단에게 포위당한 이래 처음 날리는 리도스의 대사였 다.

"저… 이제 그만 용서해 주시면 안 될까요? 얘는 샤아플린의 공주라서…… 읍!"

카디프가 애버딘의 입을 틀어막는 재빠른 동작도 한 박자 늦어 버렸다. 샤아플린과 다크가 적대 관계에 있다는 것에 대해 어릴 적부터 귀에 딱지가 앉을 정도로 듣고도 애버딘은 깜빡해 버렸는 지 리즈가 샤아플린의 공주라는 소릴 해버린 것이다.

"샤아플린의 공주라고?!"

"그렇다면 더욱 못 들여보내!"

"어서 동굴 밖으로 쫓아내자구."

카디프는 어느 정도 이런 결말을 예상하고 있었는지도 모르겠 다. 이젠 아주 모든 것에서 초탈한 듯한 말투로 그들의 소란을 진정시켰다.

"만일 리즈를 내쫓는다면 저와 애버딘은 여러분의 마을에 들어가지 않겠습니다."

"에엣?! 그게 정말이에요?!"

사람들의 시선이 애버딘과 카디프에게 집중되자 애버딘은 고개를 끄덕였다.

"리즈를 잘 돌봐주겠다고 약속했거든요."

"엣?! 그럼 두 분이 벌써 장래를 약속한 사이란 말이신가요?!"

여자 팔자 피는 건 순식간이라더니, 쫓아내자고 난리 피울 땐 언제고 '분'이라는 호칭으로 싹 돌변하는 목청 큰 여자를 보라.

"무슨 소릴 하고 있는 거야?! 내가 언제 저놈이랑…… 읍!"

더 이상 리즈가 사태를 악화시키길 원하는 사람은 아무도 없었다. 리즈의 입을 막고 있는 손들을 보면 알 수 있듯이. 카디프, 리도스, 애버딘까지 애버딘의 광신도 집단을 향해 억지 미소를 띠며 리즈의 소란을 막아냈다.

"뭐… 카디프님과 애버딘님께서 그렇게까지 말씀하시는데 어쩔 수 없죠. 그러나 다시 한 번 애버딘님에 대해 불경스런 말을 입에 올리면 아무리 애버딘님과 카디프님께서 말리신다고 해도 가만히 있지 않을 거예요. 명심하세요."

그녀는 전혀 경어가 경어로 들리지 않게 만드는 신기한 화법으로 리즈의 신경을 빡빡 긁어놓고는 자기 생각이 마치 모든 사람의 생각인 듯한 태도를 보이며 그들을 마을로 안내했다.

몬스터가 워낙 많아서 그렇게 된 것일까?

다크에서 생활하는 사람들의 대다수는 마치 드워프처럼 인위적인 동굴 마을을 만들어 그곳에서 살아갔다. 그들은 더 이상 지상에서 살아갈 의지를 잃어버린 듯했다. 하긴, 사람의 숫자보다 몬스터의 숫자가 더 많은 다크에서는 샤아플린처럼 군사를 키워 몬스터를 대대적으로 없앤다든지 하는 일은 상상도 못할 일이다(만일 샤아플린과의 적대 관계가 끝난다면 또 몰라도). 그러니 그들이 더 이상 몬스터와의 적대 관계를 유지하느니 공존의 길을 모색하는 것이 그들에게 있어서는 아주 자연스러운 일이었다. 그 결과도 슬슬 나타나고 있었다. 그들의 그런 끈질긴 노력 끝에 적어도 동굴에 서식하고 있는 몬스터에게 위협받는 일은 없어졌으니 말이다. 몬스터들의 활동 범위와 공격 조건을 기억해 두는 한 동굴 내에서 그들과 마주칠 확률은 거의 없다.

아무튼 애버딘 일행이 마을에 들어서자 그들을 본 사람들은 모두들 기쁨의 환호성을 지르며 넙죽넙죽 절을 해댔다. 처음에는 뭐가 뭔지도 모르고 마냥 좋아했던 애버딘이었지만 카디프의 묘하게 일그러지는 얼굴을 보며 왠지 모르게 뒤가 두려워지고 있었다. 그런 그의 심정을 눈치 챘는지 카디프는 조용한 어조로 그에게 속삭였다.

"이곳 사람들 성격은 잘생기거나 예쁜 종족들을 보면 그들을 계속 마을에 잡아두고 싶어해. 적당히 상대하다가 가자구."

카디프의 그런 말은 사정없이 무시당하고 있었다.

마을에 들어서자마자 예쁜 여자들이 수두룩하게 애버딘의 곁을 에워싸고 있느라, 애버딘은 카디프의 말에 일일이 신경 쓸 정신이 없었다. 리즈는 리즈대로 뭐가 그렇게 심통이 났는지 심드렁한 표정으로 다른 생각에 빠져 있었고, 리도스는 사람들에게 재밌는 것을 보여준다며 일행들과 떨어져 혼자서 유유자적 뭔가를 가지러 간답시고 어디론가 가버렸다. 그런 리도스가 아무래도 이해가 안 간다는 듯 멍해져 있던 카디프에게 떼떼가 싱긋 웃으며, 부연 설명을 덧붙여 주었다.

"예쁜 누나들의 관심이 온통 아빠에게 가 있어서 저러시는 거예요. 게다가 아저씨가 중얼거리는 소리를 들었는데요, 풋~! 아저씨에게도 '리도스의 주제가'를 만들어줄 때까지 여기서 한 발자국도 안 움직일 거래요. 리도스 아저씬 정말 못 말린다니까. 아무래도 마음씨 좋은 카디프 아저씨가 철없는 리도스 아저씨를 이해해 주셔야 하겠는데요. 킥킥."

카디프의 표정은 이미 떼떼가 예쁜 누나 어쩌고저쩌고할 때부터 절망이라는 나락으로 버려진 지 옛날이었다.

마을 사람들은 애버딘이 이곳에 들른 기념 축제를 광장에서 치르려는 준비를 하느라 분주하게 움직이고 있었다. 애버딘 일행은 여관으로 숙소를 정해놓고 앞으로의 일에 대해 논의하기 위해 한 방에 모여든 와중에도 목청이 엄청나게 큰 여자가 눈치없이 불쑥 애버딘의 방으로 들어와 버렸다.

"제가 방해가 된 건 아니겠죠? 다른 게 아니라, 애버딘님께는 어떤 옷이든지 다 잘 어울리지만 장소마다 그 장소에 어울리는 옷이 있을 것 같아서 말이에요. 오늘의 주인공은 어디까지나 애버딘님과 카디프님이니만큼 제가 준비한 옷으로 갈아 입어주셨으면 해서요."

그녀는 자기가 하고 싶은 말만 하는 것이 미안했던지 일행을 향해 씨익 미소를 지어 보였다.

"자, 잠깐만요. 이건 뭔가 불공평해요."

"뭐가요?"

"당신들은 내 이름을 모두 알고 있는데 난 당신의 이름조차 모르고 있잖아요. 굉장히 불공평한 일 아닌가요?"

"아… 난 또 뭔가 불만이 있는 줄 알았네. 실례했군요. 전 피스라고 해요. 그 외에 다른 궁금한 점이 있으신가요?"

"지금은 그다지 떠오르는 질문이 없군요. 나중에 생기거든 그때 물어볼게요."

"그럼, 이것을 받으세요."

그녀는 애버딘에게 옷을 내밀었다.

"거기에 일행들이 입으실 옷이 다 들어 있어요. 취향을 몰라서 괜찮은 걸로 고른다고 골랐는데."

"고마워요. 그런데 이렇게 이야기하면 염치없어 보일지 모르겠지만…… 리즈의 옷은 보이지가 않는군요?"

피스는 전혀 아무렇지 않은 표정으로, 하지만 미안하다는 투로 리즈에게 말했다.

"공주님은 누추한 옷을 입지 않을 것 같아서 말이죠. 필요로 하신다면 갖다 드리도록 하죠."

정말 형편없는 연기력이었다.

첫 대면부터 피스가 자신을 못마땅히 여긴다는 것을 모를 리 없는 리즈는 정중하게 괜찮다는 미소를 지었다. 왕가의 자손이라면 누구나 반드시 익혀야 할 포커 페이스가 진가를 발휘하고 있는 것이었다.

"괜찮습니다. 전 몸이 불편해서 파티에 참석하지 않을 생각이거든요."

그녀의 대답에 눈치없이 애버딘이 끼어들었다.

"어디 아파? 카디프나 리도스에게 부탁해서 치료 마법을 쓰면 낫지 않을까?"

"…그 정도로 심각한 건 아니고, 그냥 좀 누워 있으면 나을 것 같아. 어차피 떼떼도 피곤하다며 자고 있으니까 난 그냥 여기 있을래."

리즈의 실로 훌륭한 연기력이 돋보이는 연약한 척하는 포즈가 그야말로 일품이었다. 애버딘은 그제야 뭔가를 눈치 챈 듯 고개를 끄덕거렸다.

"싫다는 사람 억지로 끌고 갈 건 없겠지."

그의 말에 피스는 기쁨을 감추지 못했다.

"하핫, 애버딘님의 말씀에 전적으로 동감이에요. 그럼 전 이만… 나중에 뵙겠습니다."

공손하게 목례를 하고 사라지는 그녀를 리즈는 짜증 섞인 눈빛으로 노려보았다.

그리고는 그 눈빛을 애버딘에게로 돌렸다.

"하여간 꼭 눈치없게 굴어. 넌 저 피스인가 파스인가 하는 애 앞에서 꼭 그래야 해?"

"아니… 난 네가 모르는 사람들 앞에서 통통 춤 추는 것이 싫어서 안 간다는 걸로 알고 나름대로 배려한 건데, 뭐 잘못한 거야?"

"아니, 옷이나 갈아입어. 축제가 끝나는 대로 나에게 오는 거 잊지 말고."

"너한테?"

"설마… 그 사이를 못 참고 우리가 뭣 때문에 이 방에 모였는지 잊은 건 아니겠지?"

"그, 그럴 리가 있어? 난 오크가 아니라구."

리즈는 상당히 미심쩍은 얼굴로 애버딘을 바라보고는 그대로 방에서 나갔다.

"그럼 나중에 봐."

딸깍 하는 소리와 함께 문이 닫히자 겨우 한숨을 내쉰 애버딘은 옷을 펼쳐 보았다. 색깔까지는 잘 모르겠으나 모양이 참 가관이었다. 골라 입으라고 해도 거의 비슷한 디자인이었으니 골라 입어 봤자다. 하늘거리는 레이스가 달린 셔츠에 비단으로 된 타이트한 바지. 그나마 정상적으로 보이는 것은 별다른 장식이 되어 있지 않은 심플한 망토뿐.

"네가 잡고 있는 그 망토……."

"응?"

"핑크색이다. 일명 꽃분홍이라고도 불리는 색이지."

"이건?"

"여자들에게나 어울릴 법한 굉장히 밝은 연두색."

"이건?"

"그중에 제일 정상적이네."

"무슨 색인데?"

"갈색."

"어? 그럼, 이걸로 입지 뭐."

"참고로 그 갈색은 새실리아 기름으로 염색한 거야."

애버딘은 어이가 없다는 듯 망토를 침대 위의 던졌다. 그런 그를 카디프는 그것 보라는 투로 말했다.

"그러기에 여기 오래 있으면 안 된다니까."

"이거… 꼭 입어야 해?"

"안 입으면 그 사람들……."

"그 사람들?"

"대성통곡을 하며 울어댈 거다. 너의 마음에 안 들었다고."

애버딘은 어색하게 웃으며 왕자병에 걸린 사람이나 입을 법한 나풀거리는 레이스의 셔츠를 주섬주섬 주워 입기 시작했다.

"카디프, 우리 빨리 빠져나갈 수 있는 방법을 생각해 보자구."

"어서 나가기나 하시지."

카디프는 마을 입구에서 무시당한 답례를 톡톡히 해주고 있었다.

'동굴을 어떤 식으로 만들면 이렇게 넓힐 수 있을까?'라는 생각을 하며 카디프와 도착한 광장에는 여관에서 머리카락 하나도 찾아볼 수 없었던 리도스가 여자들에게 뼹 둘러싸인 채 즐겁게 대화를 나누고 있었다.

"이봐, 리도스."

리도스를 부르는 애버딘의 목소리에 여자들은 하던 이야기를 멈추고 우르르 애버딘에게 몰려들었다.

"우와~ 애버딘님이다! 정말 애버딘님이 오신 거야!"

"나랑 악수 한번만 해줘요!"

"안 돼! 나 먼저 해줘요!"

애버딘은 시끄러운 여자들 속에 파묻혀 머리가 어찔어찔해져 옴을 느꼈다.

"큰일이다~! 블랙 푸딩이 쳐들어왔어! 빨리 집 안으로 숨어!"

피스였다. 사람들은 그녀의 말에 모두 기겁을 하고 자신의 집을 향해 뛰어 들어갔다. 영문을 모르는 일행들은 피스에게 되물었다.

"블랙 푸딩이라니?"

"우리로서도 손쓸 도리가 없는 몬스터예요. 빨리 여관으로 들어가세요!"

피스는 애버딘이 걱정스럽다는 듯 그들 일행을 재촉했으나, 그들은 예상외의 전투에 신난다는 표정으로 사람들이 달려가고 있는 반대의 방향으로 달렸다.

"돌아와요! 블랙 푸딩은 매우 위험하다구요!"

"괜찮아요. 마을 사람들에게 무슨 일이 일어나더라도 방에서 꼼짝 말고 있으라고 해요! 절대로 밖을 내다보면 안 된다는 말도 전해주시구요!"

무슨 생각에선지 애버딘이 그녀를 향해 큰 소리로 외쳤다.

"돌아와요!"

하지만 말리는 피스의 목소리는 이미 멀어져서 들리지도 않는 거리에 있는 그들이었다.

"으아! 징그럽게 크네!"

1.5m에 달하는 거대한 아메바는 그들에게 스멀스멀한 움직임으로 다가오고 있었다. 마치 검은색의 기름이 뭉쳐 굳어진 것처럼 미끈미끈해 보이는 모습은 왜 그들이 블랙 푸딩이라는 이름으로 불리고 있는지를 잘 설명해 주고 있었다.

"리도스, 화염의 브레스를 부탁해!"

"아니? 애버딘. 너, 저것들이 불이 아니면 죽지 않는다는 것을 알고 있었던 거야?"

"그러고 보니 태어나서 지금까지 단 한 번도 리절트에서 벗어나 본 적이 없다고 하던 놈이 어떻게 그런 것까지 알고 있는 거야?"

"그냥 머리 속에 떠올랐을 뿐이야. 잔말 말고 브레스나 내뿜으라구!"

행여나 300년 동안 빛을 못 받아왔던 그들이 리도스의 강력한 화염에 눈이 멀지 않을까 싶었던 카디프는 세심하게 주위에 사람이 있는지를 살폈다. 다행히 인기척은 남아 있지 않았다.

"아무도 없어."

"그렇담 아무래도 상관없겠군. 잘 봐두라구, 애버딘! 내 브레스가 장작 따위를 피우기 위한 것이 아니란 걸 뼈저리게 느끼게 해주지. 커어어어억~! 커어어어억~!"

의미심장한 대사를 날린 리도스는 말을 마치자마자 거대한 크로매틱 드래곤으로 변화했고 이윽고 다섯 개의 머리 중 붉은색을 띤 머리에서 실로 엄청난 화염을 뿜어냈다.

캬캬캬캬캬~!

이상한 괴성을 지르며 블랙 푸딩은 불에 녹은 듯 기분 나쁜 시큼한 냄새와 함께 증발해 버렸다. 리도스의 말대로 멍청하게도 그 화염을 두 눈으로 똑똑히 보려다 너무 눈부신 불꽃에 재빨리 눈을 감은 애버딘은 잠깐이긴 했지만 빛을 본 것이 타격이 컸던 듯 연신 눈물을 찔끔거렸다.

"그래그래, 나는 인간도 아니라 이거지!"

그제야 리도스와 카디프는 자신들의 실수를 눈치 챘는지 멋쩍은 미소를 지었다.

"아… 넌 인간이었지."

"그러니까 네 브레스는 장작 피우기 용이라는 거야! 그리고 어떻게 된 게 트림 소리나 브레스 뿜어내는 소리나 별 차이가 없냐?"

"눈 감고 있었으니까 됐잖아. 그리고 설마 하니 리도스가 장작만 피우려는 목적으로 브레스를 뿜겠어?"

"쳇! 그래, 카디프도 한편이라 이거지?"

"하하, 오해하지 마. 자고로 말이란 것은 끝까지 들어봐야 아는 법. 난 단지 리도스를 이제부터 '부싯돌' 이라 부르자고 하려던 것 뿐이야."

"푸헐~ 그럼 그렇지, 카디프가 리도스 편일 리가 없지. 암! 암!"

"그건 또 무슨 의미야?"

"뭐, 그렇다는 거지. 그것보다 나 궁금한 게 있는데, 왜 이곳 사람들은 블랙 푸딩을 가지고 그렇게까지 두려워하는 거지?"

"설마 너… 여기가 다크라는 걸 잊어버린 건 아니겠지?"

리도스가 질렸다는 표정으로 애버딘을 바라보자 애버딘은 그제야 알았다는 듯이 말했다.

"아, 빛을 사용할 수 없다는 거! 일행 중에 드래곤이 있어서 그런가? 도저히 실감나지 않아서 잊고 있었나 봐."

"그런 건 아무래도 좋으니까 어서 리즈 있는 곳으로 돌아가서 이곳을 빠져나갈 궁리나 해보자구."

카디프의 표정에는 피곤함이 깃들어 있었다. 그러나 불행히도 애버딘과 리도스는 그의 말이 안중에도 없는 듯했다.

"음… 리도스, 네가 만들어낸 불을 이곳 사람들에게 주고 가면 안 될까? 우리가 없을 때 블랙 푸딩이 또 나오면 이곳에 있는 사람들은 속수무책으로 당할 수밖에 없잖아. 어쩐지 불쌍한 생각이 들어."

"미안한 말이지만 이곳에 불을 준다는 건 네 생각처럼 간단한 게 아니야."

"뭐가?"

"몬스터가 나를 귀찮게 해서 없앤다든지, 아니면 나의 일행을 지키기 위해 몬스터를 없앤다는 것은 신과 드래곤 사이의 무언의 조약이 성립되어 있기 때문에 드래곤들에게도, 신들에게도 비난받지 않아. 사실 몬스터라는 녀석이 귀찮기는 해도 우리를 위협하는 존재는 될 수 없으니까 어지간하면 살려준다구. 게다가 신들은 나름대로 드래곤들에게 피해를 끼치는 게 미안했던지 몇몇 종류의 지능 높은 몬스터를 드래곤의 부하로 부릴 수 있게 해줬으니까 서로 손해나는 게 없거든. 그러나 내게 아무런 해도 끼치지 않은 몬스터를, 아무런 이득이 되지 않는 상황에서 없앤 것이 우연하게도 신이 하는 일에 간섭하는 상황을 만든다면 그건 분명히 드래곤 세계에서도, 신의 세계에서도 두고두고 비판의 대상이 된다구."

"그냥 불씨 하나 주자는 게 어째서 신이 하는 일을 간섭하는 게 된다는 거야?"

"바보. 신은 뭐 생각이 없어서 이곳에 빛이 안 들게 해놨겠어? 아무리 세인트가 잘났느니 어쨌느니 해도 신들이 보기에 세인트나 세인트 주인의 행실이 마음에 안 들었다면 그들이 아무런 짓도 못하게 막아버릴 정도의 능력은 있다구. 그런데도 다크나 리절트를 이제껏 그대로 두는 것은 뭔가 뜻하는 바가 있어서 그런 걸테지? 그런 걸 내가 왜 간섭하겠어. 만일 내 말이 너무 어려워서 이해가 가지 않는다면… 내게 그럴 만한 사정이 있으려니 하고 생각해."

"쳇! 노랭이."

"시끄러워."

"둘 다 그만 다투고 이쯤에서 마을로 돌아가는 게 어때?"

카디프의 지쳤다는 듯한 말에 애버딘과 리도스는 어쩐지 그에게 미안한 생각이 들었는지 순순히 그의 말에 따랐다. 이윽고 그들이 도착한 마을에서는 거의 초상집을 방불케하는 곡소리가 요동치고 있었다.

"흐흐흑… 흑흑……."

"그새 블랙 푸딩이 이곳까지 쳐들어왔을 리는 없고, 도대체 무슨 일이죠?"

의아한 생각이 든 애버딘이 제일 큰 소리로 곡을 하고 있는 피스에게 물었다.

"흐어어엉~ 아까 블랙 푸딩의 괴성을… 끅! 들었죠? 끅끅! 애버딘님이랑… 끅! 카디프님께서 그곳에 계셨단… 끄윽! 말이에요! 흐어엉~"

이야기 내용이 흐느낌의 끅, 소리에 끊어지긴 했지만 분명히 그들은 애버딘과 카디프를 걱정하고 있었던 듯했다.

갑자기 아무 탈없이 무사하게 돌아온 것이 민망해진 듯 애버딘은 카디프와 리도스에게 시선을 돌렸다.

"이럴 줄 알았으면 우리 작은 상처라도 내고 올 걸 그랬나?"

"지금이라도 늦지 않았어. 아직 이 사람들 우리 쪽으로 시선도 안 주고 있잖아. 빨리 넘어져 봐. 그럼 긁히기라도 할 거 아냐?"

"바보 짓 그만 하고 사람들이나 말려봐. 귀 따거."

피스는 이상한 대화라고 느꼈는지 끅끅거리며 일행에게로 시선을 돌렸다.

"쿠와아아왓! 애버딘님?! 카디프님?!"

"우왓! 놀래라. 보통 여자애들 놀라면 '꺅!' 이라든지 '꺄아~!' 라고 하지 않아? '쿠와아아왓!' 이 뭐냐, '쿠와아아왓!' 이!"

애버딘이 누구에게 하는 소린지 모를 소리를 늘어놓는 동안 사람들은 곡소리를 멈추고 일제히 그들을 바라보았다.

"애버딘님! 살아 계셨군요!"

"다행이야. 살아 계셔서……."

"블랙 푸딩은 어떻게 됐죠?"

애버딘은 한쪽 손으로 브이를 만들며 말했다.

"당연히 해치웠죠"

"에? 해치워요? 도대체 어떻게 해치운 거죠?"

"어째서 이런 곳에 블랙 푸딩이 있는 거죠?"

"…제가 먼저 물었는데요."

"대답해 주기 곤란한데요. 우리 사소한 건 그냥 넘어가는 게 어때요?"

"뭐… 애버딘님이 그렇게 말씀하신다면 뭔가 그럴 만한 사정이 있는 거겠죠. 아무튼 좋아요. 아무 일 없이 돌아오신 것만으로 충분한데 블랙 푸딩까지 해치워주시다니 어떻게 감사를 드려야 할지……"

"음하하하! 무슨 감사까지… 별거 아니니까 신경 쓰지 마."

마을에 도착해서 지금까지 줄곧 존재감조차 사라져 있던 리도스가 기분 좋은 듯 호쾌하게 웃으며 겸손을 떨자, 피스의 눈꼬리가 위로 올라갔다.

"별거 아니라뇨! 블랙 푸딩이 얼마나 무서운 존잰지 당신은 잘 몰라서 그래요? 애버딘님이 목숨을 걸고 저희들을 지켜주기 위해 달려간 고귀한 희생 정신을 당신이 뭔데 그렇게 깎아내리는 거죠? 아무리 일행이라도 그런 소린 심한 거 아닌가요?"

흥분으로 얼굴이 빨갛게 달아오른 피스를 애버딘이 얼른 나서서 말렸다.

"피스, 진정하세요. 뭔가 오해가 있어도 단단히 있는 것 같군요. 블랙 푸딩을 해치운 사람은 제가 아니라 이 친구라구요."

"에엑?! …애버딘님, 겸손하신 건 좋지만 그 말은 좀 지나치게 겸손한 것 같군요."

"겸손이 아니라 정말 리도스 혼자서 해치운 거예요."

애버딘의 말에 피스는 미심쩍은 표정으로 카디프를 바라보았다.

"진짜예요?"

"네, 그의 말대로 리도스 혼자서 블랙 푸딩을 무찌른 거랍니다."

리도스는 의기양양한 표정으로 피스를 바라보았다. 이제 그녀의 표정은 감탄과 존경의 그것으로 바뀌어 그를 바라볼 것이다. 그리고 그에게 감사의 말을 전하리라…….

"음… 그랬어요? 진짜 별거 아니었나 보군요."

그의 기대를 무참히 깨는 그녀의 대답에 발끈한 리도스는 속으로만 투덜투덜거렸다. 그것만이 그의 유일한 위안거리였으므로……

카디프나 애버딘이 그에게 위로(?)를 해줄 타입들도 아니고, 그렇다고 그만한 일에 삐칠 정도로 옹졸한 성격이 아니었던 리도스는 차라리 고픈 배를 채우는 게 나을 거란 생각으로 광장으로 발길을 돌렸다. 남겨진 애버딘과 카디프는 축제에는 별 관심이 없는 듯했으나, 오늘의 주인공이 그들인 데다 이미 한쪽 팔을 피스에게 저당(?) 잡혀 있는 이상 리도스의 뒤를 따르지 않을 수 없었다.

그리하여 그들이 다시 광장에 도착했을 땐 마을에 처음 도착했을 당시의 초상을 치른 듯한 분위기는 온데간데없고, 축제가 막 시작되려는 듯 활기차 보이는 시끌벅적한 소리들만이 광장을 가득 메우고 있었다.

"애버딘님을 위하여. 건배!"

"카디프님을 위하여. 건배!"

"그외의 모험가님들을 위하여. 건배!"

그외로 치부된 리도스의 입가가 미세하게 떨려왔다.

"이봐, 내게도 리도스라는 이름이 있다구!"

불쌍한 리도스…… 드래곤으로서의 위엄은 어디로 가버렸는지, 애버딘의 광신도 집단의 마을로 들어선 그 순간부터 그는 처절할 정도로 찬밥 신세가 되어 있었다. 이대로 가다간 '리도스의 주제가'는 꿈에서도 부탁할 수 없을 것이다. 리도스는 뭔가를 결심한 듯 두 주먹을 불끈 쥐며 자리에서 벌떡 일어났다.

"내가 애버딘보다 멋있다는 것을 보여주겠어!"

그러나 막상 뭔가를 보여주려고 해도 무엇을 보여주어야 할지 막막해져 왔다. 그가 드래곤인 것을 알 리 없는 마을 사람들에게 폴리모프를 해 보이려고 해도 그의 정체가 발각된다면 애버딘이 그랬던 것처럼 불씨를 그에게 부탁할지도 모르는 일이었다. 어차피 들어주지 못할 부탁… 괜스레 점수만 더 잃을 것이 뻔한 일이다. 그렇다면 무엇을 해야 할까.

정말이지 분한 일이지만 리도스는 미모로 애버딘을 이길 수 없었다. 리도스가 못생겼다는 말이 아니라 애버딘이 너무 예쁘게 생겼다는 말이다. 사실 남자에게 예쁘단 말은 칭찬이 아니라 욕이란 소리를 하긴 하지만, 예쁜 걸 예쁘다고 하지 달리 뭐라고 표현하겠는가.

아무튼 사나이가 칼을 뽑아 들었으면 썩은 무라도 잘라야 한다는 말처럼 그는 넉살 좋은 미소를 지으며 노래를 불렀다.

아데스에는 많은 대륙과 바다와 산맥으로 이루어져 있지만
아무도 그것들의 이름을 일일이 외우진 않는다네.

세상에서 가장 위대한 자는 신이라지만
세상의 균형을 지켜주는 자는 드래곤이라네.

그러나 그런 사실을 아는 이는 아무도 없네.
인간들은 자기를 만물의 영장이라지만
아무도 모르지.
운명에, 그들 스스로 만들어둔 운명의 함정에 허덕이는 것을…….

리도스의 힘있는 음성이 광장 구석구석에 울려 퍼졌다.
어느 이름 모를 음유 시인이 만들어놓은 노래일까?
이 노래를 아는 자는 아무도 없었다. 그리고 노래에 신경 쓰는

자 역시 아무도 없었다.

애버딘의 현란한 통통 춤에 마음이 빼앗긴 애버딘의 광신도들이 리도스의 노래에 신경을 쓸 리가 없으니까 말이다. 리도스는 처음부터 이것을 계획한 것일까? 애버딘이 통통 춤을 추기 시작하자 속으로 쾌재를 불렀다.

'저런 춤을 보고도 애버딘을 멋있게 생각한다면 그건 정신이 나간 거라구. 훗!'

그의 계산대로 처음에 그들은 잠시 머뭇거리는 듯했다. 그런 그들의 모습에 회심의 미소를 지은 것도 잠시… 리도스는 못 볼 것을 보고야 말았다. 광장에 모인 많은 광신도들이 그 볼품 사나운 춤을 무슨 커다란 축복이라도 되는 양—축복이기야 했지만 보통은 이것을 '저주'에 가깝게 보고 있었다—따라하기 시작했던 것이다.

'광… 광… 광신도(狂信徒)였어!'

쇠로 된 망치에 한 대 얻어맞은 것 같은 얼떨떨한 표정으로 리도스가 궁시렁거리고 있을 때 어디선가 처절한 여인네의 절규가 울려 퍼졌다.

"어떤 놈이야?! 내가 노래 부르지 말랬지이~!"

'허억! 큰일났다.

그녀의 정체는 리즈였던 것이다. 다들 통통 춤을 추느라 정신이 없어서 그녀가 춤을 추며 애버딘 일행을 향해 돌진해 오고 있다는 사실을 아무도 이상하게 여기지 않았다(그보다 눈치 채지 못했다는 표현이 더 맞을지도 모르겠다). 아무튼 그녀는 노래를 부르고 있는 자가 리도스라는 것을 어떻게 알았는지, 사람이랑 부딪치는 것에도 아랑곳없이 놀라운 속도로 리도스를 잡아족치려는 전의를 불태우며 돌진해 오고 있었던 것이다.

그러나 노래 부르다가 리즈에게 걸리면 국물도 없다는 것을 잘 알고 있는 그가 가만히 있을 리 없었다. 그녀를 막을 수 있는 방법이 없었지만 그녀가 자신을 쫓는 속도를 조금이나마 줄이기 위해선 좀 더 빠른 속도의 노래를 부르면 되지 않을까, 라는 생각에 그는 있는 힘을 다해 목청껏 노래를 불러댔다. 다행히 통통 춤의 축복은 리도스의 그 노래 소리에도 반응을 하는 듯, 그녀의 움직임이 더 커지는 바람에 그가 생각했던 대로 그녀는 지친 듯 그를 잡는 것은 엄두도 못 내고 있었다. 그것을 놓칠 리 없던 리도스는 바람 같은 속도로 뒤도 돌아보지 않고 도망쳐 버렸다.

"헉헉! 리도스, 돌아오면… 헉! 가… 헉! 가만히… 헉헉! 두지 않을 거야. 두… 고… 봐… 헉!"

가쁜 숨을 몰아쉬며 그녀는 자신의 시야에서 점이 되어 사라지는 리도스를 여전히 노려보고 있었다.

'나 사실은 도롱뇽인 거 아닐까?'

간신히 리즈에게서 도망쳐 광장에서 조금은 떨어진 큰 바위 뒤에 몸을 숨긴 리도스는 하찮은 인간 따위에게 항상 당하기만 하는 자신의 신세를 한탄하고 있었다.

'어쩌다 제자 놈한테까지……. 쳇~! 나 고향으로 돌아갈까 보다~'

그가 이러한 생각을 하며 청승을 떨고 있을 때, 어느 사이인가 카디프가 슬그머니 옆으로 다가와 앉았다.

"헉! 네가 왜 여기 있는 거야? 혹시… 내가 걱정돼서 찾으러 온 거야?"

뭔가를 기대하는 리도스의 눈빛을 저버리는 카디프의 한마디.

"무슨 일 있었어? 난 그냥 너무 시끄러워서 도망 나왔다가 흘낏 보니까 낯익은 뒤통수가 있길래 와봤더니 네가 있어서."

"그럼 그렇지."

"왜 그래?"

"…나 정말 드래곤 맞는 걸까? 저런 인간들한테 줄곧 갈굼이나 당하고 있다니……."

"그런 식으로 치면… 난 뭐냐? 300년 전부터 줄곧 이 상탠데."

"너… 니 입으로 엘프 아니라며… 흑!"

그들은 묘한 동지애를 느끼며 서로 얼싸안고 신세 한탄을 늘어 놓았다.

잠시 후 리도스가 진정이 된 듯하자 카디프는 리도스를 마을로 데려갔다.

"그래도 애버딘 혼자 있는 건 좀 그렇잖아. 우리가 옆에 있어줘 야지."

"그럼 광장으로 돌아갈까?"

마음이 진정되니까 겁도 없어진 것인지, 아니면 리즈가 이를 박 박 갈며 그가 돌아오길 기다리고 있다는 것을 잊은 건지 리도스 는 한결 가벼워진 기분으로 축제가 한창일 광장으로 발걸음을 돌 렸다.

그들이 도착했을 때의 광장은 아까의 통통 춤판이 끝났는지 한 결 차분한 분위기였다. 어느새 여관에서 자고 있었을 때 떼떼까지 나와서는 먹성 좋게 음식들을 먹어대고 있었다. 카디프는 떼떼를 보고 있자니 왠지 불길한 생각이 들었다.

'뭔가 중요한 일을 잊고 있었던 것 같은데…….'

"흥! 생각보다 굉장히 일찍 나타나는 걸 보니 배짱이 아주 두둑 한가 봐!"

리즈의 원한에 사무친 듯한 목소리에 리도스는 식은땀이 줄줄 흘러나오는 듯했다.

"저… 그게 말이지."

"변명은 필요없어! 한 번으로도 모자라서 그것도 있는 힘을 다해 부르시더구만. 그래 놓고도 할 말이 있냐? 응? 도대체 이 원수를 어떻게 갚아야 잘 갚았다고 소문이 날까?!"

기껏 궁상떨던 리도스를 달래서 데려온 카디프는 이러다가 또 리도스가 아무도 없는 데 가서 신세 한탄을 할지도 모른다고 생각하자, 그가 너무나도 불쌍하게 여겨져 재빨리 리즈를 달랬다.

"그만하면 충분히 반성했을 테니 용서해 주는 게 어때? 노래라면 애버딘도 맨날 부르잖아. 리도스는 오늘 처음으로 실수한 거니까 웬만하면 그냥 넘어가."

리즈는 아직도 분이 풀리지 않았는지 한참을 씩씩거리다가 애버딘이 있는 곳으로 시선을 돌렸다.

"하지만 리도스는 저기 있는 구제 불능 바보하곤 질이 틀리다고! 질이!"

리도스는 그것을 칭찬이라고 생각했는지 리즈의 말이 그다지 자신에게 좋게 돌아가고 있는 상황이 아니라는 것을 알면서도 왠지 귀가 솔깃해지면서 입이 헤~ 벌어지는 것을 어쩌지 못했다.

"처음이니까 봐주는 거야. 알겠지? 다음부터 내 근처에서 노래 부르는 일은 없도록 해."

리도스는 떼떼가 리즈에게 그러는 것처럼 순순히 고개를 끄덕거렸다.

리즈도 처음엔 화가 나긴 했지만 명색이 리도스는 그녀의 스승이 되기로 한 사람, 아니, 드래곤이기도 했으니 밉보여서 좋을 건 하나도 없었다. 그들이 그런 대화를 나누고 있을 동안 분위기는 한층 고조되었는지 테이블 곳곳마다 술통이 텅텅 비어 있었다.

"애~ 버어~ 디인님! 피이~ 스는 또 애~ 버어~ 디인님의 주제가르을~ 듣고 시퍼여어~"

피스는 제법 취했는지 혀까지 꼬부러진 상태다.

애버딘은 난처한 듯한 표정으로 리즈를 바라보고 있었다. 아까의 리도스와의 난동을 지켜봤던 터라 지금 주제가를 남발했다가는 리즈에게 무슨 봉변을 당할지 짐작조차 할 수 없었다. 더군다나 우연히 시선이 마주친 리즈의 눈빛은 오싹하리만치 그를 갈궈대고 있었다. '부르면 알지?!' 라는 뜻을 내보이며…….

"아니… 저기 전 그만 부를래요. 아까도 많이 불렀는데……."

마을 사람들은 못내 그의 주제가를 듣지 못하는 게 아쉽다는 듯한 표정으로 그를 하염없이 쳐다보다가 문득 무엇인가 생각이 난 듯 갑자기 카디프에게로 시선을 옮겼다.

"그러고 보니… 대대로 전해오는 전설에 의하면 선조님들께선 카디프님을 위한 노래도 만들었다고 했는데, 난 이제껏 카디프님이 그 노래를 부르는 걸 본 적이 한 번도 없어요! 카디프님! 나… 그 노래 들어보고 싶어요!"

누군가의 말에 카디프의 얼굴은 창백하다 못해 하얗게 질려 버렸다. 그가 제일 두려워했던 일이 벌어지고 만 것이다. 애버딘마저 흥미로운 듯한 목소리로 말했다.

"카디프에게도 주제가가 있었단 말이야?"

리즈 역시 놀랍다는 눈으로 카디프를 바라보았다.

"뭐? 카디프에게도? 그렇다면 내가 한 번 정도는 딱 눈감고 통통 춤의 꼴불견을 춰줄 의향이 있으니까 한번 불러봐."

"네에에~ 불러어 주우세에요오오~! 피스도오 듣고 시퍼요오~!"

피스는 어느새 카디프에게 바짝 붙어서 헤롱헤롱거리고 있었다.

"아… 저기, 그게……."

카디프는 그답지 않게 말까지 더듬거리며 구원의 눈길을 리도스에게 보내고 있었다.

"뭐야, 너. 카디프 너도… 주.제.가.가 있었던 거냐?"

그렇게 말하는 리도스의 눈에는 '카디프! 너마저…'라는 눈빛이 담겨 있었다.

"그게… 저기… 그러니까! 여기 있는 리도스의 주제가를 여러분께서 만들어주지 않겠습니까?"

카디프는 이미 눈물이 대롱대롱 매달려 있는 리도스의 눈을 외면하며 애버딘에게 도움을 요청하는 듯한 시선을 보냈다. 애버딘은 알아들었다는 듯 반쯤 뛰쳐나갈 폼으로 돌아앉은 리도스를 보며 방긋 미소를 지었다.

"리도스는 정말 굉장해요. 블랙 푸딩을 무찌를 때도 한 방에 완전히 보내 버렸다니까요!"

리도스의 눈빛이 한순간 반짝하고 빛났다.

"음… 거기다가 굉장히 자상하고 지식도 풍부하죠."

웬일인지 리즈도 거들고 나선다. 그러자 효과는 금방 나타나 귀까지 쫑긋 세우고 있던 그의 입꼬리가 미세하게 올라가고 있었다.

"헤에~ 그래요오? 애~ 버어~ 디인~ 니임이 그러어~ 며언~ 그러언~ 거겠조오~"

피스는 기분이 좋은 듯 연신 방긋방긋 웃으며 리도스를 바라보았다. 광장의 사람들 역시 거나하게 취한 듯했다.

"좋아요! 리도스님이라고 했죠? 까짓거 주제가 만드는 게 뭐 그렇게 힘든 일이라고. 제가 만들어 드릴게요."

누군가가 자리에서 벌떡 일어나 거침없이 말했지만 그 역시 거나하게 취했는지 그대로 쓰러져 잠들어 버렸다. 리도스는 화제의 중심이 자기라는 사실이 꽤나 기분이 좋았는지 어느샌가 제자리로 돌아와서는 음식을 먹고 있었다.

"그런데 애버딘님, 이제 어디로 가실 생각이세요?"

"300년 전에 이곳으로 꼭 돌아오겠다는 약속을 하셔놓고, 그 뒤로 지금까지 단 한 번도 오시지 않으셨잖아요. 이번에는 그냥 못 가요."

그 말을 흥미있게 듣고 있던 떼떼가 말했다.

"아빠는 사람인데 어쩌서 그렇게 오랫동안 살 수 있다고 생각해요? 혹시 다른 사람과 아빠를 착각하신 거 아니에요?"

떼떼의 말에 사람들은 눈이 휘둥그레졌다.

"아, 아빠?! 애버딘님이 유부남이었단 말이야?!"

마을 사람들은 그가 '전설 속의 그'와 다른 사람일지도 모른다는 사실보다 그를 '아빠'라고 부르는 꼬마가 있다는 사실이 더 충격적이었는지 동요를 금치 못하고 있었다. 보다 못한 리도스가 한마디 거들고 나섰다.

"어이~! 어이~! 동요하지 말라구. 이애는 양자야. 아직 애버딘 녀석은 아무 하고도 결혼하지 않았어. 아직 나이가 있는데 당연한 거 아냐? 그런데 말야, 떼떼의 말대로 애버딘이 예전의 '그'가 아닐 거라는 의심, 설마 한 번도 해보지 않은 건 아니겠지?"

사람들은 미소를 지으며 대답했다.

"아니요. 우리는 전혀 의심하지 않아요. 애버딘님이 사람이라는 말은 문서 어디에도 나와 있지 않았고, 사실 우리는 줄곧 그를 우리들만의 신이라고 생각해 왔으니까 300년이 지난 지금 그 모습 그대로 나타났다고 해서 이상하게 생각하거나 하진 않아요. 애버딘님이 인간이든 신이든, 아니, 드래곤이라고 해도 좋아요. 우리는 그냥 그가 그로 있어 주면 되거든요."

술기운 때문일까?

사람들은 전에 없는 진지한 표정으로 애버딘을 바라보았다. 그 역시 술에 취했는지 왠지 감동 받은 듯한 눈으로 카디프에게 물었다.

"나… 아니, 그는 이곳에서 도대체 뭘 하고 간 거야?"

"그는 이곳에서 사람들이 신에게 제물을 올리는 것을 방해했어."

"…농담이 많이 늘었군, 카디프."

"농담이 아니라 정말이야. 나랑 같이 제물을 올리지 못하게 했다구."

"그거 먹고 주정하냐?"

"그 제물이 무지막지하게 예쁜 여자였다면?"

"깽판쳤겠지."

"이곳에서 그는 제물을 올리지 못하도록 방해했어."

"그런데 저 사람들은 도대체 뭣 때문에 나를, 아니, 그를 신으로 받드는 거지?"

"그가 그랬거든. 당신들이 신이라면 먹지도 못할 시체를 받아놓고 즐거워하겠냐고. 아니면 잔인하게 죽어가는 사람을 즐기고 있을 것 같냐고……."

"그리고 만일 잔인하게 죽어가는 사람을 즐기면서 보는 거라면 그런 신은 믿을 필요가 없다는 말을 했겠지?"

"설마, 너……."

"아니, 그냥 나라도 그런 말을 했을 것 같아서."

"아무튼 이 사람들은 그 말에 자신들이 저질러 왔던 잘못에 대해 깊게 반성하게 됐어. 더군다나 애버딘을 신이 그들에게 내린 천사쯤으로 여겼던 것 같아. 이쪽 사람들의 특성은 드리드어스랑 맞먹을 정도로 예쁜 것에 우호적이라는 거야. 그런데… 흠흠! 내가 이런 말할 처지는 안 되지만 넌… 워낙 생긴 게 예쁘잖아."

"아니야. 그걸로 날 우호적으로 대한다는 말은 이해가 가지만… 뭔가 더 있는 것 같아. 신으로까지 미화시킨 걸 보면 아무래도 뭔가가 수상쩍어."

그의 미심쩍은 듯한 말투에 카디프는 잠시 먼 산을 바라보며 한숨을 내쉬었다.

"휴우~ 세상에는 알아도 될 일과 모르는 것이 약인 일도 있단다."

"왠지 노인네 말투 같아."

둘이 그런 대화를 하고 있는 사이 광장 어디선가로 시원한 바람이 불어왔다.

"아… 그러고 보니 여기 어딘가 바다가 있는 것 같았는데……."

리도스는 떼떼와 리즈를 데려와 카디프와 애버딘의 옆으로 앉히고는 자신도 빈자리를 찾아 앉으며 말했다.

"한번 가보지 않을래?"

"가봐야 사방이 캄캄한 암흑이라 볼 만한 것도 없을 텐데요?"

떼떼가 졸린 듯 하품을 하며 말하자, 리도스는 피씩 미소를 지었다.

"넌 어려서 아직 정말 멋있는 게 어떤 건지 몰라서 그래."

아직까지 한 번도 바다에 가보지 못했던 리즈와 애버딘은 기대감에 부푼 눈으로 동의했다.

"가보자. 굉장히 멋있을 것 같아."

"그래! 어차피 다들 곯아떨어져 있는걸. 이대로 있어봤자 재미도 없어."

"다들~ 어디 가는 거예요오~? 피스도오~ 데려가아~ 요오~"

불어오는 바람 탓에 아까보다는 조금 술이 깬 듯한 피스는 언제 들었는지 애버디의 팔을 잡고 놓지 않았다. 애버딘은 조금 난처한 듯한 표정으로 일행들을 바라보았다.

"뭐, 상관없잖아. 시원한 바람 좀 쐬면 술도 깰 테고."

"피스는 술 취하지 않았어요! 이것 봐요. 땅이 조금 비틀비틀거리지만, 피스는 똑바로 걷고 있잖아요. 아하하."

위험스럽게 비틀거리며 몇 발자국을 걸어 보이던 피스는 스스로가 대견스러웠는지 손뼉까지 치며 좋아했다. 리즈는 너무 겉모습에 어울리지 않게 어린아이처럼 구는 그녀를 보며 어이가 없었다.

"저… 실례지만 피스는 나이가 어떻게 되죠?"

"피스는 열다섯 살이에요. 그러는 공주님은 몇 살이에요?"

"열다섯 살?!"

애버딘 일행은 다들 뻥진 표정으로 그녀를 바라보았다. 아무리 봐도 애버딘보다 나이가 더 들어 보이는 그녀가 리즈보다도 어리다니…….

"공주님은 몇 살이에요?"

"편하게 리즈라고 불러요. 그리고 전 열일곱 살이에요."

"옛?! 거짓말! 피스보다도 훨씬 어려 보이는데 열일곱이라구요?!"

"제가 어려 보이는 게 아니라 피스님께서 성숙해 보이는 게 아닐까요?"

리즈는 어이가 없다는 듯 피스를 다시 한 번 바라보았다.

첫 인상이 워낙 강렬해서일까? 자신보다 어리다고는 생각해 보지 않았던 그녀였다.

보라색의 머리카락은 태어날 때부터 가지고 있던 것이라 어쩔 수 없다지만 풍만해 보이는 가슴이라든지, 늘씬하고 거의 170은

될 법한 키라든지, 요염해 보이는 저 눈초리까지… 어느 것 하나 소녀다워 보이는 모습이 없었다. 솔직히 말해 위에 나열한 저 모습들이 어떻게 열다섯 살의 소녀의 모습의 묘사란 말인가!

피스는 그런 것은 이제 흥미가 없어졌는지 다시 애버딘의 팔짱을 끼며 그를 졸라대기 시작했다.

"피스는 애버딘님 따라갈래요. 데려가 주세요."

"그, 그래요."

자신보다 훨씬 나이가 어리다는 사실을 알았음에도 불구하고, 그는 좀처럼 그녀에게 반말이 나오지 않았다. 리도스는 이러다간 바다에 가는 일은 수포로 돌아가겠다 싶었던지 일행들을 일으켜 세우고는 광장 밖으로 걸음을 옮겼다.

드래곤의 섬, 프로소

소금기가 섞인 바다 내음, 철썩거리는 파도 소리, 부드럽게 찍혀 나오는 모래 위의 발자국들, 시원하게 불어오는 습기를 실은 기분 좋은 바람… 아무리 생각해도 이곳은 바다였다.

"우와~! 정말 멋있다……."

떼떼의 감탄 어린 눈빛에 리도스는 흡족한 미소를 지으며 바다를 바라보았다.

"오길 잘했지?"

"나도 바다는 무척 오랜만이라서… 밤에 보는 바다도 꽤나 아름답군. 무엇보다 조용한 것이 마음에 들기도 하고"

카디프는 리도스에게 고맙다는 듯한 표정으로 생긋 웃었다. 그러나 정작 그렇게도 와보고 싶어했던 리즈나 애버딘은 꿀먹은 벙어리처럼 아무 말이 없었다. 의아하게 생각한 리도스는 그들을 향해 물었다.

"생각했던 것보다 별로야?"

"생각이고 뭐고… 리즈. 너, 뭐 보이냐?"

"그렇게 생각하는 사람이 나 말고 또 있는 줄은 몰랐네."

누가 씹다 만 슬라임 제리를 씹고 있는 듯한 표정의 두 사람을 바라보며 리도스는 깜빡했다는 듯 중얼거렸다.

"아, 너희들 인간이었지."

"장난치냐, 아까부터?! 그럼, 네 눈엔 내가 뭘로 보이는데 엉?!"

"하지만 이 정도 어둡다고 바다가 잘 안 보이는 건가?"

애버딘은 바다를 보지 못한 실망감이 컸던지 애꿎은 리도스를 원망의 눈초리로 흘겨보며 모래사장 위에 풀썩 주저앉아 버렸다. 리즈는 조금이라도 더 바다를 느껴보고 싶었던 듯 호기심 어린 시선으로 모래사장 아래로 좀 더 내려가 보았다.

철썩~!

"엄마야!"

파도가 이제까지 백사장이었던 곳을 쓸고 지나가자 리즈의 발은 온통 바닷물로 젖어버렸다. 그녀는 보이지는 않지만 부드러운 촉감에 놀란 듯한 표정으로 다시 백사장이 된 모래를 만져 보았다. 순간 철썩~ 하는 소리와 함께 더 큰 파도가 밀려들었다.

"엄마야~!"

리즈는 머리서부터 발끝까지 젖어버린 것에 대해 놀라 벌떡 일어나 뒤로 뛰었다. 모래라 그런지 발만 푹푹 빠져들고 제대로 속도가 나지 않았다. 다행히 파도가 치는 범위에서 벗어났는지 더 이상 젖거나 하진 않았다. 손에는 언제 잡고 있었는지 축축한 모래가 꼭 쥐어져 있었다. 괜스레 기분이 유쾌해진 리즈는 깔깔거리며 웃어댔다. 머리를 흠뻑 적셨던 바닷물이 그녀의 얼굴을 타고 입 안으로 들어갔다.

"아우~! 짜!"

피스는 그녀의 모습을 내도록 지켜보고 있었는지 피씩 웃음을 터뜨렸다.

"쿡쿡! 그래도 그거 다른 나라들의 바다보단 훨씬 싱거운 편이에요. 이곳은 해가 뜨지 않아서 바다 염분의 농도를 높인다든지, 자연산 소금은 얻을 수 없거든요. 그래서 이쪽은 소금이 굉장히 귀하죠."

리즈는 고개를 갸웃거리며 그녀를 바라보았다.

"그럼 음식은 어떻게 만들어요?"

"그야말로 소금이 들어가는 요리는 가능한 한 피하죠. 대신 소금 사탕이란 게 있어서 한 달에 한 번 정도 간식같이 나눠주고는 먹어요."

리즈는 생각만 해도 짜다는 듯 인상을 찡그리며 혀를 내밀었다. 피스는 그 모습에 또 한 번 쿡쿡 웃음을 터뜨리며 물었다.

"이제껏 내가 좀 지나친 것 같아요. 사과할게요."

"괜찮아요. 다 지나간 일인데요 뭘. 그것보다 피스님, 좀 춥지 않아요?"

리즈의 입술 언저리가 파래졌다.

"이렇게 추운 날씨에 물놀이나 하니까 그렇지."

언제 다가왔는지 애버딘이 망토를 벗어서는 그녀에게 걸쳐 주었다. 피스는 얼굴을 살짝 붉히며 그를 바라보았다.

"역시… 두 분 연인 사이였던 거죠?"

"누가?!"

애버딘은 리즈의 분위기가 험악해질 듯이 보이자 그녀의 입을 틀어막고는 생긋 웃었다.

"동료라니까. 그냥 동료."

피스는 그의 미소에 한순간 자신이 그동안 상상해 왔던 빛이라는 것을 떠올리고는 의미 불명의 한숨을 내쉬었다.

'빛이란 건 분명히 저런 걸 거야. 보는 것만으로도 너무 가슴이 두근거려서 섣불리 다가갈 수 없는 그런 거……. 그렇지만 난 저 빛을 따라가고 싶어.'

그녀는 리즈를 향해 시선을 돌렸다.

자신처럼 피부가 하얀, 그렇지만 그녀의 하얀 피부에는 생기가 있었다. 그리고 그녀는 자신에게는 없는 기품과 차분함까지 갖추고 있었다.

"왜 그래요?"

피스의 시선을 눈치 챈 리즈는 또 무슨 소리를 하려고 저러나 싶은 표정으로 그녀를 바라보았다.

"아니요… 그냥 좋겠구나 싶어서요."

"뭐가요?"

"다들 거리낌없이 부르잖아요. 나도 리즈 언니라고 불러도 되죠?"

"음… 계속 말했던 것 같은데요, 리즈라고 부르라고."

"그럼, 난 피스라고 그냥 편하게 부르고 말놓아요."

"그러지 뭐."

"언니는 애버딘님과 언제부터 여행을 하고 있었던 거예요?"

"얼마 안 됐어. 한 일주일 정도?"

"흐응, 샤아플린이란 나라 정도 되면 왕자나 공주도 많겠죠?"

"음… 어느 정도는."

"그래도 공주면 굉장히 좋은 환경에서 자랐겠죠?"

"음, 그렇겠지."

"아휴~ 답답해. 언니는 원래 자기 일을 무슨 남 얘기하는 것처럼 말해요?"

"그런 건 아닌데… 네 질문의 의도를 파악할 수가 없어서……."

"흠, 그런데 다들 어디로 가는 거예요?"

"단순한 목적지가 있는 여행은 아니야. 나는 마법을 배우려는 게 목적이고, 카디프와 애버딘은 세인트 찾는 게 목적이고, 리도스는 내 마법을 가르치는 스승 겸 떼떼의 보호자지."

"세인트라면 조상님들께서 말씀하시던 그 신검을 이야기하는 거죠?"

"그래. 그런 게 쉽게 찾아질 리는 없겠지만, 원래대로라면 세인트의 주인은 애버딘이니까… 난 찾을 수 있을 거라고 생각해."

그렇게 말하는 리즈의 목소리에는 설레임이 가득했다. 마치 재미있는 장난감을 기대하는 듯한 어린아이처럼.

"나… 세인트에 관한 소문을 알고 있어요."

"뭐?! 그게 정말이야?"

"언니는 내가 그런 걸로 거짓말할 사람으로 보여요?"

리즈는 차마 '응'이라는 말은 못하겠는지 미심쩍은 듯한 시선만 보내고 있었다. 그도 그럴 것이 이곳은 애버딘을 추앙하는 광신도들의 집단. 그러니 그를 따라가고 싶은 맘에 거짓말을 한다고 해도 그리 이상한 일이 아니기 때문이다.

"애버딘! 모두랑 이쪽으로 와봐! 피스가 세인트에 대해 알고 있대!"

그녀는 진실 여부는 나중에 생각하기로 한 듯 우선 일행들을 불러 모았다. 세인트의 이야기가 나오자 모두는 헐레벌떡 그녀들이 있는 곳으로 순식간에 달려왔다.

"헉! 세인트?! 헉! 뭐라고?"

"피스가 세인트에 관한 소문을 알고 있다고 했어."

애버딘이 잠시 숨을 고르느라 침묵을 지키는 사이 카디프가 피스에게 물었다.

"언제쯤 들은 소문이죠?"

"피스에게 말 편하게 쓰시면 가르쳐 드리죠."

그녀의 말투 때문인지 이제야 그녀가 어리다는 것이 확실히 느껴졌다.

"소문에 대해 자세히 말해 주겠어?"

애버딘은 한결 숨쉬기가 편해졌는지 카디프가 할 말을 대신해 버렸다.

"음… 그렇게 오래 전의 이야기는 아니에요. 얼마 전에 상인에게 물건을 사러 가면서 들었던 이야기니까요. 여기는 위험한 곳이라서 상인들이 들어오려고 하지 않으니까 소금을 얻기 위해서는 제가 좀 더 큰 도시로 나가는 수밖에는 없어요. 아무튼 넓은 도시쪽에는 소문이 많으니까, 그것이 헛소문인지 진짠지는 모르겠어요."

"서론이 너무 길어. 싸구려 약 팔려고 나온 것도 아니니까 본론만 말하라구."

리도스는 뭔가 삐딱해 보이는 말투로 피스를 쳐다보았다. 당연히 그의 말을 듣고 기분 좋을 리 없는 피스는 샐쭉한 표정으로 그를 바라보았다.

"나… 말 안 할래요."

"리도스!"

"아… 그러니까 내가 잘못했어."

"좋아요. 흠흠! 아무튼 제가 소금을 산 상인은 샤아플린에서 살다가 온 사람이라고 했어요. 그쪽 사람들은 워낙 모험 기질이 다분하잖아요. 이름 꽤나 날리고 싶었던지 다크에서 몬스터를 사냥해 보겠다고 설치다가 거의 반죽을 뻔한 걸 지나가는 모험가들이 구해줬나 봐요. 아무튼 그래서 그 뒤로는 모험 같은 건 꿈도 꾸지 않는다며 거기서 가지고 있던 돈으로 소금 상회를 차린 거죠."

"그래서?"

"그를 구해준 모험가들이 세인트를 찾고 있다는 말을 했다더군요. 어디더라? 어레인 계곡을 넘어가면 세인트를 찾을 수 있는 단서를 발견할 수 있다면서."

카디프는 한숨을 쉬었다.

어레인 계곡.

이번에는 바다를 통해서만 갈 수 있다는 아데스 중심부에 존재한다는 프로소 섬에 위치한 드래곤들의 영역으로 들어가야 한다는 이야기였다.

그러나 어레인 계곡으로 가는 길은 드래곤의 영역이라는 명성에 비교해서는 그다지 험난하거나 몬스터가 많거나 하진 않았다. 들어갈 수만 있다면 말이다. 고민스러운 얼굴로 앉아 있는 카디프를 리도스가 툭툭 쳤다.

"왜 그래?"

"어레인 계곡이래."

카디프의 대답에 떼떼가 고개를 갸웃거리며 이상하다는 표정을 지었다.

"그게 왜요? 나는 맨날 드나들던 곳인데."

떼떼 말에 카디프는 눈을 크게 뜨며 반문했다.

"어레인 계곡인데?"

"아저씨… 저 드래곤인데……."

"이봐, 설마 너… 나를 도롱뇽이라고 생각하고 있었던 거냐?"

어이없다는 듯한 떼떼의 말과 리도스의 발끈한 말에 카디프는 그제야 멍한 표정으로 대답했다.

"아! 너희들…… 드래곤이었지?!"

"쿠와아아앗! 뭐예요? 그럼 애버딘님이 드래곤이었단 말이에요?!"

"어이~! 어이~!"

그들의 말을 듣고 있던 피스가 한 발짝 뒤로 물러서며 놀라움을 표시하자 리도스는 어이없다는 듯 그녀를 바라보며 한 손을 내저었다.

"정말 굉장하군요! 물론 고대 문서상의 모습 그대로고, 또 동상이랑 완전히 빼다 박아서 인간일 거라는 생각은 안 하고 있었지만 그래도 드래곤이었다니!"

"어이~! 어어~ 이! 한참 상상 중에 산통 깨서 미안하지만, 드래곤인 건 나랑 떼떼라구."

리도스의 말에 피스는 자기가 무슨 드래곤 감별사라도 되는 듯한 포즈로 아래위를 훑어보았다. 일단 무슨 양아치 같은 머리 염색에선 아무런 것도 느낄 수 없었지만—그것도 어지간한 용기로는 소화하기 힘든 다섯 가지 색깔이다—기품있는 얼굴과 시원시원해 보이는 성격, 더군다나 잘 잡혀 있는 근육들은 그가 허풍쟁이는 아닐 것 같아 보이게 해주었으나, 이곳은 '미모'가 진실을 좌우하고 있는 곳이었다.

그렇기에 애버딘을 보면 절로 띵동! 하는 동그라미가 떠오르고, 애버딘을 한참 바라보고 있다가 리도스를 바라보면 어디선가 삐이익! 하는 가위표가 떠오르고 있는 피스였다.

떼떼야 애버딘을 아빠라고 부르며 따르고 있으니 드래곤이라고 해도 별 무리는 없었다. 아무리 미모도 좋지만, 아빠라는데 굳이 떼떼를 걸고넘어지고 싶은 생각은 없었다. 그러나 아무리 리도스를 쳐다봐도 그녀는 차라리 애버딘이 드래곤이면 드래곤이었지

리도스가 드래곤이라는 생각은 개미 눈물만큼도 들지 않았다.

"흠… 아무리 그래도 애버딘님이 드래곤 같아 보이는 걸 어쩌죠?"

리도스는 그 말에 약간 열이 받았는지 피스에게 말했다.

"두 눈 똑똑히 뜨고 잘 봐!"

말이 끝나자마자 그는 다섯 개의 드래곤의 머리를 가진 크로매틱 드래곤으로 폴리모프했다.

"이래도 내가 드래곤이 아니야?"

피스는 멍한 얼굴로 다시 인간으로 폴리모프한 리도스를 바라보았다.

"당신… 원래 머리가 다섯 개였군요?"

"그래, 그게 왜?"

"식비가 배로 들지 않아요?"

"누굴 식충이 취급하는 거야?!"

리도스와 피스의 말싸움은 리즈에 의해 저지당했다.

"저기 미안하지만! 싸움은 나중에 하고… 나 궁금한 게 있어."

"리즈 언니, 뭐가 궁금해요?"

"아니, 네가 소금을 사러 큰 도시로 나갔었다고 했잖아. 그곳에서 여기까지의 왕복 거리가 대략 얼마나 걸려?"

"한 삼사 일? 잠시도 안 쉬고 빨리 가면 이틀 반나절 정도 걸리죠."

"그런 곳에 여자를 데리고 가? 더구나 위험할지도 모르는데 아직 어린 여자아일 데리고 간단 말야?"

피스는 그녀의 말에 손뼉을 마주쳤다.

"제가 깜빡하고 말씀드리지 않은 게 있었군요."

"뭔데?"

"마을의 필수품을 사러 갈 때는 웬만하면 저 혼자 다녀와요."

"뭐?!"

"음, 샤아플린이 마법으로 강하다면 다크는 저주로 강하다는 말이 있죠. 들어보신 적 있으신지 모르겠지만 저의 정식 이름은 쿨 피스마스랍니다. 이래봬도 주술사로 조금 이름을 날리고 있습니다만……."

피스는 조금 쑥스러운 듯한 표정으로 일행에게 자신을 정식으로 소개했다.

주술사. 마법이 통하지 않는 지역이 있는 다크로서는 마법을 발전시키기보다 태초에 전해져 왔다는 주술을 개발시켜서 극히 일부의 사람들에게만 전하고 있었다.

그것은 의도된 바가 아니라, 주술 역시 마법처럼 배울 수 있는 능력이 필요로 한데 그 능력을 가진 자가 마법을 배울 수 있는 능력을 가진 자들보다도 극소수였기 때문에 조금이라도 자질을 가지고 있는 사람이라면 자의, 타의를 불문하고 배우게 되어 있었다. 그들의 능력은 그야말로 베일에 쌓여 있어 정확하게 알 수 있는 것은 아무것도 없지만 리즈는 쿨 피스마스라는 이름을 들어본 적이 있었다.

피스는 태어났을 때부터 뛰어난 잠재 능력을 가지고 있어 국가 차원에서 영재 교육을 시키는 등 심혈을 기울여 주술사로 만들어 놓았더니 13살이 되던 날 성에서 뛰쳐나가 어디론가 자취를 감춰버렸다는 말과 그녀는 자신을 찾아내서 무언가를 도와달라고 부탁하는 사람에게는 반드시 도움을 준다는 이야기를 들었던 것이다. 그녀의 이야기를 들었던 그 순간부터 줄곧 그녀처럼 되고 싶다는 생각을 하고 있었던 리즈였다.

하지만 앞으로 함께 여행을 하면서 리즈가 동경하던 피스는 리

즈를 자신의 이상형으로 생각하게 된다. 뭐, 그런 두 사람이지만
극 전개상 서로의 이상형이 될 두 사람의 아이러니한 관계에 대
해 지금의 그녀들은 전혀 눈치 채지 못하고 있었다.

"세인트의 단서를 찾았으니 지체할 필요는 없겠지? 여관으로 돌
아가서 짐부터 꾸리고 내일 아침 일찍 마을에서 떠나도록 하자."

리도스의 말에 리즈는 의아한 듯 물었다.

"이렇게 깜깜한데, 아침이라는 걸 알 수 있어?"

"이봐! 로잔님의 신전은 폼으로 있는 게 아니라구."

애버딘은 리절트의 상황을 떠올리며 말했다.

"흠, 로잔님의 신전에서 울리는 종이 그렇게 중요한 건지 몰랐
어."

리즈는 시끄럽다고 생각해 왔던 종소리가 다른 곳에서는 시간
의 경계를 잡는 역할을 한다는 사실에 새삼 놀랐는지 반성하는
빛으로 답했다.

"아무튼… 리즈 넌 로잔님의 신전의 종이 울리면 바로 우리 방
으로 와."

애버딘의 말에 리즈가 고개를 끄덕이자, 피스는 그들을 향해 말
했다.

"저… 피스도 따라가면 안 될까요?"

따지고 보면 피스는 이 마을의 사람이 아니었다. 그러나 그녀가
그들을 따라 나선다면 마을의 생필품을 구할 수 있는 방법이 사
라져 버린다. 그것을 일행들이 나 몰라라 할 수는 없었다.

"피스가 우릴 따라오면… 이 마을의 생필품은 어떻게 되는 거
지?"

리즈의 말에 그녀는 상관없다는 투로 대답했다.

"제가 없을 때도 그들은 생필품을 구해 썼어요. 제가 없어지면

당장은 불편하긴 하겠지만, 적어도 생필품이 없어서 죽었다는 이야기가 나돌진 않을 거예요."

리즈는 그녀의 냉정한 말에 약간 화가 난 듯 인상을 찌푸렸으나 곧 표정을 바꾸었다.

"우리가 그대로 가버린다면 넌 어떻게 할 거야?"

"아마도 쫓아갈 거라고 생각해요."

"왜?"

"내가 바랬던 빛을 찾았으니까요. 애버딘님이라면 저에게 꼭 빛을 보여주실 것 같아요."

"빛?"

"그래요. 이 마을에 도착했을 때부터 사람들에게 귀에 딱지가 앉을 정도로 애버딘님에 대한 전설을 들었어요. 나중엔 그들을 그렇게까지 매료시킨 애버딘님에 대해 호기심이 생겼죠. 마을의 고대 문서란 문서는 다 뒤적거려서 애버딘님에 대해 조사해 봤지만 어느 것도 저의 궁금증을 풀어줄 순 없었어요."

"고대 문서에 나에 대해 어떤 이야기가 실려 있었지?"

"애버딘님이 미소가 빛에 견줄 정도로 아름답다는 이야기를 비롯해서 애버딘님의 상냥하신 성격에 대한 이야기랑 뭐, 이것저것… 아무튼 수도 없을 정도로 많은 문서에 애버딘님의 이야기가 빼곡하게 쓰여져 있었죠. 그리고 저는 애버딘님의 미소 속에서 빛을 느꼈어요."

"그렇게까지 빛이 보고 싶다면 안될 이야기지만 막말로 빛을 보고 싶다면 혼자서도 얼마든지 보러 갈 수 있어. 진실의 숲을 넘기만 하면 바로 샤아플린이야. 빛은 도망가지 않아. 보고 싶다면 가면 되는 거라구. 그리고 말야… 넌 쿨 피스마스라는 이름 대신 왜 피스라는 이름을 쓰는 거지?"

"이런 말 제 입으로 하긴 정말 뭐 하지만…… 쿨 피스마스라는 이름은 좀 웃긴 것 같지 않나요? 무슨 맛 음료 같은 기분이 들거든요. 그래서 그다지 좋아하지 않는 이름이라서."

"흐음… 뭐 일종의 콤플렉스로군?"

리도스가 안됐다는 투로 중얼거렸다. 솔직히 쿨 피스마스라는 이름은 그가 들어도 최악의 이름이었기 때문이다. 지어준 사람의 작명 센스가 빤히 보일 정도로.

아무튼 여관으로 발길을 돌린 그들은 더 이상의 동료가 늘어나는 것을 원치 않는 듯 적당한 곳에서 피스를 따돌리고 어레인 계곡으로 향하기로 입을 모았다.

다음날 로잔의 신전의 종이 울리자마자 리즈는 애버딘의 방으로 향했다.

"애버딘! 준비 다 끝났어?"

자신이 도착했음을 알리려는 듯 그녀는 큰 목소리를 노크 대신 삼아 말했다.

"들어간다!"

"언니, 어서 와."

피스는 벌써 와 있었는지 리즈를 보자 생긋 미소를 지었다.

그러고 보니 처음 만났을 때보다는 훨씬 사이가 좋아진 그들이었다.

리즈는 일행들과 했던 얘기가 있어 그 미소를 보고 있기가 양심에 걸렸지만, 어릴 때부터 포커 페이스를 익혀온 그녀였다.

"애버딘들은?"

"마을 사람들이 알면 못 떠나가게 붙잡을 테니 그냥 조용히 마을 촌장님에게만 인사를 하고 온다고 동굴 입구로 나가 있으래요."

"아… 그래? 갈까, 그럼?"

그들은 묵묵히 마을에서 벗어나 어느덧 처음 만났던 장소에 도착해 있었다.

"아! 여기야, 리즈!"

카디프가 역시 인간들보다 시력이 좋은 것을 과시하는 듯 리즈를 아는 체해 왔다.

"애버딘님, 카디프님, 리도스님, 그리고 언니. 앞으로 잘 부탁드리겠습니다."

"떼떼는요?"

"아! 떼떼두."

"이쪽이야말로 잘 부탁해."

격식에 밝은 카디프답게 싱긋 웃으며 답하던 그는 활짝 미소를 지어 보였다.

"아! 이런, 어쩌지? 여관에 피스가 준 망토를 두고 와버렸어. 마음에 들었던 거라 꼭 챙겨가고 싶었는데……."

애버딘의 곤란한 표정을 본 피스는 다급히 마을로 뛰어가며 외쳤다.

"내가 가져올 테니까 어디 가지 말고 꼭 여기서 기다리고 있어요!"

그녀가 마을로 내려가자마자 일행은 후다닥 동굴 밖으로 도망치듯 내달렸다.

'미안하지만 마을 사람들을 위해서도 너를 위해서도 이게 최선이야.'

리즈는 그렇게 죄책감을 떨쳐 버리듯 중얼거렸다. 그렇게 동굴 밖을 벗어나자 일행들은 기가 질려 버렸다. 마을 여관에 갔어야 할 피스가 그들보다 한발 앞서 동굴 밖으로 나와 있었던 것이다.

"우왓! 네가 왜 여기 있는 거야?"

"주술사를 물로 보면 안 돼요. 애버딘님의 망토는 이럴 줄 알고 이미 챙겨두고 있었다구요! 마을로 가는 척하고 여기로 나왔더니 아니나 다를까… 어쩜 이러실 수 있죠?!"

피스는 샐쭉한 표정으로 일행들을 돌아보았다.

"자! 이제 어떻게 하실 건가요?"

"…미안해. 그치만 마을로 돌아가라, 응? 그 사람들 네가 없으면 위험해. 마을로 생필품을 사러 갈 때도 곤란하고……."

"모험만 끝나면 이 마을로 되돌아올 거예요. 그때 백배사죄하죠. 그 사람들이라면 틀림없이 절 이해해 줄 거예요."

"어쩔 수 없지. 주술사가 어떤 건지 평소에 궁금하기도 했으니까 같이 가도록 하자."

리도스의 말에 그녀는 어린아이처럼 좋아하는 표정을 지었다.

"리도스님, 알고 보면 무척 좋은 분이셨군요."

리도스의 눈썹이 미묘하게 꿈틀거렸다.

"알고 보면?"

"자! 자! 갈 길이 멀어. 피스, 여기서 배를 타는 곳까지 가려면 어디가 제일 빠르지?"

애버딘이 묻자 그녀는 조금 고심하듯 하더니 손으로 북쪽을 가리켰다.

"그렇게 배가 자주 왔다 갔다 하진 않는데… 가까운 데라면 거기밖에 없어요."

피스를 선두로 그들은 배를 타기 위해 북쪽으로 걸어가기 시작했다.

몇몇의 몬스터와 마주치긴 했으나 다행히도 그쪽에서 공격해

오지 않아 필요없는 체력 낭비를 막을 수 있었다. 한참을 걸어 도착한 곳은 조그마한 항구 도시로 지상에 집들이 지어져 있었다. 마을의 입구에 들어서자 습기를 실은 바닷바람이 시원스럽게 그들을 반겼다.

"이곳을 자세히 볼 수 있었다면 무척 좋았을 텐데"

리즈의 아쉬운 듯한 시선으로 하늘을 바라보았다.

온통 새까만 하늘은 달빛조차, 아니, 아주 작은 별빛조차 용납하지 않는 듯 아무것도 존재하지 않았다.

"뭐 해? 두고 간다."

멍하게 서 있는 리즈의 어깨를 애버딘이 툭, 치자 그녀는 그제야 정신을 차린 듯 일행을 따라갔다. 이미 리도스는 배의 선장과 실랑이를 벌이고 있었다.

"아! 글쎄 안 된다니까 그러시네! 한 달 정도는 배를 띄우기가 불가능하다구요! 폭풍이 불어닥칠 텐데 돈이고 뭐고 살고 나서 있는 거지, 죽을 때 싸 가지고 가는 거 아니잖아요!"

"아무리 그래도 출항하는 배가 하나도 없다는 건 너무하잖아!"

"당신들 보아하니 모험가들 같은데, 사서 고생하지 말고 고향으로 돌아가는 게 어떻겠어요? 어린애까지 데리고 뭐 하자는 건지……."

한참의 실랑이 끝에 그들은 배를 사버리기로 결정했다. 아무리 돈을 많이 준다고 해도 배를 띄운다는 사람이 나타나지 않는 이상 배를 사지 않고서야 바다를 건널 방법이 없으니 별수 없는 일이었다. 다행히 다크에서는 아무리 비싸다고 해도 리절트보다 물가가 비싸지 않았다. 아니, 리절트가 딱히 물가가 비싼 것이 아니라 환전되는 돈의 가치가 컸기 때문에 그런 건지도 모른다.

아무튼 일행들은 배에 올라탔다. 항구에 정착시키기 위해 묶어두었던 밧줄을 끊으며 떼떼가 신나는 목소리로 외쳤다.

"출발!"

배는 떼떼의 말을 마치 알아들었다는 것처럼 시원하게 돛을 펼치며 물살을 가르고 앞으로 나아갔다. 폭풍 전야라서 그런지 바다는 무척이나 잠잠했다.

시원하게 불어오던 바람도 어느새 뚝 끊어져 버렸다.

"돛이 있는 데도 바람이 불지 않으면 갈 수가 없잖아."

리도스가 짜증이 난다는 듯 노를 이리저리 지으며 툴툴거렸다.

"음… 여기까지 오면 사람도 없는데 리도스가 폴리모프해서 입김이라도 불어주면 안 돼?"

"미안하지만 너무 세서 안 돼."

"응? 브레스도 작게 조절해 놓고선."

"드래곤이 얼마나 큰지는 너도 알지? 좀 더 큰 배라면 모를까, 그나마 있는 돛을 부러뜨릴 셈이라면 상관없어. 입김이든 콧김이든 얼마든지 불어주지. 하하하."

"썰렁해."

"쳇, 아무튼 그렇다는 거다."

"그럼, 우리 이대로 노 하나에만 의지해서 가야 하는 거야?"

"두 개잖아."

"그런 이야기가 아니잖아. 쳇! 리즈, 바람 불게 하는 마법 같은 거 없어?"

"있긴 한데 한 번도 써본 적 없어."

리즈가 자신없는 듯한 말투로 애버딘을 바라보자 그는 찡긋 윙크를 하며 말했다.

"걱정 마. 그런 마법사는 너 말고도 여기 둘이나 있잖아."

애버딘의 말에 리즈는 회심의 미소를 지으며 카디프와 리도스를 바라보았다. 그들은 식은땀을 삐질삐질 흘리며 되물었다.

"우리보고 지금 돛에 윈디를 쓰라는 거냐?"

"스승이 보여줘야 제자가 배울 거 아냐!"

리즈가 의기양양하게 리도스를 바라보며 말하자, 그는 가벼운 한숨을 내쉬었다.

"그럼, 난 그렇다 치고 카디프는 왜?"

"난 분명히 카디프에게도 마법을 배우고 싶다고 말했거든. 그도 받아들였고 말이야. 그러니까 내 스승은 두 분이란 이야기지. 그런 이유로 부탁드리겠어요, 스승님."

리즈는 애교있는 동작으로 그들의 등을 돛이 있는 곳으로 밀어 냈다.

"바람이여, 리도스가 원하노니 우리가 원하는 곳까지 도착할 수 있도록 너의 위대한 힘이 돛에 닿을 수 있기를……. 윈디!"

시원한 한줄기의 바람이 돛을 향해 불어오자 배는 물살을 거침 없이 가르며 그들이 가고자 하는 방향으로 나아갔다. 리도스는 마 법이 끊이지 않게 마나를 보내느라 돛이 있는 곳으로 온 신경을 집중시켰다. 리도스의 정신을 아찔하게 만드는 카디프의 한마디만 아니었더라도…….

"난 네가 지치면 리커버리를 걸어주도록 하지."

"뭐어?!"

"어허! 마나 흩어진다. 제자가 보고 있다구."

"안 돼! 바꿔! 나랑 바꿔!"

"나이가 몇 살인데 떼를 쓰고 그래?"

"나이의 문제가 아니잖아, 이건!"

"둘 다 시끄러워. 나한테 윈디 쓰는 법 안 가르쳐 줄 생각이야?"

리즈는 인상을 찡그리며 그들을 조용히 시켰다.

"하아~ 어째서 나만… 왜 항상 나만……."

리도스는 거의 포기한 듯한 어조로 마나를 집중시켰다.

"리커버리 걸어줘!"

"윈디 없어진다. 정신 집중해!"

"리커… 버리 걸어…… 줘!"

"윈디 없어진다니까, 정신 집중!"

몇 번이나 이 짓을 반복했는지 알 수도 없고, 알고 싶지도 않았다. 카디프와 리도스가 진탕지게 고생을 한 끝에 겨우 다크의 영역 해안에서 벗어나려는지 서서히 빛이 보이기 시작했다.

"앗! 피스! 너, 빛을 바로 보면 안 되는 거 아니야?"

300년 동안 빛을 보지 못한 다크. 그 속에서 15년을 자란 피스는 시력이 무척 약한 편이었다. 그런 그녀가 눈 보호개도 없이 빛에 노출되었다가는 시력을 잃게 될지도 모르는 일.

급한 대로 곁에 있던 리즈가 자신의 손으로 그녀의 눈을 가렸다.

"이제 어쩐다?"

"음…… 우선 천 같은 거 뭐 없어?"

"프로소 섬에 도착해서 우리 마을에 들르면 인간 물건 모으기 좋아하는 몇몇 녀석에게 눈 보호개 하나 정도는 구할 수 있을 거야."

리도스의 말에 리즈는 자신의 손수건을 꺼내 피스의 눈을 감쌌다.

"다니기 불편하지 않겠어?"

"괜찮아요. 어차피 다크에서도 눈으로 보는 것보다 느낌으로 생활해 왔으니까 별로 불편하지 않아요."

그녀는 빛을 보지 못하는 게 못내 아쉬운지 풀이 죽은 듯한 목소리로 대답했다.

"조금만 더 기다리는 거라고 생각해. 빛은 도망가지 않으니까."

애버딘의 말이 조금 위로가 되었는지 그녀는 기운을 되찾은 듯한 얼굴로 방긋 미소를 지어 보였다.

"나… 더 이상은 못하겠어."

리도스는 완전히 탈진된 표정으로 리즈를 바라보았다.

"네가 한번 해봐."

"…에?"

"'에?'가 아니라 한번 해봐. 어쨌든 지난번 회복 마법도 다 익혀뒀겠지?"

리도스의 갑작스런 말에 리즈는 주춤거리며 물었다.

"주문은? 주문도 가르쳐 주지 않았잖아."

"이봐, 주문은 정신을 집중시키게 해주는 역할이라구. 카디프와 내가 외우는 주문이 틀려도 같은 마법을 쓰는 거 보지도 못했냐?"

핀잔을 주는 리도스를 카디프가 말렸다.

"너무 몰아세우지 마. 그러면 오히려 실패할 가능성이 높아진다구. 리도스의 말에 신경 쓰지 말고 네 페이스대로 해. 조언 하나 하자면, 마법 주문을 외울 때 네가 간절히 이루어졌으면 하고 바라라는 거야. 그럼 그만큼 실패 확률이 줄어들거든."

카디프의 부드러운 말에 그녀는 말 잘 듣는 어린아이처럼 고개를 끄덕였다.

주위에서 그녀를 응원하는 소리가 들려왔다.

"잘해!"

"엄마, 파이팅!"

"언니, 뭐가 뭔지 모르겠지만 아무튼 잘해 봐요."

"고맙긴 한데, 더 정신 사나워지니까 그만 하고 그냥 구경이

나 해."

리즈는 썩 내키지 않는다는 표정으로 정신을 집중시켰다.

"바람이여, 나 리즈가 바라는 대로 돛에 너의 그 활기찬 생명력을 불어 넣어다오. 윈디!"

리즈의 손에서 시원한 바람이 느껴졌다.

"성공이다!"

모두가 기쁜 표정으로 좋아하는 것도 잠시… 그 바람은 맹렬한 기세로 돛으로 다가가 하얗게 나부끼는 천을 다 찢어놓고는 사라져 버렸다. 폭풍과 함께 들이닥친 것이 윈디의 주문을 태풍으로 바꾸어 버린 것이다. 악운은 그것으로 끝나지 않았다. 바다가 소용돌이치며 일행의 배를 완전히 삼켜 버릴 듯한 기세로 다가왔던 것이다.

"이대로 있다간 배가 뒤집히겠어!"

배의 한쪽 난관을 꽉 붙잡고 서 있던 애버딘이 어떻게 해보라는 듯 리도스에게 고함을 빽 질러 버렸다.

"할 수 없지."

리도스는 그대로 바다에 뛰어들었다.

"으악! 무슨 짓이야?! 리도스!"

소용돌이에 말려들었는지 리도스의 모습은 흔적도 보이지 않았다. 애버딘이 리도스의 이름을 외치며 물로 뛰어들려고 하는 순간, 갑자기 배의 위치가 높아져 버렸다.

"으악~! 이거 왜 이래?! 카디프, 태풍이 이런 거였냐?!"

"설마 그럴 리가! 태풍 때문에 땅이 솟아오른다는 소린 살아오면서 한 번도 들어본 적 없어!!"

"이 녀석들아, 시끄럿! 혹시라도 걱정해 줄까 싶어서 듣고 있으니까 내 걱정은 하나도 안 하고 뭐?! 태풍에 땅이 솟아? 쳇! 나다, 나!"

"리도스!!"

일행은 모두 놀라지 않을 수가 없었다. 바다에 갑자기 뛰어들어 사라졌던 리도스가 어느새 폴리모프를 해서는 자신의 등 위에 배를 올려놓고 있었던 것이다.

"우와~ 혀어어어엉~ 멋져요!!"

리도스의 기지에 반한 애버딘이 어느덧 다시 강아지화되어 꼬리를 살랑살랑 흔들며 말했다.

"혀어어어엉~ 이대로 그냥 가버리자. 너무 편하고 좋넹~"

"으앗!"

순간 리즈가 놀란 표정으로 외마디의 비명을 지르더니, 이내 화가 난 듯 눈꼬리를 치켜세우며 리도스에게 외쳤다.

"머리 나쁜 도롱뇽 씨! 처음부터 워프를 썼으면 될 거 아냐!! 앙!!"

순간 리도스와 카디프는 동시에 움찔했다. 리도스는 자신이 머리 나쁜 도롱뇽이 되어서이고, 카디프는 도둑이 제 발 저려서라는 게 좀 다르긴 했지만.

리도스가 외쳤다.

"이봐! 그럼 처음부터 그렇게 말하든가! 가만히 있다가 이제 와서 생각났다 이거냐? 앙!! 그리고 어느 제자가 감히 사부님께 '머리 나쁜 도롱뇽'이라 그런다디? 확 사부 그만둬 버릴까 부다."

되려 역습을 당하게 된 리즈는 생각지도 못했던 상황까지 일이 치닫자 어찌할 바를 몰라 하며 리도스에게 백기를 들었다.

"에이~ 싸부도 참! 귀여운 제자가 한마디 농담한 거 가지고 뭘 그래요~"

"……"

"배 위의 모두와 리도스는 경악을 금치 못했다. 그 리즈가… 그 리즈가 백기를 들면서 날린 한마디 '귀여운 제자' 때문에 갑자기 모두는 멀미가 치밀어 오르는 것을 느꼈다. 심지어 애버딘은 이미 헛구역질을 하고 있기도 했고 말이다. 그 사태를 보고 있던 리즈가 한마디를 날렸다.

"앗! 애버딘, 너 사실은 여자였구나?! 애 아빠는 누구야? 카디프지?!"

어떻게든 사태를 수습해 보려 날린 리즈의 한마디에 갑자기 바닷물이 배가 있는 위치까지 용솟음치듯 올라와서는 그대로 얼어 버렸다. 그 중앙에 투희야의 유머가 고개를 내민 것은 두말할 나위 없는 일. 피스는 기묘한 향기에 호기심이 일었는지 투희야의 유머를 뽑기 위해 손을 뻗었다.

"안 돼!"

리즈는 더 이상 상황이 악화되기 전에 피스를 감싸 안고는 뒤로 확 끌어당겼다. 그러나 피스의 손에는 이미 투희야의 유머가 들려 있었으니…….

"아이 추워~! 누구야! 날 이런 데 끄집어낸 게? 너지?! 좋아! 내가 문제 하나 낼게. 맞춘다면 이 몸을 뽑은 것에 대해 용서해 주지~! 자! 문제다! 문제!! 너, 펭귄이 신는 신발이 뭔지 아니?"

꽃을 뽑아 들자 꽃의 수술 부분에서 사람 입 모양이 튀어나와 퀴즈를 냈다. 이젠 놀라운 일도 없었다. 하도 많이 봤기 때문에 그들은 이미 답까지 알고 있었다. 문제는 저 말 빠른 투희야의 유머보다 말을 빨리 해야 한다는 데 있었다. 그런 참에 구세주가 나타났으니, 그가 바로 애버딘이었다. 투희야의 유머의 퀴즈가 끝나자마자…….

"빙신! 빙신! 빙신! 빙신! 빙신!"

거의 숨쉴 틈도 없이 연거푸 주문을 외우듯 빠르게 외쳐 댔던 것이다. 투희야의 유머는 뭔가 불만스러운 눈초리로 애버딘을 바라보았다.

"쳇! 말 한번 거 대따~ 빠르네."

"시끄러워! 빨리 사라져 버렷!"

애버딘은 투희야의 유머가 말을 하기 전에 답을 했다는 사실에 무척 만족했는지 후련한 표정을 지어 보였다. 그런 그의 표정에 투희야의 유머는 사라져 버렸고, 바다는 언제 그랬냐는 듯 원래의 위치로 돌아가 요동치고 있었다. 리즈는 모두의 따가운 시선에 고개를 푹 숙여 버렸다.

"무슨 말하고 싶은지 다 알아… 다시는 안 그럴게."

"반성하고 있으면 됐어."

"그런데 나 궁금한 게 한 가지 있는데……."

"뭐?"

"대따가 뭐야?"

각 나라의 표준어만 구사하고 살아왔던 리즈가 지방의 사투리를 알 리가 없었다. 물론 애버딘은 '아렌'이라는 작은 마을에서 살아왔기 때문에 사투리를 종종 쓰긴 했으나, 일행들과는 사투리로 말을 해본 적이 없었던 것이다.

"대따는 억수로랑 같은 말이야."

"저기… 소박한 질문 계속해도 돼?"

"뭐?"

"억수로는 또 뭐야?"

"억수로도 몰라? 그럼 너, 엄청은 아냐?"

"……."

"앞으로는 이런 거 묻지 마라. 다친다."

"이상한 말 쓰는 네가 나쁜 거야."

리즈는 툴툴거리며 자리로 돌아가 앉았다. 그러면서 한마디하는 것을 잊지 않은 것은 물론이고 말이다.

"어이, 리도스 싸부! 워프 안 해요?"

"이왕 사버린 배 어쩌겠어. 그냥 쉬엄쉬엄 가자고~ 게다가 폴리모프한 게 아깝기도 하고 말야."

"왓! 태양이다!"

애버딘은 눈이 부신 듯 가늘게 실눈을 뜨며 빛이 들어오는 곳을 가리켰다. 다크의 영역에서 벗어날 때처럼의 희미한 빛이 아니라 사물을 환하게 비추는, 그야말로 대낮 같은 분위기의 태양. 그리고 그 빛을 받아 보석같이 반짝거리고 있는 바다는 애버딘과 리즈에게 찬사를 받기 충분했다.

"와! 이게 바다구나!"

"굉장히 넓고 아름다워."

아무것도 없는 바다에 곧 리즈와 애버딘이 지겨워할 무렵 마치 점처럼 작게 보이는 섬 하나가 시야에 들어왔다.

"어? 저게 뭐야?"

"드디어 도착했나 보군. 하핫, 프로소 섬에 온 걸 환영해."

프로소 섬. 아데스의 가운데 있다는 섬. 주위에는 바다 외엔 아무것도 없었다.

만일 인간들이 피치 못할 사정으로 이곳에 가려한다 해도 보통의 방법이라면 식량 조달의 문제가 있어서 올 수 없으며, 마법사가 워프를 해서 들어오려 해도 이 섬에 와보지 않고서야 이미지고 뭐고 알 수 없기 때문에 절대로 들어올 수 없는 곳이다.

그것을 공중에서 지켜보고 있는 애버딘은 왜 갈 수만 있으면 험난한 곳이 아니라는 단서가 붙는 건지 이제야 조금 알 것 같다는 생각이 들었다. 리도스는 천천히 배를 섬에서 가까운 바다에 내려놓고는 자신은 섬으로 내려간 뒤 다시 인간의 모습으로 폴리모프를 했다. 그가 모습을 섬에 드러내자 갑자기 어디서 나타났는지 나이가 제법 들어 보이는 남자 한 명이 정중하게 그를 맞았다.

"이제 다녀오십니까?"

"내가 없는 동안 별일 없었겠지?"

"당연한 말씀. 아무런 일도 없습니다. 전하께서 승인을 해야 할 서류가 방 하나를 가득 메운 일밖에는 없습니다."

리도스의 눈썹이 미세하게 꿈틀거렸다. 그렇다. 그는 크로매틱 드래곤의 국왕이었던 것이다. 떼떼를 제외하고 이 사실을 알 리 없는 일행들을 위해 그는 자신의 신하로 보이는 그에게 조용한 음성으로 이야기했다.

"아무튼 지금 오고 있는 일행들에게 내가 국왕이란 사실을 어떠한 일이 있어도 알려서는 안 된다. 게다가 저들은 나의 손님들이니 대접에 있어서도 내가 알아서 할 것이다. 앞으로 저들이 무슨 짓을 하든 신경 쓰지 말라고 모두에게 일러두게. 아! 그리고 빠른 시간 내로 눈 보호개를 준비해 오도록."

"알겠습니다."

"흠…… 위로부터의 전언은 없었는가?"

"아직은 아무런 조짐도 보이지 않고 있습니다. 떼떼님께서는……?"

"일행들과 함께 오고 있어."

"사실 저는 처음에 떼떼님께서 없어지셨다는 말을 듣고 가슴이 철렁했습니다. 도대체 전하께서는 떼떼님에 대해서는 너무 관대하시니까. 떼떼님도 위기 의식이란 게 없으신 겁니다. 이래야 장차 드래곤 세계가 어떻게 될지 심히 걱정스럽습니다."

"글쎄… 지금의 윗분이 그렇게 순순히 물러나 주실지 난 그게 더 염려스럽군."

"전하?"

"아무 일도 아니니 신경 쓰지 말고, 얼른 가서 눈 보호개나 준비하도록 해. 곧 성으로 돌아갈 테니 서두르게. 일행이 오고 있어."

"알겠습니다. 그럼 나중에 뵙겠습니다, 전하."

그는 처음 나타났을 때처럼 홀연히 그 모습을 감추었다.

"리도스! 거기 있었구나. 정말이지 진짜 너무한다니까. 의리없이 혼자 가버리질 않나."

리즈가 투덜거리자 리도스는 미안하다는 듯한 표정으로 그들을 맞았다.

"미안미안. 그렇다고 또 바다 속에서 폴리모프할 수는 없는 노릇이잖아."

"쳇! 봐줬다. 그건 그렇고 마을로 들어가려면 어디로 가야 하지?"

"안내할 테니 이 몸만 잘 따라오라구."

사람의 손도, 몬스터의 손도 닿지 않은 곳이라 그런지 확실히 경치 하나는 무척이나 수려했고, 마을로 가는 길목 내내 피어 있는 작은 꽃들은 이곳이 얼마나 평화로운 곳인가를 알 수 있게 해주었다.

아직까지 서로 대치 상태에 있는 인간들, 더군다나 몬스터의 침략 속에서 시달리는 지역에 있는 다크와 샤아플린의 피스와 리즈로서는 부러운 풍경이 아닐 수 없었다.

"정말 좋네… 여긴."

피스는 눈으로 보진 못했지만 풍겨오는 분위기부터가 다른 프로소가 마음에 들었다. 문득 이렇게 좋은 곳을 두고 리도스가 무엇 때문에 모험을 하고 다니는지 이해할 수가 없다는 생각에 그녀는 리도스를 흘끔 쳐다보았다.

그녀의 시선을 느낀 것일까? 리도스는 피스를 바라보며 묻는다.

"내 얼굴에 뭐 묻었어?"

"그런 게 아니라, 리도스님은 도대체 이렇게 좋은 곳을 두고 무엇 때문에 모험 같은 것을 하는지 궁금해서요."

그녀의 말에 리도스는 잠시 곰곰이 생각하는 표정을 짓다가는 이내 고개를 저어버렸다.

"이유 같은 건 없어. 굳이 말하자면 떼떼를 보호하려고 이 속에 있는 것뿐이야. 어쩌면 재수없게 말려든 건지도 모르지. 하하하핫! 그렇지만 이왕지사 이렇게 된 거 확실한 동료가 되어주는 것도 나쁠 것 같진 않군."

리도스의 너스레에 피스는 고개를 갸웃거렸다. 그녀로서는 이해가 가지 않는 이야기였다. 만일 다크가 평화로운 나라였다면 그녀는 숨어지내는 것도, 지금처럼 모험을 하겠다고 이 일행들을 따라나서는 일도 없을 것이다.

그녀는 자신이 원해서 주술사가 된 것이 아니라 정신을 차려보니 이미 주술사가 되어 있었고, 사람들은 늘 끊임없이 자신에게 무언가를 요구해 왔다. 그래서 도망치듯 애버딘의 광신도 마을로 숨어든 것이 인연이 되어 애버딘 일행이 되었고, 그들과 함께 단순히 빛을 느끼기 위해서 이곳 프로소까지 온 것이다. 그러나 평화 속에서 살고 있던 리도스의 사고관 역시 자신과 별다를 바 없다는 것이 이해가 가지 않았던 것이다.

"음… 그렇군요."

피스는 고개를 끄덕이며 말했다. 어차피 벌어진 일, 최선을 다하자는 것이 그들의 사고방식이었던 것이다.

떼떼는 마을에 다가갈수록 얼굴 표정이 어두워졌다.

"리도스 아저씨, 우리 성으로 돌아가는 건가요?"

"아니야. 걱정하지 마. 잠깐 들를 일이 있긴 해도 금방 나올 거야. 네가 그곳을 그다지 좋아하지 않는다는 거 나도 잘 알고 있어. 이건 비밀인데, 나도 그곳이 그리 좋지만은 않단다."

리도스는 윙크를 해 보이자 떼떼의 표정이 조금이나마 밝아졌다.

"성? 무슨 성?"

엘프인 카디프는 역시 청각이 좋았다. 의아한 듯이 묻는 그를 리도스는 헛기침으로 가볍게 넘겼다.

"흠흠! 친구 중에서 제법 높은 위치에 있는 녀석이 있거든. 그에게 종종 신세를 지고 있지. 떼떼는 그게 싫은 거고."

떼떼에게 아무 말도 하지 말라는 눈빛을 보내는 리도스를 애버딘은 다시 보았다는 듯 말했다.

"헤에~ 리도스에게 그런 친구가 있는 줄 몰랐는걸?"

"뭐, 다들 그렇게 이야기하곤 하더군. 내가 그렇게 괴짜 같냐?"

"그렇다기보다는 푼수에 가깝지."

리즈의 말에 일행은 다들 폭소를 터뜨렸다. 어디에서도 찾아볼 수 없는 풍경일 것이다. 스승을 갈구는 제자란.

"마을이야!"

어느새 웃고 떠들다 보니 마을에 도착한 리즈와 애버딘은 생각보다 번화한 거리에 놀랍다는 듯 벌린 입을 다물지 못했다.

"우와~! 난 드래곤의 마을이라기에 드래곤들이 왔다 갔다 할 줄 알았는데… 사람들 굉장히 많다!"

"정말~ 사람 정말 많구나! 떼떼 안 잃어버리려면 손 잘 잡고 다녀야겠는데?"

"엄마! 난 파피가 아니라니까 그러네."

"너… 파피 맞아."

"쳇!"

"이봐, 너희들 여기가 어딘지 잊은 거야?"

"응? 어디긴 어디야, 드래곤의 섬 프로소지."

"…저 사람들이 누구라고 생각해?"

"에?! 그럼 저 사람들이 몽땅 드래곤이란 말이야?!"

"바보야! 조용히 해."

리즈가 애버딘의 큰 목소리에 주의를 주자 그는 머쓱해졌는지 조금 목소리를 낮추었다.

"그런데… 왜 드래곤들이 폴리모프를 한 상태로 지내는 거야?"

"취미지 뭐. 인간 세상으로 모험을 가고 싶어하는 젊은 애송이들이야 이곳에서 대충 인간 세상에 대한 정보를 얻으려고 몇십 년 정도 살아보는 거고, 나머지들은 그냥 취미로 저러고 지내는 거야. 한때 인간 세상에 나가 인간들과 지내다 보니 그들이 그립기도 할 테지. 사실 인간의 모습으로 지내면 여러 가지 이점도 많지. 드래곤으로 있는 것보다 차지하는 땅의 비율도 적고. 그래서 나도 이곳에 있을 땐 인간으로 폴리모프한 상태에서 지내곤 했어."

"흐음, 그렇구나."

애버딘은 그들이 모두 드래곤이라는 사실에 흥미를 가진 듯 또다시 주변을 힐끔힐끔거리다가 리도스의 머리색이 모두와 다르다는 것을 깨달았는지 그에게 물었다.

"난 크로매틱 드래곤이 사람으로 폴리모프하면 분명히 알아낼 수 있을 거라고 생각했는데…… 보나마나 리도스처럼 머리가 다섯 색일 거 아냐? 그런데 이곳 사람들은… 아니, 드래곤은 무슨 드래곤이야? 설마 크로매틱 드래곤은 아니겠지?"

"맞아, 크로매틱 드래곤들이야. 이곳은 크로매틱 드래곤의 섬이니까. 드래곤은 다들 사는 곳이 틀리지. 그리고 머리색은… 난 이쪽이 좋아서 그런 거니까 그런 식으로 드래곤을 구분하려 들어서는 곤란하지. 하하."

"크로매틱 드래곤의 섬이라구?"

"음, 드래곤의 특성상 여러 종류의 드래곤이 함께 산다는 건 불가능해. 사는 지대가 틀리거든. 여기서 조금 가까운 섬이 좀 추운 한냉 지대에 속해서 화이트 드래곤들이 서식하고 있긴 하지만 나머지는 아주 멀리 떨어져서 살고 있어."

"흠… 그렇군요. 그나저나 어디 식당 없나요? 피스 배고파요."

"나도 좀 고픈 것 같아."

"그럼 내가 맛있는 거 많이 있는 데로 안내해 줄까?"

"어딘데?"

"아까 잠깐 말했듯이 내가 아는 드래곤 중에 꽤 고위급 간부가 있거든. 성에서 살고 있으니까 아무래도 성의 음식이 이런 곳의 것보단 맛있지 않겠어?"

그의 말에 리즈가 양미간을 찌푸렸다.

"이봐, 너는 성이 도대체 뭐 하는 곳이라고 생각하고 있는 거야?"

"음… 글쎄 그냥 거기도 똑같은 드래곤이 살고 있는 곳이겠지 뭐."

"편리한 사고방식이네."

"남 말할 일이 아니라고 생각하는데……."

"피스 배고프다니까요!"

"아! 미안미안, 성이든 어디든 빨리 안내해."

애버딘의 승낙이 담긴 한마디에 리도스는 입가에 회심의 미소를 지으며 성이 있는 곳으로 앞장섰다. 방 하나 전체를 빼곡이 채우고 있을 서류를 생각하니 머리가 지끈거리긴 했지만, 적어도 이들이 식사를 끝마칠 때까지는 집무를 볼 수 있을 것이다.

어느 정도 다리가 쑤셔올 때쯤 크로매틱 드래곤의 성은 웅장한 자태를 드러내었다. 인간들의 성과는 규모 자체가 틀려 보였다. 성의 끝이 보이지 않았기 때문이다. 물론 그것은 드래곤으로 폴리모프했을 때의 상황을 고려해서 지었기 때문이리라.

보초를 서고 있던 드래곤들은 리도스를 발견하자 가벼운 목례만을 해 보이고는 자신의 일을 충실하게 수행하고 있었다. 리즈는 그런 카디프를 감탄했다는 듯 바라보았다.

"리도스, 여기 자주 오나 봐? 경비병들이 잡지도 않네."

"여기 음식… 맛있는걸."

"하여튼 못 말린다니까."

"잠시만 여기서 기다려."

리도스는 떼떼를 데리고 이곳에 도착해서 제일 처음 만났던 나이 든 드래곤을 찾았다.

"전하, 오셨습니까?"

"이봐, 전하라는 소리는 빼고 말해. 지금 내 동료들이 와 있으니까 식사 준비를 좀 해줘. 그리고 내가 없는 동안 손님들은 뭐라고 해서 돌려보냈는가?"

"그거야… 전하가 아프시다고……."

"뭐?! 내가 아프단 말을 했단 말이야?! 설마 화이트 드래곤의 마녀에게도 그렇게 말한 건 아니겠지?"

"전하, 타국의 여왕을 그런 식으로 부르는 것은 좋지 않습니다.

그리고 전하께서 염려하실 일은 절대로 일어나지 않을 것입니다. 그런 소문이 여왕님께는 들어가지 않도록 충분히 주의를 기울였으니 걱정 마십시오."

"그렇다면 안심이지만… 그리고 떼떼야, 내가 깜빡했는데… 우리 일행에게는 너나 나의 신분에 대해서 절대로 말하지 마."

"왜요?"

"아직 그들을 확실히 믿을 수 없어. 나중에 믿을 수 있게 되면 그때 말해도 늦지 않아."

리도스의 딱딱해진 표정에 떼떼는 '그렇게 할게요'라는 대답밖에 할 수 없었다.

"난 집무 좀 보고 올 테니까. 떼떼, 넌 아저씨가 친구 분과 잠깐 이야기 좀 하고 온다고 늦을 거라고만 전해둬. 배고플 테니 일행과 함께 음식 저장고로 가서 식사하렴."

떼떼는 고개를 끄덕이며 일행들에게로 달려갔다.

리도스는 그 모습에 빙긋 미소를 지었다.

"애는 역시 밝은 게 최고야. 자! 그럼 난 일하러 가볼까."

"부탁하셨던 눈 보호개는 어떻게 할까요?"

"지금 가지고 있어?"

"네."

"그럼 나한테 줘. 내가 알아서 할게."

"네, 그럼 저는 일행 분들께서 주무실 방을 준비해 두도록 하겠습니다."

"부탁해."

충실해 보이는 그가 리도스에게 정중하게 인사를 하자 리도스는 가벼운 목례를 해주고 나서 서류가 쌓여 있는 방으로 들어갔다. 그야말로 서류는 발 하나 디딜 틈도 없이 빼곡하게 들어차 있었고 리도스는 그런 서류들을 보며 그것이 적이라도 되는 양 전의를 활활 불태웠다.

"시작해 볼까."

거의 손과 눈이 따로 움직이는 그를 보아선 밤을 꼬박 새운다면 서류 처리는 간단히 끝날 수 있을 것 같았다.

"어? 리도스는?"

"아저씨는 친구 분이랑 할 이야기가 있다고 우리 먼저 식사하래요. 제가 아저씨 대신 식품 저장고로 안내해 줄게요."

떼떼는 바닥에 고대 문자가 새겨진 곳으로 그들을 안내했다.

"워프 게이트예요. 이곳에 서 있으면 이렇게 저장고로 자동으로 이동해요."

떼떼의 말이 채 끝나기도 전에 그들은 온갖 음식이 즐비해 있는 저장고에 도착했다.

"원래는 여기서 먹을 만큼 들고 식당으로 가지만 여기서 먹어도 된다니까 상관없어요. 그냥 마음대로 드세요."

떼떼의 말에 이제껏 배고프다고 칭얼거리던 피스가 제일 먼저 음식들을 쟁반에 담기 시작했다. 그 모습은 도저히 눈이 안 보인다고 생각할 수 없을 정도로 빨랐다. 그녀가 맛있게 음식을 먹는 것을 보니 일행들도 배가 고파졌는지, 그들은 욕심껏 음식을 쟁반에 담아서는 배가 부를 때까지 아무 말 없이 먹기만 했다. 이내 배가 불러진 그들은 리도스가 돌아오길 기다리고 있었으나 쟁반에 담아왔던 음식을 다 먹을 동안에도 그는 좀처럼 돌아오지 않았다.

"떼떼야, 리도스 아저씨 어디 갔는지 몰라?"

리즈는 기다리기가 지루해졌는지 떼떼에게 리도스의 행방에 관해 물었다.

"음… 친구 분 만나러 가셨으니까 시간이 조금 걸리실 거예요."

떼떼가 난처한 표정으로 미소를 짓자 리즈는 떼떼의 머리를 쓰다듬으며 기특하다는 표정을 지었다.

"떼떼가 그렇게 말하는 걸 보니 친구 만날 때면 항상 늦으셨던 모양이구나? 아저씨 정말 나쁘네! 앞으로는 절대로 그러지 말라고 내가 야단쳐 줄게."

"뭐? 누가 나쁘다고?"

정말 기가 막힌 타이밍이었다.

"어라? 리도스?! 왜 이제 온 거야? 이곳에 우린 아는 사람도, 아니, 아는 드래곤도 없는데…… 얼마나 불안했는지 알아?"

야단치는 이유가 순식간에 바뀌어 버렸다.

"그런 것치고는 상당히 음식이 맛있었나 봐?"

리도스는 리즈의 쟁반을 쳐다보며 피씩 웃음을 터뜨렸다. 그도 그럴 것이 평상시의 배는 먹어 치운 듯 언제나 조금씩 남기던 음식을 오늘은 깨끗하게 비워 버린 것이다.

그녀는 그의 말에 뜨끔했는지 은근슬쩍 말을 돌려 버렸다.

"그나저나 어레인 계곡으로는 언제 출발하려고 그렇게 늦장 부리는 거야?"

"늦장이라니…… 난 이거 구하느라 그런 거라구."

리도스는 자랑스럽다는 듯 눈 보호개를 리즈의 눈 앞뒤로 흔들어댔다.

"그럼, 친구 만나러 갔다는 게 이거 구하러 간 거야?"

"좀처럼 내놓을 생각을 안 해서 말이야. 자, 그럼 피스한테 씌워볼까?"

리즈가 피스의 눈을 가리고 있던 자신의 손수건을 풀어주자 리도스는 그녀의 눈에 눈 보호개를 씌워주었다. 피스는 천천히 눈을 떠보았으나 다크와 마찬가지로 사방이 깜깜했다. 왠지 실망감이 든 그녀는 리즈에게 한숨을 내쉬었다.

"하~ 지금 밤인가요?"

"아니, 아직까지는 낮인데?"

"…빛이 보이지 않아요. 마치 밤처럼 모든 게 새까맣게 보이는 걸요."

그녀의 실망한 목소리에 애버딘이 방긋 미소를 지었다.

"그거 당장은 그렇지만 조금씩 조금씩 미약하게나마 빛을 느끼게 해줄 거야. 한 일주일 정도 그러고 있으면 맨눈으로도 돌아다닐 수 있을 테니까 힘내."

"네, 언제나 신경 써주셔서 정말 고마워요."

그녀는 자신의 일을 일일이 신경 써주는 것이 감동스러웠는지 눈을 반짝반짝 빛내며 애버딘의 손을 꼭 붙잡았다. 애버딘은 억지스런 미소를 지으며 어떻게든 그 손을 빼보려 했지만 생각보다 피스는 힘이 센 듯했다.

"아빠!"

보다 못한 떼떼가 끼어들며 피스의 손에 잡힌 그의 손을 빼내며 리즈의 손에 쥐어주었다.

"엄마는 이쪽!"

"뭐 하는 거야?"

갑자기 애버딘의 손을 빼앗긴 피스는 무안해졌는지, 아님 당황스러웠는지 떼떼의 볼을 살짝 꼬집었다.

"아야~ 아무리 그래도 우리 엄마는 이쪽이라구요. 아줌마처럼 겉늙지 않았다구요!"

"뭐라고?! 내가 어딜 봐서 아줌마야!"

"우리 엄마보다도 늙어 보이는데 뭐! 그럼 아줌마지 누나라고 부를 줄 알았어요?"

"그거야 리즈 언니가 동안이니까 그런 거지. 그걸 왜 나한테 그래?!"

"헹! 자꾸 우리 아빠 꼬시려고 하지 말아요. 우리 아빤 일편단심 엄마밖에 없어요."

"그건 두고 봐야 알 일이지."

두 사람(?)의 목소리가 점점 올라가자, 리즈와 애버딘은 서로 '난 저런 사람들 몰라요' 하는 표정을 지으며 이들을 외면했다. 보다 못한 리도스가 떼떼를 말리지 않았다면 오늘 하루 종일 그러고 있었을지도 모를 일이다.

"사실 할 일이 조금 있어서 바로 어레인 계곡으로 가긴 힘들 것 같아. 친구에게 부탁해 뒀으니까 오늘은 이 성에서 쉬고 어레인 계곡은 내일 가도록 하자."

"무슨 일이야?"

카디프가 궁금한 듯한 눈으로 묻자 리도스는 머리를 긁적였다.

"개인적인 일."

"데이트?"

이번엔 애버딘이 장난치듯 눈을 가늘게 뜨며 묻는다.

"비밀."

"에이, 시시해."

"아무튼 그렇다면 그런 줄 알아."

"그 친구 분에게 폐도 많이 끼쳤는데 인사해야 하지 않아?"

리즈가 일국의 공주답게 묻자, 그는 고개를 설레설레 흔들었다.

"아니야. 뭐 그럴 것까지야……. 그 친구는 약간 낯을 가리는 편이니까 오히려 폐가 될지도 모르는걸."

"오오~ 리도스에게 낯가리는 친구도 있단 말이야?"

"도대체 너희들은 날 뭐라고 생각하는 거냐? …대답은 안 해도 좋으니까 아무튼 저녁 식사 때 봐."

리도스는 어설픈 미소를 남기고는 또다시 훌쩍 사라졌다. 물론 뒤돌아서 부터는 줄곧 울상으로 집무실을 향해 간 것이긴 했지만 그 사실을 알 리 없는 일행들은 얄밉다는 표정으로 리도스의 뒷통수를 노려볼 뿐이었다.

이곳에 들어 왔을 때 그랬던 것처럼 고대 문자가 새겨진 바닥에 발을 디디는 순간 일행들은 복도로 나오게 되었다. 마치 그들을 기다리고 있었다는 듯 안내인으로 추정되는 한 남자가 그들에게 가벼운 목례를 하고는 따라오라는 듯한 표정으로 복도를 걸어가기 시작했다.

"긴장하지 마세요. 마법으로 불러낸 길 안내인이니까요."

떼떼가 피씩 웃으며 말하자 굳었던 표정을 풀며 애버딘이 떼떼의 머리를 쓰다듬었다.

"리도스랑 자주 여기 왔었나 봐?"

"헤헤, 줄곧 여기서 살았으니까요. 아니, 살다시피 했으니까 모르는 게 더 이상한 거죠."

"그래?"

안내인이 발을 멈춘 곳은 커다란 손님용 방 앞이었다.

한 사람 앞에 하나씩 배정된 방에 그들은 더 이상 폐를 끼칠 수 없다며 남자, 여자를 갈라서 두 개의 방만 사용하기로 했다. 그래도 방은 무척이나 컸기 때문에 이제껏 여관에서의 생활처럼 불편하지는 않을 것 같았다.

바닥이 온통 하얀 대리석으로 되어 있고, 여러 가지 호화스러워 보이는 가구에 무척이나 고급스러워 보이는 카펫이 깔린 방에서 그냥 앉아 있기가 부담스러웠는지, 애버딘은 카디프에게 정원이라도 산책하자며 그를 귀찮을 정도로 꼬셨고, 백기를 들고만 카디프는 애버딘을 따라 방을 나설 수밖에 없었다.

사정은 피스도 마찬가지였는지 그들은 복도에서 마주치고 말았다.

이왕 이렇게 된 거 리도스의 그 할 일이 뭔지 궁금하기도 했던 그들은 리도스를 찾아나서기로 하고는 복도를 따라 방을 기웃기웃거리기를 한참. 갑자기 어디선가 낯익은 목소리가 들려왔다.

"뭐?! 화이트 드래곤의 마녀가 나타났다고?! 없다고 그래! 나 없다고!"

리도스의 목소리가 분명했다. 그것도 거의 반비명조의 목소리.

무슨 일일까 궁금해진 일행들은 목소리가 들리는 방을 향해 벌컥 문을 열어보았다.

그곳에는 방 하나를 빼곡이 채우고 있는 종이 뭉치들과 그 사이로 숨듯이 쭈그리고 앉아 있는 리도스와 그를 나무라는 듯한 표정으로 서 있는 한 남자가 있었다.

"전하, 그런 흉한 몰골은 대체 뭡니까!"

일행들은 순간 뻥진 표정을 지었다.

'전하? 그게 뭐지? 먹는 거였나?'

리즈는 아예 현실 도피를 달리고 있었다.

"아저씨… 다 들켜 버렸어요"

떼떼는 어색한 미소를 지으며 쭈그리고 앉아 있는 리도스를 일으키기 위해 손을 뻗었다.

"뭐야! 마녀가 아니라 너희들이었어?"

리도스의 얼굴빛이 안심했다는 듯한 표정으로 바뀐 것도 잠시 그는 화들짝 놀란 표정으로 고개를 저었다.

"아니야! 전하는 무슨! 아까 말한 친구가 이 친구인데, 날 이렇게 놀리는 걸 좋아해. 아하하하, 그래서 너희들에게 안 보여줄려고 그랬던 거야. 아하하하!"

리도스는 변명하기 급급했지만 그런 말을 믿어줄 사람은 아무도 없었다.

아! 물론 애버딘은 빼놓고 하는 소리지만.

"그 친구 분… 좀 늙으셨구나."

"거짓말을 하려면 좀 더 그럴듯하게 해."

카디프의 멋진 한마디.

엘프도 외면해 버린 그의 변명에 그가 어쩔 바를 모르고 있을 때 어디선가 코맹맹이 목소리가 날아 들어왔다.

"자기야~!"

"으힉! 마녀!!"

갑작스럽게 웬 여인이 리도스를 껴안기 위해 달려오자 그는 곁에 있던 피스의 뒤로 가서 매달렸다.

"누구야?! 이 여자는?!"

피스는 여인은 말에 울컥한 듯 노려보며 말했다.

"초면에 말이 너무 심한 것 같군요. 저는 피스라고 해요. 당신은 누구죠?"

"흥! 난 화이트 드래곤을 다스리는 여왕. 네가 달라붙어 있는 리도스님의 약혼녀지."

"약혼녀?!"

일행은 모두 놀란 표정으로 리도스를 바라보았다. 리도스는 절대로 아니라는 표정으로 고개를 설레설레 흔들며 피스의 뒤에서 나오지 않고 있었다.

"자기~ 내가 왔는데 쳐다보지도 않을 생각이야? 호홋, 역시 자기는 쑥스러움이 많다니까."

그제야 리도스는 펄쩍 뛰듯이 나와서는 그녀를 노려보았다.

"누가 네 자기라는 거야?! 우리가 언제 약혼했지?!"

"차가운 자기도 멋있어! 호호, 내가 늦게 병문안 왔다고 삐졌구나? 그렇게 내가 보고 싶었어? 호홋, 나도 알았다면 빨리 이리로 왔을 텐데. 멍청한 누구누구 씨가 나한테 자기가 아프단 말을 안 해서 몰랐지 뭐야. 깜빡하면 그냥 넘어갈 뻔했잖아."

그녀는 리도스의 신하로 보이는 자를 잡아먹을 듯한 눈으로 노려보았다. 그는 식은땀을 삐질삐질 흘리며 리도스에게 공손히 목례를 했다.

"저는 이만 물러가겠습니다, 전하."

"어, 어디 가는 거야?!"

"퇴근 시간입니다. 전하, 그럼 내일 뵙도록 하지요."

리도스는 처절하게 버림받은 듯한 눈으로 그를 바라보았다.

"음…… 그런데 못 보던 얼굴이 늘었네. 그것도 여자가 셋씩이나?"

도둑이 제 발 저린다고 애버딘은 자신이 아니라는 표정으로 모두의 시선을 회피해 버렸다. 그러나 확인 사살은 곧 날아와 애버딘의 가슴에 비수같이 꽂혀 버렸다.

"특히 아주 예쁜 아가씨가 있어……. 자기, 설마 나를 놔두고 저 금발의 아가씨랑 그렇고 그런 사이가 된 건 아니겠지?"

리도스는 화끈해진 얼굴로 말을 우물거렸다.

"바, 바보! 그애는 남자야! 남자!"

"에? 거짓말! 야! 너 벗어 봐! 벗어 봐!"

애버딘은 황당한 표정으로 그녀를 바라보았다. 이제껏 변명하기 싫어서 윗도리만 벗어본 적은 있지만 그녀처럼 대놓고 벗어보라고 요구하는 여자는 처음이었기 때문이다.

"나 남자 맞는데요. 목소리 들으면 알 수 있지 않나요?"

막상 멍석 깔아주면 놀던 사람도 못 논다고 벗으라니까 벗기 민망해진 애버딘이 최대한 굵은 목소리를 내며 그녀에게 대답했다.

"쳇! 그 정도 허스키한 목소리는 나도 낼 수 있어. 에~ 이것 봐! 이것 봐! 솔직히 말해. 너 여자지?"

씨알도 안 먹히는 방법이었다. 옆에서 리즈가 거든다.

"애 남자 맞아요. 잘 보면 알 수 있잖아요? 허리라든지 어깨라든지……."

리즈는 뒷말에 자신이 없는지 말끝을 흐렸다.

"어디가 남자야? 어깨도 허리도 나보다 더 가냘픈데, 그럼 난 남자냐? 남자야?!"

화이트 드래곤은 울컥한 표정으로 리즈를 쏘아보았다.

"뭐야, 너도 나름대로 귀엽잖아? 나름대로! 넌 또 뭐야? 응? 리도스, 빨리 말햇! 도대체 누가 진짜야?!"

"바보야! 걘 내 제자라구. 나한테 마법을 배우는 중이야. 건드리지 마."

"호~ 그래? 그렇다면 넘어가지. 하긴 금발이 저렇게 예쁜데… 어지간히 예쁜 여자가 아니면 이젠 눈길도 안 가겠지. 적어도 나 정돈 돼야 싸움이 되겠지! 호홋!"

"……."

이 말에 모두는 쓰러지지 않을 수가 없었다. 그 '나 정도'의 파워가 언젠가 리즈가 날렸던 '귀여운 제자'와 맞먹었기 때문에.

나름대로 납득한 표정을 짓던 그녀는 리도스를 향해 아쉬운 목소리로 말했다.

"쳇! 건강한 것 같으니 난 이만 가보지. 다음에 오붓하게 데이트라도 하자구."

"무, 무슨 바람이 불어서 이렇게 순순히 물러가는 거야?"

"네 뒤의 뭔가 묻고 싶어하는 눈동자들을 보니 쉽게 비켜줄 것 같지 않아서 말야. 나라도 비켜줘야지 어쩌겠어. 다음에 이자까지 쳐서 톡톡히 놀아줄 테니 서운해하지 마. 호호홋!"

"그런 일은 절대로 없을 테니까. 절대로 오지 마!"

서로 이상한 인사를 나누며 헤어지고 나자 이번엔 일행들의 궁금해 죽겠다는 눈이 리도스를 괴롭혔다.

"헤에~ 리도스가 왕이었구나."

"어떻게 이런 왕이 있을 수 있지. 나도 남 말할 처지는 아니지만… 어떻게 일국의 왕이, 것도 드래곤의 왕이… 그렇게까지 망가지고 다닐 수 있냐구!"

"왜 말하지 않았어요? 당신이 크로매틱 드래곤의 왕이라는 것을?"

쉴 새 없이 쏟아지는 질문에 리도스는 골치가 아팠는지 머리를 감싸쥐며 말했다.

"하나씩 물어, 하나씩."

"그럼 내가 먼저 물을래. 아까 그 여자 누구야?"

애버딘이 호기심 어린 눈으로 그를 바라보았다. 그에겐 리도스가 크로매틱 드래곤의 왕이라는 사실보다 놀릴 수 있는 장난거리가 생긴 것이 더 중대한 사실처럼 여겨졌나 보다.

"…마녀야, 저건. 화이트 드래곤의 여왕인데, 나보다 몇백 살이나 더 먹었으면서 결혼하자고 성가시게 쫓아다니고 있지. 여러 가지로 서로 맞지 않는 데도 불구하고 말야……."

"넌 싫은 거야?"

"무섭다, 무서워. 꿈에 나타날 것 같아 무섭다!"

그는 진저리가 난다는 듯 고개를 설레설레 흔들어댔다.

"그런 시답잖은 질문은 대충해 두고…… 넌, 왜 드래곤의 왕이란 사실을 숨긴 거야?"

리즈다운 날카로운 질문이었다.

"그거야…… 별 뜻 없이 그냥… 놀이라고 해두지 뭐."

"말이 되냐! 그게?!"

"나이 먹어서 별다른 재밌는 일이 없다면 너도 충분히 할 수 있는 일이라구."

"드래곤의 생각을 나한테 강요하지 마."

"피차일반."

피스가 쭈뼛쭈뼛거리며 물었다.

"…계속 같이 모험할 건가요?"

"당연한 걸 왜 물어?"

"떼떼 보호자 하려고 모험에 나선 거라면서요? 이곳으로 돌아왔으니까 된 거 아니에요?"

"떼떼가 일행을 따라가고 싶어해. 언젠가는 이 성으로 돌아오게 되겠지만… 게다가 약속한 것도 있고……."

리도스가 의미심장한 눈으로 애버딘을 바라보았다. 기억이 지워진 떼떼나 그때 있지 않았던 피스는 진실의 숲에서의 일을 알지 못하고 있었으므로 그대로 잠자코 있었지만, 사실의 진상을 알고 있는 리즈는 오싹함이 느껴져 옴을 어쩔 수 없었다.

만일 애버딘이 떼떼의 부모를 죽인 것이 사실이라면…… 리도스는 그를 죽이기 위해 일행을 따라다니고 있다는 이야기였으니까, 그러나 정작 당사자인 애버딘은 아무렇지 않다는 듯 웃으며 그를 바라보았다.

"약속은 약속이니까."

"난 이래서 애버딘이 좋다니까."

"후훗."

애버딘은 손으로 턱을 괴며 딴에는 멋있는 표정을 지으며 웃었다.

"제발… 개 폼 좀 잡지 마. 떼떼가 보고 배우면 어쩌려고 그래?"

"언니, 저게 얼마나 멋있는데… 개 폼이라니요? 하여튼 언니는 미의식이 전혀 없다니까."

아무튼 애버딘이 끼어들면 언제나 이야기는 뒷동산 하수구로 빠져 버리고 마는 일행들이다. 그래도 카디프는 일행의 페이스에 말려들지 않았던지 조용한 어조로 물었다.

"넌 우리 일행의 적이야 아군이야? 어느 쪽이지?"

잠깐 동안이지만 일행 사이에서 싸늘한 침묵이 감돌았다.

리도스는 그런 일행을 씁쓸한 미소로 바라보다 금방 원래의 표정으로 돌아왔다.

"뭐, 그런 촌스러운 질문이 다 있어? 아군이지! 아군!"

'현재로써는 말이지만……'

마음속으로 삭힌 한마디였다. 그것을 일행들이 모를 리 없었다. 물론 피스나 떼떼는 제외하고 말이지만… 일행들 사이에서 계속 어색한 침묵이 감도는 게 싫었던 듯 애버딘이 너스레를 떨었다.

"왜 이렇게 축 처져 있어? 이젠 질문 끝난 거야?"

"궁금한 게 있으면 더 물어 봐. 가능한 한 다 말해 줄 테니까."

"저요! 저!"

이제껏 가만히 있던 떼떼가 귀엽게 손을 들며 말하자 경직된 분위기가 다시 풀리기 시작했다.

"그래, 뭐냐?"

"아저씨, 오늘 어디서 주무실 거예요?"

"당연히 일행들이랑 같이 자야지. 단, 이 끔찍한 서류 처리가 끝나야 할 수 있는 일이지만 말야."

리도스는 입맛을 다시며 징그럽게 쌓여 있는 종이 뭉치의 산을 바라보았다.

"뭐 도와줄 것 없어?"

그래도 사부라고 딴에는 챙겨주는 리즈였다.

"아가야, 고대 문자나 배워 가지고 오렴."

그렇다. 드래곤의 중요 문서는 고대 문자로 처리하고 있었던 것이다. 슬금슬금 도망치려는 카디프와 애버딘을 재빠르게 잡아버린 리도스는 회심의 미소를 지으며 말했다.

"우리 오늘 … 오붓하게 서류 더미 깔고 자볼까?

"이거 왜 이래, 난 처자식이 딸린 몸이라구! 외박은 금물이야!"

"시끄러워!"

리즈의 핀잔에 애버딘은 한숨을 내쉬며 뗴뗴를 바라보았다.

"뗴뗴, 내가 없어지더라도 네가 엄마 모시고 꿋꿋하게 잘 살아야 한다."

"불쌍한 우리 아빠. 흐어어엉~"

그러나 뗴뗴의 거짓 울음에도 소용없이 모두가 쫓겨나듯 나온 집무실에서는 서류에 도장 찍히는 소리가 요란하게 울려 퍼졌다.

"나 좀 데려가 줘~!"

애버딘의 비명 소리와 함께……

다음날 아침 한결 핼쑥하게 질린 얼굴로 식사를 끝낸 그들—물론 일부지만—은 어레인 계곡으로 향하기 위해 만반의 준비를 갖추고 있었다. 리즈와 카디프는 메모라이즈를 읊어두고 있는 중이었고, 리도스는 뗴뗴와 함께 식량을 챙기러 간 듯했다.

피스는 피스대로 여러 가지 주술 용품을 점검하는 듯 배낭을 다시 꾸리고 있었지만, 그들 중에 딱 한 명, 애버딘은 마치 병든 닭처럼 꾸벅꾸벅 졸고 있었다. 어느새 리즈는 모든 준비를 마친 듯 애버딘을 바라보며 피씩 미소를 지었다.

"어제 밤 새웠나 봐?"

"애버딘이 서류에 대해 아는 게 많아서 하루 종일 리도스에게 시달렸어. 왕이라고는 하지만 리도스도 꽤 고생이야."

카디프 역시 메모라이즈 읊는 것이 끝났는지 리즈의 질문에 답해주고 있었다.

"생각 외로 착해, 애버딘은……."

리즈가 약간 얼굴을 붉히며 그에 대해 칭찬을 하자 피스가 수상쩍은 눈으로 그녀를 바라보았다.

"정말 애버딘님한테 반한 거 아니에요?"

"아, 아니라니까! 그리고 너, 언제까지 그렇게 경어를 쓸 거야? 그 '님' 이라는 존칭만이라도 어떻게 할 수 없니?"

"언니는 공주님이라서 괜찮다지만 난 함부로 이름을 부를 순 없잖아요."

리즈는 약간 발끈한 감정이 들었는지 양미간을 조금 찌푸렸다.

"그 공주님이란 말 좀 어떻게 못하겠니? 공주라서가 아니야. 그런 거 의식하지 말고 편하게 지내자는 이야기지. 정 존칭 쓰고 싶은 거면 '님' 말고도 많잖아. 나한테 언니라며? 그럼 애버딘에게 오빠라고 못 부를 이유라도 있어?"

"애버딘 오… 빠?"

피스가 발그레해진 얼굴로 애버딘을 부르자, 그는 이상한 얼굴을 하고 잠에서 깨버렸다.

"허억! 여기 모기 있었어? 왜 이렇게 간지러?!"

그러고는 팔을 북북 긁어댔다.

"난 모기가 제일 싫다니까."

"하하하핫, 애버딘답다, 애버딘다워."

카디프가 그 모습에 폭소를 터뜨리자 피스는 샐쭉해진 얼굴로 그를 살짝 노려보았다.

"자, 이제 출발해도 되겠지?"

모든 준비가 끝난 듯 리도스가 들어오며 묻자 일행들은 고개를 끄덕였다.

"그럼 가자. 이 근방은 몬스터도 없으니까, 구태여 워프 같은 거 안 써도 되겠지?"

"그냥 워프 써서 편하게 가면 안 될까?"

"체력 단련이라고 생각해. 게다가 애버딘, 넌 명색이 전사잖아."

"맞아, 애버딘은 전사치곤 너무 몸 단련을 안 하는 것 같아. 내 근위 기사들도 아침이면 매일같이 검 수련 같은 걸 했었는데, 네가 그러는 건 한 번도 본 적 없어."

리즈의 말에 애버딘은 피식거리며 웃었다.

"당연하지. 내가 전사로 보여?"

"그럼, 전사가 아니면 뭐야?"

애버딘은 결국 도적이란 말을 하지 못하겠는지 피식 웃었다.

"난 숙련된 전사잖아."

돌아오는 것은 처절한 무시밖에 없다는 걸 알면서도 그는 가끔씩 푼수가 떨고 싶어지는 모양이다.

"애버딘님, 정말 멋있어요."

아! 광신도가 한 명 있다는 것을 깜빡했다. 그러나 그녀의 그런 모습을 신경 쓰는 사람은 아무도 없기 때문에 그냥 넘어간다 해도 무방할 것 같다.

이른 아침이라서 그런지 날씨는 제법 서늘했다.

애버딘은 행여나 떼떼나 넘어질까 싶어 목마를 태우고는 리즈가 뒤쳐지지 않게 세심한 배려를 아끼지 않았다. 피스는 그런 그들을 부럽다는 듯 힐끔힐끔 돌아보다가 리도스에게 뒤쳐진다는 핀잔을 듣고는 했다. 어쨌거나 무사히 도착한 어레인 계곡은 크기 면에 있어서도 웅장함을 자랑했지만 사람의 접근은 허락치 않겠다는 의지를 보이는 듯 무척이나 가파랐다.

그러나 계곡에 가야만 하는 그들이었기에 힘든 길이었지만 디디는 발걸음 하나하나에 온 신경이 집중하여 걸을 수밖에 없었다. 그럼에도 불구하고 계곡으로 들어선 지 얼마 되지 않았을 무렵 리즈는 그만 발을 삐끗했는지 주저앉아서 일어날 줄 몰랐다.

"아파?"

애버딘의 물음에 그녀는 기분이 나빠졌는지 사정없이 그를 쏘아보았다.

"그럼 다리를 삐었는데 아프지 가렵냐? 넌 발 삐었을 때 가렵든?"

"좀 더 부드럽게 말하면 누가 잡아가냐?"

애버딘은 떼떼에게 자신의 목을 꼭 잡으라는 듯한 제스처를 보이며 가뿐하게 리즈의 팔을 잡아 일으켰다. 너무나 쉽게 자신이 애버딘에게 일으켜 세워지자 리즈는 어이가 없다는 듯한 눈으로 그를 바라보았다.

"쬐그만 게 힘은 되게 세네."

애버딘은 약간 발끈한 표정으로 궁시렁거렸다.

"쬐그만해서 미안하다. 그래도 너보단 커."

"뭐 그런 걸로 삐치고 그래?"

"안 삐쳤네요. 내가 너냐?"

"삐쳤잖아."

"안 삐쳤다니까!"

"에이~ 삐쳐 놓고."

"그래, 삐쳤다. 삐쳤어. 어쩔래? 어쩔래?"

어떻게든 상황을 수습하려고 애를 쓰는 그녀의 모습이 귀여웠던지 애버딘은 일부러 삐친 듯한 표정으로 그녀의 반응을 즐겼다. 이제 이들의 말다툼은 말다툼이 아닌 장난이 되어버린 것이다.

"다 왔다."

계곡의 끝에 선 리도스는 아래를 살피기 시작했다. 그러나 세인트의 단서가 될 만한 것은 그다지 없는 듯했다. 다른 사람이라면 좀 더 살펴본 후에 단서를 찾았겠지만, 이곳은 자신이 아주 어릴 때부터 놀이터 삼아 자주 왔다 갔다 했던 곳이니 무엇인가 바뀐 것이 있다면 못 알아볼 리 없었기에 그는 한번 둘러보는 것으로 만족했다.

"헛소문이었나?"

리즈가 기운이 빠진 듯 그대로 털썩 퍼질러 앉았다.

순간, 리즈가 서 있던 바로 그 자리 아래에서 빛이 새어 나오는 듯했다.

그것을 이상하게 여긴 리즈가 애버딘을 잡아끌며 말했다.

"저기 좀 봐."

리즈의 말에 애버딘은 그 반짝이는 바위로 시선을 돌렸다. 그 순간 빛의 반짝임이 극대로 커지더니 그 빛이 애버딘을 삼켰다.

"아앗! 애버딘!"

리즈는 너무나 놀란 나머지 손을 애버딘에게로 뻗었지만 닿지 않았다.

"어떻게 된 거야?!"

카디프는 신경이 곤두선 나머지 자기도 모르게 언성을 높이고 말았다.

"빛이… 애버딘을 삼켜 버렸어……."

애버딘은 기분 좋은 빛 속에 자신이 떠 있는 것을 느꼈다.

"여기는 어디지?"

"어레인 계곡 안이다."

"…누구야?"

"어레인 계곡 자신이지."

"왜 날 이곳으로 데리고 온 거지?"

"세인트의 단서를 찾고 있지 않나?"

"어떻게 알았어?!"

"경계할 필요 없어. 그 파타의 문장을 보고 안 것뿐이니까."

애버딘은 자신의 파타를 한번 힐끔 바라보았다. 요즘은 잠을 잘 때도 빼놓지 않고 있었다.

어레인 계곡이 파타의 문장을 보고 무엇인가에 이끌려 자신을 끌어들였다고 해도 크게 이상한 일은 아니었다. 카디프 역시 파타의 문장을 보곤 자신의 존재를 알아챘으니까.

"세인트는 어디에 있어?"

"나도 몰라. 그건 어느 누구도 몰라. 다만 세인트는 자신의 단서를 남겨 달라고 우리에게 바랬던 것뿐이야. 그동안 봉인해 두었던 너의 기억의 일부분을 단서로 남겨두고. 그러니까 네가 아니면 이 단서는 얻을 수 없고, 쓸 수도 없지."

"나의 기억?"

"그래, 너의 기억."

"전생의 기억을 말하는 거야?"

"누가 그래, 네가 죽었다고? 하하하, 그거 참 우스운 일이군. 어쨌든 난 너의 기억을 보여주는 것으로 임무를 다했으니까…. 보고 나거든 조용히 저 일행들을 데리고 사라져 줘. 시끄러운 건 딱 질색이야."

어레인 계곡은 또 한 부분의 빛을 토해내듯 뱉어내고는 그것을 애버딘에게 내밀었다.

"그것을 들여다봐."

"…찜찜해."

"장난하냐? 그냥 봐."

어레인 계곡은 조금 머쓱했는지 빛을 출렁거렸다.

"알았어, 볼게. 보면 되잖아."

애버딘이 빛을 들여다보자 그곳에는 자신과 카디프의 만남에 대한 기억을 얻을 수 있었다.

그리고 카디프가 자신 때문에 얼마나 많은 희생을 치렀는지도…….

애버딘은 자신의 눈에 눈물이 글썽거리는 것을 느끼며 어레인 계곡에게 물었다.

"왜 내게 이런 것을 보여주는 거지?"

"대답했잖아. 세인트가 원했다고."

"이게 진실이라는 거냐? 이것이… 바로 투회야님께서 말씀하신 그 진실이라는 거냐구?"

"진실 너머에 네가 찾는 것이 있어. 그 진실에 현혹되지 말고 네가 앞으로 나아갈 길을 찾아. 내가 해줄 수 있는 말은 여기까지다. 외면하지 말고 이 영상이 비추는 곳을 다시 바라보도록 해. 대답은 모든 진실 너머에 있어."

"…카디프는 후회하지 않는 걸까? 자신의 연인이 두 번 다시… 그렇게 허무하게 죽었는데 후회하지 않는 걸까?"

"그건 카디프 몫의 진실이고, 넌 네 몫의 진실을 찾아라. 다시 들여다봐. 네 몫의 진실은 어떤 것인지."

애버딘은 또다시 어레인 계곡이 건네준 빛 덩어리에 정신을 집중시켰다. 자신이 얻어야 할 진실은 무엇인지…….

아무것도 몰랐던 어린 시절.

그는 사람들을 괴롭히는 몬스터가 나쁜 것이라고… 그래서 그 몬스터를 없애야 한다고 생각했었다. 그러나 몬스터를 없애는 만큼 인간들은 죽어나갔다.

인간의 피를 바치는 대가로 이루어지는 평화. 어쩔 수 없는 먹이사슬의 피라미드……. 그 맨 위에도, 맨 밑에도 설 수 있는 것이 바로 인간이라는 종족. 그는 그 피라미드 없이 몬스터를 없애고 싶었다.

자신들끼리―바보 같은 인간이라는 종족만이―자신의 종족을 별 이유도 없이 죽이는 어리석은 일도 없애고 싶었다. 종교라는 이름 하에 자신들의 동족을 해치라는 계시는 어떤 신도 그들에게 내린 적이 없었다. 그러나 그런 일은 자신의 눈앞에서 빈번히 벌어지고 있는 일이었다. 그리고 몬스터라는 재앙은 그 뿌리를 인간의 어리석음에 깊게 박아버린 지 오래였다.

어린 그가 할 수 있는 일은 아무것도 없었다. 그저 죽어버린 자신들의 동족을 바라보며 눈물을 흘리거나 분노를 터뜨리는 일밖에는 아무것도 없었다. 그리고 그 일을 한다고 해서 그들 세계에 있어 일어나는 변화는 아무것도 없었다. 그는 너무나도 무기력했다.

세인트…

모든 신들의 축복을 받아 만들어진, 신의 사랑을 받는 유일한 검.

역사…
인간들이 만들고 그네들 손으로 부숴 버리는 아둔한 피의 향연이 벌어지는 그런 기록들.
인간들에게 신의 축복을 닿을 수 있게 해주는 것은…
신의 사랑을 받는 세인트가 인간을 사랑하는 것뿐.

주인이 되어라! 그대… 인간의 소년이여.
세인트의 주인이 되어 그대가 뜻하는 바를 이루어라.

애버딘은 자신의 가슴속을 향해 불어오는 바람과 같은 음유 시인의 노래를 들었다. 그리고… '인간의 소년'이 되기로 결심했다.
빛 저 밖에서 혼자라고 느꼈던 그를 걱정하는 소리가 들려왔다. 먼 미래에 그의 동료가 자신을 걱정하는 소리를……. 진실을 넘어 드디어 그가 행동을 해야 할 그때가 다가온 것이다.
애버딘은 고개를 들어 소리가 자신을 이끄는 곳을 바라보았다.

〈 2권에 계속 〉

외전(外傳)
그대가 머무는 곳에…

그대가머무는곳에…

　한 소녀가 백 년도 넘어 보이는 고목에 등을 기대고 앉아 있었
다.
　연녹색의 부드러운 머릿결을 보고 있노라면 차분해져 오는 연
갈색의 눈동자, 온화하면서도 신비한 이미지를 풍기는 그녀는 대
단한 미소녀였다. 나무에서 잠시 쉬러 온 새들도 그녀의 곁을 맴
돌 정도로 그녀는 아름다웠다. 그러나 정작 그녀 자신은 주변에
몰려드는 새들을 크게 의식하지 않았다. 다만 눈을 가는 실처럼
살포시 뜨고는 곁눈질로 누군가 다가오지 않는가 살피기를 반복
할 뿐이었다.
　'이제 슬슬 인가?'
　태양이 어느덧 붉은빛과 황금빛으로 하늘 전체를 활활 불태워
버릴 때쯤 그 나무에서 그녀는 천천히 몸을 떼고 일어섰다.
　"우웅~!"
　그녀가 두 팔과 다리를 쭈욱 펼쳐 기지개를 켜며 개운한 듯한

소리를 내자.

"후훗~"

부드러운 바람과도 같은 웃음소리가 들려왔다. 그녀는 황급히 기지개를 켜던 손을 내리며 주위를 살폈다. 아니나 다를까 자신의 등 뒤에서 누군가가 자신을 뚫어져라 바라보고 있는 것이 아닌가!

"투희야님의 증거… 아니, 저기 그러니까… 사, 살아 있는 증거이신 카디프님. 여, 영원한 축복을……!"

"투희야님의 사랑과 아름다움이 시에라님에게 영원하시길……."

시에라라고 불린 소녀는 발그레해진 얼굴이 되어 카디프를 정면으로 바라보지도 못하고 자꾸 애꿎은 땅만 뚫어져라 쳐다보았다.

"후훗……."

다시 한 번 그의 부드러운 웃음소리가 들리자 그녀는 용기가 났는지 그의 얼굴을 정면으로 바라보았다. 석고 조각상같이 섬세한 얼굴형이라든지, 오뚝한 코 같은 것은 제쳐 두고라도 그는 뛰어난 미남이었다. 더군다나 보석처럼 아름다운 빛을 띠고 있는 은색의 머리카락, 살짝 눈꼬리가 올라간 그의 짙은 남색 눈동자는 그의 이미지를 지적이면서도 날카로운 분위기를 풍기게 해주었다. 사실 그는 아름다울 수밖에 없는 자였다. 기품있어 보이면서도 느긋해 보이는 그는 뾰족한 귀가 매력적인 엘프였던 것이다.

"오늘도 무척 아름다워요."

무심코 카디프와 눈동자가 마주치자 그녀는 얼떨결에 속으로 생각했던 말을 입 밖으로 내어버렸다.

"훗, 뭐가 아름답다는 거죠?"

카디프는 짓궂게도 그녀에게 얼굴을 바짝 붙이고는 빙긋 웃었다.

"그, 그러니까 벼, 별님 말이에요……."

그녀는 다 기어 들어가는 목소리로 대답하며 한 발짝 그에게서 물러났다. 불행히도… 그녀가 말한 하늘에선 그녀의 말과는 달리 아직도 노을이 지고 있는 중이었다.

그는 다시 한 번 짓궂은 미소를 입가에 띠며 하늘을 바라보았다. 시원스런 바람이 그의 부드러운 머리카락을 스치고 지나가자 다시 한 번 시에라는 자신의 가슴이 두근거리는 것을 느낄 수 있었다. 그런 그녀의 마음을 아는지 모르는지 그는 여전히 하늘을 바라보고 있었다.

"정말 아름다운 노을이군요. 후훗, 오늘은 무슨 일로 저를 기다리셨나요?"

그녀는 그의 물음에 잠시 동안 아무 말 없이 가만히 고개를 푹 숙였다.

"저… 시에라님?"

"그냥… 그냥 와본 거예요. 특별히 카디프님을 기다린 건 아니에요."

시에라의 시무룩한 말에 그는 고개를 몇 번 갸우뚱거렸다.

"그럼 우연이었군요. 훗, 저는 이만. 투희야님의 가호가 당신과 함께하시길……."

"투희야님이 늘 당신과 함께하시길……."

그는 그녀가 인사를 건네자마자 사라져 버렸다. 숲의 바람 엘프답게 모든 것은 그녀가 '앗' 하는 사이에 벌어진 일이었지만 그녀는 수줍은 미소를 지으며 작게 속삭였다.

"하루 종일 기다린 보람이 있었어. 후훗."

그러나 그녀가 미소를 머금는 것도 잠시 쾅! 쾅! 하는 묵직한 소리와 함께 땅이 미세하게 울리는 느낌이 전해져 왔다.

"시에라도, 카디프도 여전하군."

거대한 트랜트가 움찔거리며 그녀의 곁에 멈춰 섰다.

"아, 코아님. 저기… 투희야님의 영원한 축복을……."

코아는 마치 굵직한 나뭇가지를 손처럼 저어 보이며 말했다.

"그런 인사는 생략하자구. 매일 붙어 있는데 일일이 격식을 따질 건 뭔가……."

그는 털털한 자신의 성격답게 일일이 격식 따지는 것을 싫어했다.

"네, 주의하겠어요."

"그럴 필요까지는 없지. 그런데 시에라, 너도 참 어지간하군. 오늘까지 우연을 가장해서 인사만 주고받는 게 열 번째라는 걸 알고 있는 거냐?"

그녀는 그의 말에 얼굴이 화끈 달아오르는 것을 느낄 수 있었다.

"보, 보셨어요?!"

"누가 보고 싶어서 봤냐? 그래서 지금까지 모르는 척해 왔다만… 흠! 열 번이면 아무리 그런 방면에서 둔한 엘프라고 해도 눈치 채고도 남았겠다."

그녀는 시무룩한 표정으로 가벼운 한숨을 내쉬었다.

"하아~ 그랬을지도 몰라요. 혹시… 나 이상한 애로 찍혔을까요?"

그녀의 질문에 코아는 가차없이 대답했다.

"나 같았으면 그랬을걸?"

그녀는 다시 한 번 땅이 꺼져라 한숨을 내쉬었다.

"농담이야. 나 같으면 그랬다는 거지. 그런데 카디프도 엘프치고는 굉장히 짓궂지 않나? 요즘은 애버딘이라는 인간과 함께 어울려 다닌다는데… 하핫! 그 녀석 취향도 이상하지. 넌 도대체 그런 그의 어디가 좋은 거냐?"

시에라는 그의 이름이 거론되었을 뿐인데도 또다시 얼굴이 화끈하게 달아올라 있었다.

"그분은… 저기… 아름다워요."

코아는 그녀의 말에 피씩 웃음을 터뜨렸다.

"하하하! 누가 드리드어스 아니랄까 봐. 하핫! 엘프가 잘생긴 종족이긴 하지. 그래, 카디프가 엘프 중에서도 미남으로 손꼽힌다는 소린 듣긴 했지만 그래도 성격이… 엘프치고는 좀 그렇지 않아?"

그녀는 그런 말을 하는 코아가 밉다는 듯 눈꼬리를 살짝 옆으로 치켜뜨고는 큰 소리로 외쳤다.

"코아님은 그런 말할 자격이 없으실 텐데요?! 카디프님의 순진했던 성격을 같이 놀아준다며 코아님 특유의 악당적인 기질로 물들이신 코아님께는 적어도 그런 말 듣고 싶지 않아요!"

그렇게 말하는 그녀의 눈가에선 어느덧 감정이 격해졌는지 눈물이 글썽이고 있었다.

"이, 이봐! 어떻게 이야기가 또 그런 방향으로 흐르는 거지?"

코아는 자신의 팔과 같은 굵직한 나뭇가지로 풍성한 자신의 나뭇잎을 쓰다듬으며 당혹스러워했다.

"뭐, 그래도 괜찮아요. 난 말주변이 없어서 뭐라고 해야 할지는 모르겠지만 지금의 카디프님도 좋아요. 외모뿐만이 아니거든요. 제가 그분을 좋아하는 이유는……."

그는 이야기의 방향이 다른 곳으로 흘러가자 안도의 한숨을 내쉬었다. 정말이지 묘한 녀석들이었다. 짓궂고 약간은 아이 같은 명랑한 엘프와 얌전하고 야무진 드리드어스라…….

생각해 보면 왠지 잘 어울릴 것 같은 커플이지만, 사실 엘프와 타 종족간의 사랑이 이루어지기란 그리 쉬운 일이 아니었다. 엘프들이 다른 종족들보다 오래 산다는 이야기는 이미 기본적인 상식이 되어버렸지만, 드리드어스 역시 사정은 마찬가지니 그건 제쳐두고라도 그들은 자신들의 존재를 아주 가치있게 생각하는 종족이다.

요컨대 콧대가 너무 세단 말이다. 게다가 말투도 고상하기 이를 데 없다. 그 점에선 카디프도 예외가 아니었다. 코아 자신과 많이 어울리는 바람에 엘프치고는 트인 사고관을 가지고 있는 편이지만 그것도 엘프치고는 그렇다는 거니까 말이다.

드리드어스 역시 오랫동안 타 종족과 변치 않는 사랑을 나누기에는 적합하지 않은 종족이다. 그들은 미남을 좋아한다. 일단 사랑에 빠지면 맹목적으로 그들에게 빠져들지만 싫증을 잘 내기 때문에 쉽게 그들의 사랑을 믿었다가는 큰코다치는 수가 있다. 거기다가 드리드어스가 화를 내기라도 하는 날이면 그들은 삽시간에 무서운 적이 된다.

생각해 보라!

뛰어난 두뇌와 마력을 가진 드리드어스를 적으로 만드는 것만큼 바보스러운 일이 또 어디에 있겠는가?

문제는 거기서 끝나지 않는다. 엘프라면 기본적으로 정령 마법에 능숙한 자들이다. 바꿔 말해서 카디프는 시에라를 능숙하게 부릴 수 있다는 말이다.

시에라. 그녀의 정체는 나무의 님프, 드리드어스니까 그런 둘을 맺어주면 어떻게 되겠는가?

불가능할 것 같은 이들이 맺어진다면……?

코아는 슬그머니 호기심이 발동되기 시작했다.

자신은 일이 빨리 진행되게 도와줄 수 있지만, 만일 눈에 뜨일 정도로 적극적으로 표면에 나서게 되면 엘프 측의 장로나 드리드어스 측의 장로가 가만있지 않을 것이다. 그러니까 그는 입으로는 절대로 그들이 맺어질 수 없다고 경고를 주면서 은밀한 행동으로 그들을 도와주어야만 한다. 장로들의 눈에 비치는 것은 어디까지나 가식적인 말일 테니.

　'어차피 '하지 마!' 라고 하는 것에 흥미가 더욱더 간다는 것은 부정할 수 없는 사실이니까.'

　생각이 여기까지 다다르자 그는 멍하게 생각에 잠겨 있는 시에라를 툭툭 건드려 보았다.

　의아한 눈으로 자신을 바라보던 그녀에게 물었다.

　"고백은 해본 건가?"

　"…했다면 이러고 있겠어요?"

　코아는 안도의 한숨을 내쉬었다.

　"잘했어. 어차피 고백을 해도 그는 널 사랑하지 않을 거야. 아니, 사랑할 수 없을지도 모르지. 원래 엘프란 종족 자체가 자존심이 워낙 강해서 말이다. 드워프랑 사이가 나쁜 것도 따지고 보면 다 그런 이유에서지. 만일 카디프가 너를 사랑하게 된다 해도 그의 몸속에 흐르고 있는 오만한 엘프의 피는 그것을 절대로 인정할 수 없을 거다. 왜 그런지 알겠나?"

　그의 잔인하리만치 정확한 이야기는 시에라로 하여금 눈물이 흐르게 했다. 그녀는 인정하고 싶지 않은 사실을 말해야만 했다.

　"저는 드리드어스니까요……."

　"명심해. 좋아하는 것도 네 몫이고, 상처받는 것도 네 몫이란 것을."

　그는 그녀를 다독거려 주고 싶은 마음이 들었는지 나뭇가지로 그녀의 어깨를 툭툭 토닥거렸다.

"그래도… 그래도 저는 카디프님이 좋아요!"

그녀는 울음소리를 내지 않으려고 한참 동안 침묵을 지켰다.

"잘 생각해 보는 것이 좋을 거야."

코아는 이 자리가 불편해졌는지 슬그머니 그녀의 곁을 떠나 버렸다.

어느덧 그녀가 정신을 차렸을 때는 야심한 밤이 되어 있었다. 하늘과 같은 색을 띤 호숫가에는 어느새 달도, 별도 떠 있다.

그녀가 무심코 손을 내밀자 잔잔한 물결이 달을 일그러뜨린다. 별도 일그러진다. 호수 전체에 파문이 인다. 그녀는 작게 한숨을 내쉬었다.

"하아~ 카디프님에게…… 나는 내가 일으킨 파문처럼 폐가 되는 거겠지……."

어릴 때부터 드리드어스는 예쁜 것 모으기를 즐긴다. 그렇게 모인 것들은 사람이든 물건이든 제 명이 다하는 날까지 드리드어스와 일생을 같이한다. 일방적인 드리드어스의 소망으로 인해…….

시에라는 그런 것들이 너무나 싫고 불쾌했다. 어린 그들의 사랑에 대한 화젯거리도 역시 잘생긴 외모를 기본적인 바탕으로 염두에 두고 하는 말들이다.

외모…… 잘생긴 것들…… 미남…….

'그러면 그들의 마음은? 어떻게 되든지 상관없는 거란 말이야?'

어린 시에라는 항상 또래들에게 호언장담을 하곤 했다.

"진실한 사랑은 외모가 아니야! 마음이라구. 난 마음만 아름답다면 드워프라도 사랑할 수 있어!"

덕분에 그녀는 주변으로부터 늘 이상한 아이로 낙인찍혀 혼자

지내기 일쑤였다.

숲의 트랜트인 코아를 알게 된 것도 그때쯤으로, 어린 시절에는 지금보다 허물없는 사이였다고 한다. 그는 어린 시에라를 다른 드리드어스와는 다르다고 여겼지만, 그것을 '이상한 것'이 아니라 '특별하다'라고 여겼다. 그리고 자기가 아는 녀석 중에도 시에라와 같이 '특별한' 녀석이 한 명 더 있다는 말을 얼핏 지나가는 말로 하곤 했었다.

카디프. '떠도는 자'라는 이름에 어울리지 않게 수줍음이 많고, 자신과 같은 엘프보다는 트랜트인 '코아'를 더 좋아해 준다는…… 그때의 시에라는 그런가 보다 라고 가볍게 생각했을 뿐, 카디프에 대한 별다른 느낌을 가지진 못했다. 그를 대하기 전까지는…….

그날도 평범한 일상이 반복되고 있었다. 어린 드리드어스끼리의 사랑 타령의 시작.

"이번에 새로 지나가는 모험가들 중에 기가 막히게 잘생긴 인간을 봤어."

"그래? 어떻게 됐어?"

"그에게 반한 드리드어스가 한둘이 아닌가 봐. 결국 누군가 자신의 나무로 끌어들였다지 뭐니."

"아… 아깝네. 진작 알았더라면 내가 데려갈 수도 있었을 텐데."

"난 그가 어디에 있는지 알아. 같이 구경하러 가자. 아! 시에라, 너도 특별히 데려가 주지."

이제껏 묵묵히 그들의 대화를 듣고만 있었던 그녀는 고개를 획 돌려 버리고는 자리에서 일어났다.

"난 그런 거 별로 보고 싶지 않아. 그리고 그건 사랑이 아니야."

"그래, 그런 말할 줄 알았어. 너하고 이야기할 바엔 오크랑 손잡고 춤추는 게 현명한 선택일 테지. 정말 이상한 애야. 넌 뭐가 그렇게 잘났니?"

더 이상 듣기 싫은 소리를 들을 바에야 코아에게 가는 게 좋겠다고 생각했는지 그녀는 자리에서 일어났다. 주변에서 '시에라는 원래가 저래. 네가 이해해'라는 맞장구치는 소리를 뒤로한 채.

그녀는 되도록 언짢은 기분이 들지 않으려 애쓰며 마지막 주문처럼 자신의 생각을 되새겼다.

'어딘가에 그런 누군가가 있을 텐데, 마음이 무척 아름다운……'

"왜 안 되는 거야?! 드리드어스~! 드리드어스님! 이봐! 드리드어스야… 뭐든지 좋으니까 제발 좀 나왓!"

어린아이의 맑은 목소리가 짜증에 섞인 고음을 내고 있었다. 화가 났을 때 무턱대고 소리를 지르는 듯.

'누구일까?'

문득 호기심이 발동한 그녀는 소리가 이끄는 곳으로 가서는 무성하게 우거진 수풀 속에서 아이가 눈치 채지 못하도록 몸을 잔뜩 웅크리고는 빠끔히 고개만 내밀었다.

"주문이라면 이미 골백번도 더 외웠다구!"

그는 자신의 등 뒤에 서 있는 코아에게 몸을 풀썩 기대고는 지쳤다는 듯 건성으로 주문을 되풀이해서 읊조렸다.

"대지 속에 근본을 드리운 아름다운 나무의 드리드어스여, 카디프가 명하노니 계약의 속박에 응하여라."

약간의 체념이 섞인 듯한 아까보다는 한결 부드러워진 그의 목소리에 그녀는 자신도 모르게 그의 얼굴을 들여다보고 싶다는 생각이 들어버렸다. 이윽고 그녀는 더욱더 얼굴을 앞으로 들이대다가 균형을 잃고 풀썩 하는 소리와 함께 코를 땅에 쿡 박아버렸다.

"으~ 아~ 아파라……"

눈물이 찔끔 나올 정도로 아픈 것이 느껴지자 그녀는 자신이 카디프라는 소년에게 들켰다는 사실도 잊고 있었는지 이마의 양 미간을 찌푸리며 손으로 코를 만지작거렸다.

"괜찮아요?"

부드러운 봄바람 같은 소년의 목소리. 그제야 시에라는 자신의 실수를 깨달은 듯 벌떡 자리에서 일어났다.

"저, 저기 일부러 보려고 한 게 아니라……"

"괜찮으세요?"

그는 연거푸 진지한 얼굴로 그녀를 살폈다.

"아… 네, 괜찮아요."

그제야 그를 정면으로 바라볼 수 있었던 그녀는 넋을 잃는다는 느낌이 어떤 것인지 깨달을 수 있었다. 보석처럼 빛나는 은발에 깊어 보이는 남색의 눈동자, 뾰족하고 길다란 귀. 언젠가 들은 바 있는 엘프라는 종족.

"저는 카디프라고 해요. 당신은?"

이제까지 조용히 그들을 바라만 보고 있던 코아가 자신의 잎사귀가 후두둑 떨어질 정도로 호탕하게 웃으며 말했다.

"우핫하하! 이런 우연이 있나. 카디프, 이쪽은 나의 어린 친구 시에라야. 그녀는 나무의 정령 드리드어스지."

"에엣?!"

그는 엘프답지 않은 놀란 토끼 같은 표정으로 그녀를 바라보았다.

"아… 투회야님의 살아 있는 증거 엘프시여, 영원한 축복을……"

시에라의 공손한 인사말에 조건 반사적으로 답하는 카디프.

"영원한 사랑과 아름다움이 투희야님과 함께하시길."

코아는 다시 한 번 신기하다는 듯 자신의 몸을―고개에 해당하는 부분―갸웃거렸다.

"그럼, 이제부터 시에라와 네가 주종의 관계가 되는 건가?"

그 말에 카디프는 정신을 차린 듯 그녀에게 물었다.

"시에라님, 계약에 응해주시겠어요?"

그녀는 그의 기대에 찬 눈을 보고는 차마 거절을 못하겠다는 듯 한숨을 내쉰다.

"하아~ 영광이에요."

그녀의 말이 끝나자마자 그녀는 어린아이의 모습에서 가녀린 소녀로 성장했다.

그것은 정령이 계약자의 마력에 의해 성장을 한 것이라고 해도 과언이 아닐 것이다.

"오늘부터 시에라는 카디프님의 부름에 충실히 응하겠어요. 하지만 항상 그럴 것이란 장담은 해드릴 수 없습니다. 저희 드리드어스들은 계약의 주인보다 자신의 나무, 그리고 왕을 소중히 하니까요. 그렇다고 일방적으로 저와의 계약을 파기하거나 하지는 말아주세요. 저는 무능력한 드리드어스란 소린 듣고 싶지 않거든요."

계약을 끝내면 마치 누군가가 알려주는 것처럼 저절로 터득되는 주의 사항을 그녀는 꼼꼼하게 카디프에게 알려주었다. 카디프와의 계약에 의해 자유로웠던 그녀의 어린 시절이 끝나 버린 것이다. 그녀는 방긋 웃으며 발그레해진 그를 바라보았다.

"저… 알겠어요. 계약에 응해주셔서 감사드립니다. 저는 아직 계약에 적합한 나이가 되지 못해서 시에라님께 위험한 일을 부탁드린다든지 하는 일은 없을 거예요. 사실… 정령을 부린다는 것도 저에겐 무척 벅찬 일이거든요. 잘 부탁드립니다."

카디프는 애교있는 미소를 띠며 그녀를 마주 보았다.

그들의 모습을 가만히 지켜보고 있던 코아가 갑작스럽게 시에라를 향해 질문을 던졌다.

"아! 그러고 보니 카디프는 아직 정령과의 계약을 장로들께 허락받지 못했어. 그래서 난… 말은 안 했지만 당연히 카디프가 계약에 성공하리라고는 생각하지 않았는데… 시에라! 넌 어떻게 그의 주문에 소환이 된 거지?"

그녀는 약간의 장난기 어린 미소를 띠며 카디프에게 살짝 윙크를 보냈다.

"그거야… 카디프님과 저는 어떻게든지 만나게 될 운명이었나 보죠."

카디프는 그녀의 말에 수줍은 듯 얼굴을 붉히며 웃었지만, 코아는 자신의 잎사귀에 벌레라도 꼬인 듯한 표정으로 잎새가 무성한 가지들을 흔들어댔다.

'순둥이 카디프가 시에라의 밥이 되지 않게 교육 좀 해야겠군.'

그때부터 그들이 많은 시간을 함께 보내게 되었다는 것은 굳이 말하지 않아도 알 수 있는 이야기였다.

그날 저녁 카디프는 장로에게 불려가 제법 긴 잔소리를 들어야만 했다. 규칙 위반이라는 것이다. 그리고 끝내 계약의 허가는 떨어지지 않았다. 아직은 그가 어리고, 정령을 능숙하게 다룰 수 없다는 것이 그 이유였기에 장로들의 잔소리는 타당한 것이었다.

원칙대로라면 계약 파기가 거론되어야 했지만 책임감이 강했던 그는 자신이 정령을 능숙하게 다룰 수 있게 될 때까지는 그녀를 이용한 어떠한 마법도 사용하지 않겠다는 맹세를 했다.

그것으로 간신히 계약 파기에서는 벗어날 수 있었지만 그날부터 그의 수난은 시작되었다.

마력은 천부적으로 타고나는 것이라 지금 당장 어떤 수를 쓴다고 해서 눈에 띌 만한 성과를 보여줄 순 없었다(덧붙여 말하자면 그가 가지고 있는 마력에는 그다지 흠잡을 때가 없다. 오히려 순수하게 가지고 있는 마력만으로 따진다면 모든 엘프 중에서도 손꼽히는 수준이라고 할 수 있을 것이다).

그러나 마력을 제어할 수 있는 방법에 대해 제대로 연구를 한다면, 일주일만 투자를 한다고 해도 장로들에게 커다란 성과를 보여줄 수 있었다(카디프의 큰 문제점도 여기에 있다. 그는 마력을 제어하지 못해 늘 사고를 치곤 했던 것이다). 여기까지 생각을 해낸 자들이 바로 카디프 자신과 시에라라는 것이 그의 수난을 예고해 주고 있었다.

카디프는 그날부터 시에라와의 피눈물나는 숨바꼭질을 해야만 했다. 그녀는—어쩌면 주제넘는 행동일지도 모르지만—자신이 아는 한도 내의 모든 마력 제어법을 가르쳐 주기 위해 그를 찾아다녔고, 이것을 미리 코아에게 귀뜸받은 그는 장로들과의 약속을 지키기 위해 그녀를 피해 숨어 다녔던 것이다. 이런 악순환이 반복되자 코아는 슬슬 보기가 지루해졌는지 카디프에게 시에라의 의향을 받아들일 것을 권유했지만 그는 너무나 완고했다. 그런 그의 성격을 코아는 단 한 마디로 일축했다.

"융통성없는 녀석이군."

"드디어 찾았다! 카디프니~ 임!"

시에라의 무서울 정도의 반짝이는 눈동자가 연상되는 목소리. 좀처럼 자신의 표정을 드러내지 않는 카디프가 처음으로 당황한 빛을 얼굴에 들어내 버렸다.

"아… 시에라님, 여, 여긴 어떻게 아시구……?"

그의 달갑지 않은 듯한 표정에 그녀는 상처받은 듯한 얼굴로 고개를 폭 숙였다.

"카디프님은 제가 싫으신 거죠? 이젠 인사조차 해주시지 않으시구. 거기다 노골적으로 귀찮은 표정이라니… 저 상처받았어요."

그녀의 훌쩍이는 듯한 목소리와 가늘게 떨고 있는 어깨는 카디프로 하여금 크나큰 죄의식을 느끼게 했다. 왠지 필사적으로 변명을 해야 할 것 같은 상황에 처한 그는 어쩔 줄 몰라서 얼굴이 붉게 물든 채 손수건을 찾아 그녀에게 내밀었다.

"저…… 미안해요. 절대로 시에라님이 싫어서 그런 게 아니에요. 저는 장로님과의 약속을 지키기 위해서는 당신과 만나서는 안 된다고 생각했거든요. 그래서… 그래서 그랬던 거지 절대로 시에라님이 싫어서 그런 게 아니에요. 믿어주세요. 진심이에요."

그의 진지한 태도에 시에라는 배시시 미소를 지으며 그에게 자신의 얼굴을 바짝 들이밀었다.

"농.담.이.였.어.요! 설마 진짜로 속으리라고는 생각하지 못했는데…… 풋!"

카디프는 뻥진 표정으로 그녀를 바라보았다. 너무나 어이가 없으면 화가 나지 않는 걸까? 한참 동안 그가 아무런 말이 없자, 그녀는 은근히 뒤가 걱정이 되었는지 몸을 비비꼬며 애교를 떨어댔다.

"에이~ 화났어요? 카디프니임~ 화났어요? 삐친 거예요?

그런 걸로 삐치면 엘프가 아니라던데… 응? 응? 카디프니임~"

"안 삐쳤어요."

"정말? 정말 안 삐쳤어요? 분명히 안 삐쳤다고 그랬죠?"

그녀는 어린아이처럼 천진난만한 미소를 보여주었다. 정말이지 미워할 수 없는 분위기의 소유자.

"시에라님, 무슨 용건이 있으셔서 절 찾아오신 거겠죠?"

그의 표정엔 어느새 긴장감이나 당혹감이 사라져 있었다. 용기를 낸 시에라가 쭈뼛거리며 말을 꺼냈다.

"네, 저기… 마력 제어법 알고 계세요?"

"어떤 마력 제어법을 말씀하고 계신 거죠?"

"그러니까 이것저것 여러 가지요."

"음, 기본적인 이론은 거의 다 알고 있다고 생각하지만……."

"그러니까 이론은 꿰고 있지만 경험은 없다는 거죠?"

"그런데 그걸 왜 묻는 겁니까?"

"카디프님의 경우 마력의 문제가 아니라 그 제어법에 문제가 있는 것 같아서… 뭔가 도움이 되어드리고 싶어요. 제게 부탁할 일이 없으신가요?"

"없습니다."

단호하게 말하는 그의 표정에 그녀는 서운한 듯한 기분이 들었다.

"정말 없는 거예요?"

"아! 한 가지 있긴 하지만……."

"뭔가요? 가능한 한 꼭 들어드릴게요."

"약속해 주세요. 꼭 들어주신다고."

"네, 가능한 한 꼭 들어드릴 게요."

시에라는 기쁜 표정으로 고개를 끄덕거렸다.

"약속해 주셨으니 믿고 말씀드리는 겁니다. 서운하게 생각하지 마세요. 제가 드릴 부탁은 제어법을 완벽하게 익힐 때까지, 그러니까 제가 시에라님을 부를 때까지 저를 찾지 말아달라는 것입니다."

"…미안해요. 정말로 제가 귀찮으신 건가요?"

그녀는 잔뜩 주눅이 든 표정으로 카디프를 응시했다.

"아니요, 절대로 귀찮아서가 아니에요. 오해하지 말아주세요! 단지 저는……."

"……?"

"스스로의 힘으로 할 수 있는 데까지 해보고 싶어서 그래요. 혼자서도 충분히 할 수 있는 일을 남에게 폐까지 끼쳐 가며 끌어들이고 싶지는 않습니다."

시에라는 그의 말에 벌컥 화를 냈다.

"남의 일이라구요?! 카디프님, 분명히 마력 제어법은 당신이 해야 할 일이고, 당신만이 할 수 있겠지요. 그렇지만 이것은 제 일이기도 하다구요! 아시겠어요?! 카디프님이 마력 제어법을 빨리 익히면 익힐수록 제가 조금이라도 더 자유로워질 수 있다는 걸 카디프님 당신도 잘 알고 계실 텐데요?"

그녀의 말에 그는 약간 반성하는 빛을 보였다. 그에게 있어 마력 제어법을 익히는 시간 같은 것에 대해선 그리 중요하지 않은 일이었다. 얼마나 철저하게 익히는가가 중요하다고 생각했었기에, 누구의 도움도 받지 않고 스스로 만족할 만한 단계에 이를 때까지 가능한 시에라를 만나지 않으리라 결심했다. 우습게도 정작 계약의 당사자인 시에라에 대해서는 생각지도 못한 채 말이다.

"제가 뭔가를 착각하고 있었던 것 같군요. 누구보다 시에라님께서 제일 애가 탔을 텐데……."

그의 말투가 한결 부드러워졌다. 왠지 모르게 처음 그를 만났을 때처럼 가슴이 두근거리는 시에라였다.

"카디프님, 제가 당신을 도울 수 있는 방법은 없나요?"

"저에게 마력 제어법을 가르쳐 주시지 않으시겠어요?"

"좋아요!"

신이 난 그녀의 대답에 카디프는 미소 지을 수밖에 없었다. 이렇게 기묘한 스승과 제자, 그리고 주종의 관계가 형성된 그들은 비교적 짧은 세월을 함께했다, 평화로운 엘프들의 숲에서. 카디프를 향한 시에라의 사랑의 감정이 생겨난 것도 그 기묘한 관계가 형성되었을 무렵부터이다.

지금 생각하면 그리운 추억이 되었을 뿐이지만, 그때는 무척 평화로웠다.

인간 세상에서 벌어지고 있는 '종교 전쟁'의 불씨가 엘프들의 숲까지 번지는 일은 없었으니까 말이다.

하지만 카디프의 40번째의 생일날 모든 일은 벌어졌다. 아직 한참 어린 풋내기 엘프였던 그는 별다른 계획이 없던 터라 평소에 잘 어울려 지내던 코아와 시에라를 만나 어울리기로 했던, 평소와 크게 다를 것 없던 그런 날이었다.

그러나 그가 급하게 달리고 있는 방향은 숲과는 정반대 방향인 인간들의 마을이 있는 곳이었다. 잠시도 쉬지 않고 달리는 그의 얼굴에선 엘프들의 트레이드마크인 느긋한 표정 같은 것은 찾아볼 수 없었다. 대신 분노라는 낯선 표정만이 그의 얼굴 전체를 지배하고 있었다. 그러한 그의 표정은 마을이 가까워지면 가까워질수록 점점 더 짙어져 갔다.

"누구입니까? 엘프들의 숲 입구에 있는 플라타너스에 불을 지른 사람이?!"

그가 마을 입구에 다다르자마자 미친 듯 고함을 지른 첫마디였다.

"누구입니까?! 플라타너스에 불을 지른 놈이?!"

그제야 사람들은 웅성거리며 카디프의 주위에 몰려들었다. 그러나 아무도 불을 질렀다고 나서는 이가 없었다. 다만 마을로 내려오지 않는 엘프가 이곳에서 소리를 지르고 있다는 것이 그들의 호기심을 끌고 있을 뿐.

"어떤 자식이야?! 플라타너스에 불을 지르고 도망간 놈이!"

그의 목소리는 한층 더 격해졌다.

"마을을 모조리 불태워 없애기 전에 순순히 나오는 것이 좋을 거야!"

반협박성을 띤 그의 위협에도 아무런 반응이 없자, 분노에 찬 그는 결국 감정을 이기지 못해 온몸이 불로 뒤덮인 도마뱀인 불의 정령 사라만다를 불러냈다.

"너의 주인 카디프가 명한다. 너의 불꽃으로 이 마을의 집들을 모두 태워 버려라!"

사라만다는 그의 말에 2르(2m)는 족히 넘어 보이는 불덩어리들을 토해내기 시작했다. 사람들은 속수무책으로 비명을 지르며 도망을 가기 시작했다. 아무도 그를 말릴 수가 없었다.

그는 패닉 상태에 빠져 중얼거렸다.

"다시 한 번 시에라를 건드리면 그때는 살아서 이 마을을 벗어나지 못할 줄 알아!"

이때의 그는 이미 코아의 다혈질적인 성격의 영향을 톡톡히 받고 있었다고 해도 과언이 아닐 것이다. 당한 만큼 갚아주리라는……

인간들에 대한 부정적인 생각도 이때부터 강하게 심어지게 되었다.

그런 그를 염려한 시에라가 잡아끈 엘프들의 숲 입구에서 한 모녀를 만나기 전까지는……

모처럼의 볕이 좋은 봄날을 맞아 산책이라도 나온 듯 보인 모녀는 행복한 미소를 지으며 플라타너스의 그늘에서 휴식을 즐기고 있었다. 한 가지 이상한 점은 어머니는 앞이 보이지 않는 듯했고, 딸은 다리가 불편해 보였다는 사실이랄까. 도대체 엘프들의 숲에—

아무리 입구라고 하지만—어떻게 올라왔을지 상상이 가지 않았다.

"어떻게 이곳까지 올 수 있었을까? 무척 힘들었을 텐데……."

카디프는 감탄스럽다는 듯 그들을 먼발치에서 바라보았다.

"인간들이라고 다 나쁜 사람만 있는 건 아니라는 걸 이젠 알 겠죠?"

그가 다른 시선으로 인간들을 바라보았다는 사실에 시에라는 자신의 일처럼 마냥 기뻐했다.

"그렇게 인간들이 좋습니까? 당신을 해치려고 한 사람이 있다 는 것을 벌써 잊었습니까?"

그녀는 고개를 저었다.

"단순히 땔감이 필요했던 걸지도 모르잖아요."

"이곳은 엘프들의 숲입니다. 인간이 함부로 나무를 잘라 갈 수 있는 곳이 아니죠. 그리고 시에라님, 한 가지 잊으신 것이 있군요."

"뭐죠?"

"…그놈은 당신의 나무에 불을 질렀습니다. 요즘 인간 세상에선 나무 재를 가지고 땔감으로 쓴다고 합니까?"

"아하하하……."

"'아하하하'가 아닙니다. 그 시간에 왜 나무 곁에 계시지 않으 셨습니까?"

"그, 그게… 전 다만 카디프님께서 머무는 곳에 있고 싶다는 생 각에……."

얼굴이 화끈하게 달아오른 그녀는 부끄러운 듯 고개를 숙였다.

'이, 이대로 고백하는 거야!'

그러나 그녀의 그런 소망은 무참하게 깨져 버렸다.

"꺄아아아아아!!!"

무서울 정도로 뛰어난 청각과 시각을 가진 엘프, 카디프가 모녀들의 비명 소리를 들었기 때문이다.

"시에라님, 이곳에 계세요. 절대로 제가 있는 곳으로 오시면 안 됩니다."

카디프는 처음으로 사람에 대해 호감을 가졌지만 그것은 그렇게 오래가지 못했다. 그 비명 소리를 마지막 유언으로 그녀들은 싸늘한 시신이 되어 있었던 것이다.

"오~! 이 숲은 벌이가 제법 짭짤한데~ 이번엔 숲의 어린 양 엘프인가? 하하핫!"

"숲의 주인한테 통행세를 받아내기 좀 미안하긴 하지만 여길 지나가기 위해선 1루비아를 주셔야겠어."

건장해 보이는 20대 후반의 청년들이 건들거리며 카디프에게 돈을 요구했다. 인간들 세계에 한 번도 나가보지 않은 그로서는 화폐의 개념이 있을 리 없었다. 그리고 그것은 그다지 중요한 일이 아니었다. 아무튼 그들이 단돈 1루비아를 얻기 위해 같은 동족을 죽인 것이라는 게 그에게는 가장 충격적인 일이었던 것이다.

"이 모녀를 당신들이 해친 겁니까?"

"그렇다면 어쩔 건데? 애초에 이런 몸을 해 가지고 기어나오는 것들이 잘못한 거라구! 아니면 돈이나 좀 들고 나오든가. 우리도 사람 죽이고 난 날은 하루 종일 재수가 없어. 알아?!"

"이런 몸이라니! 당신들은 자신의 종족에 대한 일말의 예의도 없는 겁니까?"

"예의? 그게 무슨 엘프 숲에 불지르고 춤추는 소리야? 너는 상대를 뭐라고 생각하는 거냐? 우리는 산적이야, 산적! 아무리 엘프가 아는 게 없다지만 넌 인간을 너무 모르는구나."

카디프는 더 이상 산적 패거리들과 이야기할 가치를 느끼지 못했는지 입가에 냉소를 띠며 말했다.

"사죄는 목숨으로 대신하십시오. 이들이 산책을 할 권리가 없다면… 당신들에게도 그런 권리는 어디에도 없을 테니까 말이죠. 후훗."

"뭐라고? 야! 다들 덤벼!"

카디프의 주위를 다섯 명의 청년들이 에워싸자 어디선가 10대 후반으로 보이는 고운 목소리가 들려왔다.

"어라라? 엘프네! 굉장히 예쁘다."

소리가 나는 곳으로 돌아보니 태양을 닮은 황금빛의 머리카락, 하늘빛의 눈동자 오똑한 콧날을 지닌 마치 천사를 연상시키는 미소녀가 호기심 어린 눈빛으로 카디프를 바라보고 있었다.

"이 숲 정말 벌이가 좋은걸? 이봐! 예쁜 아가씨, 넌 좀 있다 상대해 줄게. 기다려. 음하하핫!"

그녀는 뾰로통한 표정으로 그를 잡아먹을 듯 노려보았다.

"당신은 내가 여자로 보여요? 시력이 굉장히 나쁘신가 보죠? 난 건장한 남자라구요!"

"바쁜 사람 붙잡고 장난치지 마."

산적들은 왠지 싸울 전의를 잃은 듯 그를 바라보며 어이없는 표정을 짓자 그는 윗도리를 홀라당 벗어버렸다. 제법 근육이 있긴 해도 밋밋한 가슴, 어딜 보나 완벽한 남자의 가슴이었다.

"말도 안 돼!"

그들은 썰렁함을 느끼며 잠시 굳은 듯 하염없이 그의 얼굴을 바라보았다. 그들의 얼굴 표정은 하나같이 '천사가… 천사가 사실은 남자였다니!' 라는 동요를 나타내고 있었다. 그때 어디선가 기묘한 향기가 풍겨 나오는 꽃이 피어나는 게 아닌가.

소년은 아랫입술을 굳게 깨물고는 손으로 두 귀를 꼭 틀어막으며 발로 그 꽃을 차버렸다.

"아얏! 이젠 발로 차냐?! 발로 차?! 니 눈엔 꽃이 발로 차라고 있는 것 같아! 아무튼 퀴즈를 맞추면 이 일 완전히 없었던 걸로 해주지. 너 펭귄이 신는 신발이 뭔지 아니?"

사람들은 꽃이 말을 한다는 사실에 굳어버린 듯 하염없이 꽃의 수술 부분에 달린 입 모양을 바라보고 있었다(이때만 해도 투희야의 유머라는 꽃은 좀처럼 볼 수 없었던 꽃이기 때문에 사람들의 그런 반응은 어쩌면 당연한 일일지도 몰랐다). 아무튼 그 꽃은 사람들이 자신의 퀴즈에 대답을 못하는 것에 만족했는지 높고도 오묘한 웃음소리를 내기 시작했다.

"웃호호호호~! 못 맞추겠지? 못 맞추겠지?! 답은 빙신이야, 빙~ 신! 까하하하핫! 모두 굳어버렷!"

꽃의 웃음소리를 들었던 사람들은 그 자리에서 돌처럼 딱딱하게 굳어버렸다.

귀를 꼭 막고 있던 소년은 카디프에게 말했다.

"이때야! 튀어!"

카디프는 얼떨결에 그 소년을 따라 뛰고 있는 자신을 발견하고는 멍한 표정을 지었다.

"이봐! 너, 머리가 슬라임으로 되어 있는 거 아냐?! 숲의 종족인지 뭔지 모르겠지만 도대체 무슨 생각으로 그 많은 사람에게 시비를 걸어?! 걸긴!"

간신히 카디프의 모습이 보인다고 생각했던 시에라의 눈에는 소녀의 목소리라고 생각하기엔 조금 허스키한 목소리로 그를 나무라는 미소녀의 모습이 보였다.

"저… 당신은 누구시죠?"

"아! 이런, 숙녀 분이 계셨군요. 전 애버딘이라고 합니다."

"시에라라고 해요. 카디프님과는 어떻게 아시는……?"

"카디프라고 하는군요, 이 친구. 그러고 보니 아까부터 통 정신이 없어서 이름도 물어보지 못했군요."

목까지 내려오는 부드러운 금발 머리에 백옥같이 희고 고운 피부.

어딜 봐도 뛰어난 미소녀로 보였던 그가 사실은 남자였다는 것을 알게 된 것은 그가 카디프를 모험의 동료로 삼기 위해 엘프의 마을에 눌러앉은 지 일주일이 훨씬 지난 후였다.

사람을 좋아하지 않던 카디프는 어쩐 일인지 몰라도 그가 꽤 마음에 들었던지—라는 것보다 그의 페이스에 말려들었다는 것이 더 정확한 이야기인지도 모르겠다. 아무튼—항상 놀러가곤 했던 코아에게도 발길이 뜸해졌다. 덕분에 코아는 그들을 재미 삼아 맺어줄 기회를 놓치고 말았다. 그러나 그렇다고 포기할 코아가 아니었다. 그는 허겁지겁 시에라를 찾아 그녀의 플라타너스 나무를 찾았다.

"시에라! 이야기 들었어? 장로님마저 카디프에게 애버딘이라는 인간과 여행을 떠나라고 권유했다더군."

애버딘은 어느덧 엘프들의 숲의 인기인이 되어 있었다. 그런 그가 카디프를 동료로 원하고 있었고, 카디프 역시 그와 함께 모험을 하고 싶어한다는 것을 그녀는 알 수 있었다.

정말로 자신을 두고 떠나 버릴 생각일까……

그녀는 우울해졌다. 자신은 정말 그에게 던져진 작은 파문에 지나지 않는 걸까. 코아의 말대로 그가 그녀를… 자신을… 사랑한다고 해도 그는 시에라를 받아들여 줄 것 같지 않았다. 직접적인 고백만 하지 않았을 뿐, 이제까지의 그녀의 행동이라면 그녀의 마음속에 자신이 있다는 것을 충분히 알 수 있었을 텐데도 아무런 행동을 보이지 않는다는 것은 그녀는 어디까지나 그와의 계약을 맺은 드리드어스에 불과할 뿐이라는 것이다.

그녀는 눈물 한 자락과 가느다란 한숨으로 그를 체념했다. 자신의 아픈 마음보다 그에게 있어 짐이 될 수 있다는 사실이 그녀를 그렇게 만들었는지도 모른다.

"들었어? 드디어 떠나기로 했다는군. 내일이라고 했지? 시에라, 듣고 있는 거야?"

'그렇구나… 이제 떠나는구나. 한동안… 아니, 어쩌면 이제 영영 그를 볼 수 없을지도 몰라……'

시에라는 자신도 모르게 카디프의 숙소로 달려가고 있는 자신을 발견했다.

'짐이 되어도 좋아. 아니, 절대로 짐이 되지 않을 거야. 내 마음만 확실하게 전하고 싶어. 내 마음만. 그리고 깨끗하게 보내줄 거야.'

약간의 심호흡을 한 그녀는 자신의 나무가 있는 쪽으로 오고 있는 카디프와 애버딘을 발견했다.

'용기를 내는 거야!'

시에라와 카디프는 누가 먼저랄 것도 없이 서로에게 다가갔다.

"카디프님! 전… 당신을 사랑합니다. 아주 오랫동안 사랑하고 있었어요."

"…옛?!"

그녀의 눈에선 한줄기 맑은 눈물이 흘러내렸다.

"알고 있어요. 당신의 몸엔 고귀한 피가 흐르고 있다는 것을…… 제 말을 결코 이해하고 싶어하지 않는, 아니, 받아들이고 싶어하지 않다는 것을……."

"시에라?"

"아니, 끝까지 들어주세요! 엘프라는 종족이 그렇다는 것 난 잘 알고 있어요. 당신들은… 당신들 외에는 아무도 사랑할 수 없겠죠. 나… 잘 아는데……."

카디프는 그녀의 말에 조용히 단검을 꺼내 들어 자신의 팔을 그었다. 붉은 루비 같은 핏방울이 뚝뚝 떨어지자 화들짝 놀란 시에라가 황급히 치료 주문을 외우려 했으나 애버딘에 의해 저지당해 버렸다.

"시에라님도 끝까지 들어주세요. 난 그렇게 생각한 적이 한번도 없습니다. 만일 제가 엘프의 피가 흐르는 한 시에라님을 받아들일 수 없다고 생각하신다면, 전 제 몸 안에 있는 피를 모조리 쏟아버리겠습니다. 그리고 엘프임을 포기하죠. 당신을 얻기 위해서라면…… 믿을 수 없겠지만 시에라님을 사랑합니다."

그녀는 믿을 수 없다는 듯 카디프를 바라보았다.

"분위기 깨는 것 같아 미안한데…… 카디프가 시에라님의 허락이 떨어지지 않는 한 이곳에서 나가지 않겠다고 해서 말이죠. 요 며칠 동안 당신을 위해 고백할 말을 연습하고 있었어요. 카디프의 고백을 받아주시지 않겠어요?"

애버딘의 말에 그녀는 행복한 미소를 지었다.

"좋아요. 당신이 머무는 곳이라면 제 마음은 언제나 그곳에 있을 거예요. 잠시 몸이 떨어져 있다고 해도 당신이 머무는 곳이라면……."

그날은 아무것도 없는 까만 암흑 속에 달만이 그들을 지켜보듯 은은한 빛을 내뿜고 있었다.

그대가 머무는 곳에…….

그대가 머무는 곳에 나의 마음이 있어요.
사실 몸만 함께 있는 것은 그렇게 중요한 게 아닌데…
마음 한구석을 그대에게 드리고 가겠어요.

아무도 제 마음에 들어올 수 없습니다.
그대가 아니라면…….

길을 가다가 덥고 지칠 때 플라타너스 나무가 있다면…
그 그늘에서 잠시 쉬었다가 가세요.
그대를 위한 저의 마음을 느끼실 수 있을 거예요.

그대가 머무는 곳에 나의 마음이 있어요.
그래서 우린… 늘 함께할 수 있을 거예요.
기억하세요.
언제나 그대와 함께할 나의 사랑을.

사랑합니다.
그대와 함께 있든, 혹은 그대와 떨어져 있든…
비가 오든 눈이 오든… 당신을 사랑합니다.

영원히…….

〈 그대가 머무는 곳에 끝 〉

아데스 설정집

안녕하세요~! 저는 아데스를 쓴 성희라고 합니다. 아데스를 보시는 데 필요한 자료에 대해 설명해 드리고자 이렇게 나왔답니다. 길을 잃으시지 않게 저만 잘 따라와 주세요~!

아무래도 아데스는 제가 생각해 낸 몬스터라든지, 마법이라든지, 아이템 같은 것들이 많아서 설정집을 읽지 않으시고는 이해가 가지 않는 부분이 많이 있을 것 같군요. 그리고 이 설정집이 혹시 독자님께서 알고 있는 상식과 다르더라도 아데스의 자료로 여겨주시고, 아무런 고정관념 없이 봐주시길 부탁드립니다. 아데스에서는 아데스의 룰로, 다른 작가님들의 책에서는 다른 작가님들의 룰로 보는 것이 좀 더 판타지를 즐겁게 볼 수 있는 방법 중에 하나 거든요. 자! 그럼 시작해 볼까요?

1. 나라에 대해

이쪽을 봐주세요. 여기가 바로 그 유명한 리절트! 24시간 해가 지지 않는 나라입니다. 초기의 낮이라는 개념에서 그냥 해가 지지 않는 나라라는 설정으로 바꿨습니다. 외교와 예술적, 실용적인 마법이 발달되어 있습니다. 몬스터도 나라의 특성상—24시간 해가 지지 않는다는— 없구요. 다크와 적대 관계라 해도 지형상 안전하다고 볼 수 있습니다.

다크에서 리절트를 치려면 우선 샤아플린을 먼저 쳐야 하거든요. 그런 이유로 그들은 실용성이라든지, 예술성에 눈을 뜰 수 있었던 겁니다. 주 신으로는 빛의 신 트루님을 섬기지만 종교의 자유가 있어 다른 신을 믿는다고 해서 탄압을 받는 일은 없습니다. 단, 어둠의 신 베니펫님은 금기시되어 있습니다.

신분 제도에 대해서 말씀드리자면 귀족과 평민은 큰 차이가 없습니다. 다만 귀족은 하인을 살 수 있지만 평민은 하인은 살 수 없다는 차이점이 있습니다. 평민은 돈을 주고 하인을 고용하죠. 귀족은 말 그대로 노예를 사서 하인으로 신분을 상승시켜 줍니다. 경우에 따라서 평민이 귀족의 하인으로 들어가는 경우도 있는데, 이때 그들이 맡는 직책은 집사입니다. 그러므로 제1장에서 집사가 애버딘에게 함부로 군다고 해도 잘못된 것은 아무것도 없답니다. 그리고 복지가 잘되어 있는 나라답게 남녀의 지위 체계 역시 평등합니다.

그리고 저쪽은 밤과 낮의 균형이 잘 잡혀 있는 샤아플린이라는 나라입니다. 공격형 마법과 방어형 마법이 골고루 발달해 있죠. 그 말인 즉, 마법이 주로 전투용으로 쓰인다는 말입니다. 몬스터도 좀 있구… 다크와의 전쟁이 있을 시를 대비해 항상 군사 훈련을 엄격하게 하고 있어서, 무력으로 치자면 강대국입니다. 그렇지만 복지 정책이나 외교상에 있어서는 리절트를 따라가지 못합니다. 덕분에 리절트의 방패막이 역할을 톡톡히 해주고 있다고 할까요?

주 신은 책봉하지 않았습니다. 어떤 신을 믿든 그것은 주민의 자유.

사랑과 미, 그리고 기타 잡것을 담당하고 있는 여신 투희야님의 인기가 아주 높다고 합니다. 이곳에서의 신분 제도는 말 그대로 철저합니다. 순수 혈통을 중요시하죠(혈통〉성별〉노예일 경우 주인의 신분에 따라 노예의 등급이 나누어집니다).

귀족은 세금을 내지 않습니다. 그리고 평민은 귀족이 주는 땅에서 농사를 하고 수확의 일부를 가져가서 생활하고 있습니다. 노예의 경우는 귀족의 재산으로 치부됩니다. 여자의 경우도 마찬가지죠. 결혼 전은 아버지의 재산, 결혼 후는 남편의 재산으로. 만일 부모가 돌아가시고 아직 결혼을 하지 않은 경우에 한하여 그녀들은 부모의 지위를 그대로 상속받게 됩니다.

24시간 내내 해를 볼 수 없는 나라 다크는 바꿔 말하자면 계속 밤인 형태입니다. 다크에 속한 진실의 숲의 반은 마법이 통하지 않는 곳입니다. 그래서인지 마법과는 다른 형태의 저주를 내리는 주술이 발달해 있습니다. 3개 국 중 가장 인구가 적고 몬스터도 득실대기 때문에 사람이 살기에 가장 열악한 곳입니다. 더군다나 이곳의 사람들은 빛을 보지 못해서 시력이 다른 나라보다는 약화되어 있는 편입니다. 그렇지만 아예 안 보이거나 하지는 않고, 다른 곳보다 아주 약간 시력이 떨어지는 것이란 이야기니까 오해하진 말아주세요.

　더군다나 이곳 사람들은 감이 발달되어 있어서 시력이 좀 나쁘다고 살기 불편하다거나 하진 않습니다. 주 신으로는 어둠의 신 베니핏님을 믿고 있지만, 다른 나라들과 마찬가지로 종교의 자유는 허용되어 있습니다. 리절트와 상대적 세력이기 때문에 당연히 빛의 신 트루님은 금기시되어 있습니다.

　다크의 신분 제도에서는 왕이라든지 마을의 촌장의 권위가 절대적입니다. 귀족은 극소수이고, 대다수의 사람들이 평민이기 때문에 신분에 구애받는 경우는 거의 없습니다. 다만 마을의 촌장이라든지 귀족의 자제들에게 특혜 같은 것이 더 많은 것은 사실입니다. 그러나 평민이든 노예든 능력에 따라 신분을 바꿀 수 있는 기회가 주어집니다.

　음, 리절트와 다크의 자연 환경에 대해 좀 더 명확하게 설명하려고 궁리하던 끝에 좋은 것이 생각나더군요. 좋은 것이란 바로… 극권을 말합니다. 극권은 지구의 남북 양극에서 각각 66°33°의 위선을 말하는데, 북위 66°33°를 북극권, 남위 66°33°를 남극권이라고 해요. 하짓날에는 북극권에서는 온종일 태양이 지지 않고, 남극권에서는 온종일 태양이 떠오르지 않죠. 동짓날에는 이와 반대로 돼요. 또 양극권에서는 여름에는 긴 낮이, 겨울에는 긴 밤이 계속되며 1년 내내 얼음에 덮여 있답니다. 이제 이미지가 구체화되셨나요?

2. 신들에 대해

제가 아데스를 쓰면서 제일 골치가 아팠던 것이 바로 신에 관한 부분입니다. 판타지 소설에는 왜 그렇게 신이 많이 나오는지…….

그래서 제 소설에는 과감하게 줄여버렸죠. 그렇지만 꼭 필요하다고 한다면 언제 늘어날지 모릅니다. 일단 출석 체크나 한번 해볼까요?

빛의 신 트루(남성 신) : 리절트의 주 신이고, 권위적인 신이지만 인간을 좋아합니다. 베니핏과 딱히 사이가 나쁘다거나 하진 않지만 인간에 관련된 일에서만큼은 적대적이라고 할 수 있습니다.

어둠의 신 베니핏(남성 신) : 다크의 주 신이고, 안식과 죽음이라는 개념을 가지고 있습니다. 겉으로 보기에는 인간을 그다지 좋아하지 않는 것 같지만 누구보다도 인간을 사랑합니다. 다만 표현력이 서투를 뿐.

시간과 지혜와 결혼의 신 로잔(중성 신) : 인간을 좋아하지만 어리석은 인간은 혐오합니다. 중성이고, 약간은 감수성에 치중해서 일을 판단할 때도 있지만 그가(?) 처리하는 일은 거의 90% 이상 공정하다고 볼 수 있습니다.

사랑과 미, 그리고 기타 온갖 잡다한 것을 다 떠맡은 바쁜 여신 투희야(여성 신) : 300년 전 애버딘과 무슨 사건이 있었던 듯합니다. 인간을 사랑하고 가능한 한 인간을 위해 많은 배려를 해줍니다. 다만, 그녀가 사랑하는 인간은 진실되고 정의로운 사람이라고 합니다. 그것은 인간뿐만이 아니라, 다른 종족에게도 해당되는 이야기죠. 성격은 좀 괴짜로 장난을 즐기는 타입입니다.

　진실과 거짓을 수호하는 신 루시아(남성 신) : 도적을 수호하는 동시에 정의를 수호합니다. 이 상반된 개념의 신은 상당한 괴짜로서 애주가이고, 인간으로 폴리모프해서 가끔씩 인간계로 나가보기도 한답니다. 트루와의 사이는 나쁘지만 기타 다른 신과는 원만하게 지내고 있습니다.

　3. 다목적용 빛

　리절트가 고안해 낸 시계입니다. 사람이 가지고 있는 기를 빛의 마법을 응용하여 새끼손가락 크기의 수정에 담아 만든 것이죠. 어떻게 시간을 알 수 있냐구요? 1시간마다 빛의 농도가 틀려지거든요. 그럼 빛이 통하지 않는 다크에서는 어쩌냐구요?

　개의 모양으로 변합니다—크기는 변함이 없습니다—그래서 목소리로 시간을 알려주죠. 예를 들자면 '밥을 먹을 시간이야' 라는 식으로—뭐, 밥 먹는 시간이야 개인의 취향이긴 하지만—시간에 대해서는 거의 획일적으로 정해져 있는 기준을 가지고 말한답니다.

　단! 진실의 숲에서는 사용할 수가 없습니다(마법이 통하지 않는 부분인 다크의 영역으로 들어가는 곳에서만 그렇습니다).

　4. 결혼의 서약서

　이것을 가지고 있는 사람은 특정한 경우에 한하여 프리스트를 대신해 결혼을 주관할 수 있게 됩니다. 원래는 프리스트가 없는 마을에서만 그런 것인데, 프리스트의 수가 생각보다 적은 관계로 사람들이 공공연하게 대리권을 행사합니다.

5. 신검 세인트

모든 신들의 축복을 받은 검이랍니다. 아데스라는 행성이 생기기 전에 만들어진 검이죠.

그 검은 주인이 원하는 것은 무엇이든 이루어줄 수 있는 알라딘의 요술 램프와도 같은 검이랍니다. 그러나 이 검은 자신의 주인을 스스로 선택한다고 해요. 지능도 있고 마법도 쓸 수 있고, 사람으로 폴리모프도—모습 변형 마법—할 수 있습니다. 지금은 행방이 묘연하다고 합니다.

6. 프리스트

성직자입니다. 다른 판타지들을 보면 프리스트, 프리티스트라고 해서 남녀의 명칭을 틀리게 부르지만 저는 같이 부르겠습니다. 하이 프리스트라고 해서 고위 성직자는 성스러운 마법을 사용할 수 있습니다. 그리고 고위 프리스트가 아니라도 악을 쫓는 것 같은 마법은 사용할 수 있습니다. 물론 간단한 치료 마법도요. 보편적인 판타지물을 보면 프리스트들도 마법사 못지 않게 모험을 할 때 중요한 동료가 되죠.

7. 인간

뭘 생각하시고 계십니까? 이 글을 보고 있는 님들이 바로 인간 아니신지요? 엘프보다는 힘이 세지만 다른 어떤 유사 인간 종족과 비유하면 그리 강인하지는 않습니다. 좋은 성격도, 나쁜 성격도 있는 이들에 대해서는 다른 어떠한 자료로도 표현하기 힘들지요. 번식 능력이 뛰어나며 거의 모든 직업에 종사하고 있습니다. 나무꾼, 광부, 전사, 마법사 등등… 대부분의 판타지에서 당당히 주인공으로 활동하고 있지요.

8. 엘프

인간과 매우 흡사한 이 종족은 인간보다 다소 키가 큽니다(인간보다

아데스 설정집 305

키가 작다고 일컬어지는 적도 있으나, 아무튼 인간과 그다지 다를 바 없죠).

외관적으로는 뾰족한 귀, 아름다운 얼굴, 날씬한 몸매가 특징이라 할 수 있겠습니다. 엘프가 못생겼다는 이야기 들어보신 적 있으십니까?

엘프는 본래 북구 신화의 요정으로 장난을 좋아한다고 일컬어지고 있으나, RPG에 등장하는 엘프는 약간 다릅니다. 숲 속에 살며 나무의 혼이라고도 말해지고 있죠. 마법을 사용하는 데도 뛰어나 마법사로서 제격입니다. 힘은 인간에 비하면 다소 약하다고들 합니다. 근육이 넘쳐 나는 엘프가 있다는 말도 저는 들어본 적이 없습니다. 그러나 암흑 속에서도 사물을 뚜렷하게 식별할 수 있으며, 나는 도구를 다루는 능력이 뛰어나 그런 결점을 충분히 보완시켜 주죠. 재미있는 것은 엘프와 또 하나의 대표적 종족 드워프는 옛부터 사이가 나빠 함께 있으면 이내 싸움이 붙어버린다는 겁니다. 그러나 반대로 하프링과는 사이가 좋다는 특징이 있죠. 인간과도 사이가 좋아 엘프와 인간 사이에 태어난 아이는 양쪽의 피를 이어받은 뛰어난 전투사, 마법사가 될 수 있답니다.

아데스에서는 여신 투희야의 살아 있는 증거로서의 대우도 받습니다.

수명은 200년이라고도, 1,000년이라고도 하는데 아직 정확하게 지정한 자료는 어디에도 나와 있지 않습니다. 아데스에서는 후자의 경우라고 생각하고 있습니다(카디프는 아직 340년 정도밖에 되지 않은 청년입니다). 주 직업으로는 음유 시인, 전투사, 마법사, 궁사 등이 있습니다.

9. 드워프

키는 인간의 어린아이만합니다. 어두운 동굴 속에서 무리 지어 살고 있지만 밝은 곳에서도 안 보인다든지 하진 않죠. 그들은 투박한 손에 걸맞지 않게 정교한 솜씨로 물건을 만들어내고 있기 때문에 그들의 물건은 아주 비싼 값에 인간들에게 팔려 나간답니다. 무기로는 베틀 엑스 같은 대거를 사용합니다. 보석을 좋아하는 특징이 있죠. 앞에서 말씀드린 것과 같이 엘프와는 사이가 나쁩니다.

　백설공주와 일곱 난쟁이 이야기 많이 들어보셨죠? 그 일곱 난쟁이들이 사실은 드워프랍니다. 그들의 주 직업은 어디까지나 광부가 많죠.

10. 트랜트

　나무라고 보시면 됩니다. 뭐가 틀리냐구요? 헤헹~ 눈도 있고 숭숭 뚫린 입도 있구요. 가지를 자기 팔처럼 쓰구요. 에…… 또 말도 하구요, 조금씩 이동을 할 수도 있지요. 근데 나무랍니다. 음, 지능도 있고, 정말이지 현명한 트랜트는 불을 가지고 있는 자를 혐오합니다. 보통 정의롭다고 묘사되어 있는 경우가 많은데… 글쎄요? 저는 배알이 꼬여 있어서 그가 악역이 될지, 좋은 넘이…… 핫! 나무가 될지는 두고 봐야 알 수 있답니다.

11. 드리드어스

　드리드어스 삼림 지대나 무성한 숲 속의 나무에 사는 님프입니다. 드리드어스는 매우 지능이 높고 아름답습니다. 마법도 무척 잘 쓰고 인간에게 우호적인 편이죠.

　드리드어스는 아름다운 것을 사랑합니다. 「로도스 전기」에도 나오죠. 드리드어스가 판을 잡아 끌어들이는……. 드리드어스의 현혹된 자는 드리드어스의 나무로 다가가 그 안으로 사라져 버리는데, 곧바로 구출하지 못하면 그 사람은 다시는 나타나지 않습니다. 드리드어스는 자신의 나무가 죽으면 따라 죽으며, 나무에서 80m 이상 떨어진 곳에서는 오래 살 수 없습니다. 그들은 자기들의 보물을 나무뿌리 아래에 난 구멍에 감추어둡니다.

12. 오크

돼지의 머리를 하고 있는 인간형 몬스터.

지능이 낮아서 마법을 쓰지는 못하지만 어느 정도 인간과의 의사 소통이 가능합니다. 무기로는 글레이브를 착용하는데, 힘이 무척 세고 무리를 지어 생활하죠. 오크 중에서는 골드 오크라고 해서 지능이 매우 높으며 마법을 구사할 수 있는 오크도 그 수가 적긴 하지만 존재한답니다.

13. 페어리

피터팬에 나오는 팅커벨과 같은 이미지를 가지고 있습니다. 등에는 날개가 있고 크기는 사람의 새끼손가락 크기 정도? 인간 정도의 지능은 갖추고 있기 때문에 마법을 사용할 수 있습니다. 그리고 그들이 쓰는 마법은 주로 회복 마법입니다. 대부분 여신의 곁에 붙어 다니며 여신의 축복을 전해주는 역할을 하죠.

장난기 많은 그들은 옛 신화에 보면 아이들을 바꿔치기 하는 장난도 많이 쳤다고 합니다. 그래서 어렸을 때 예뻤던 아이가 지금 못생겼을 경우 그들을 '요정이 뒤바꿔 놓은 아이' 라고 부르기도 했다고 해요.

14. 언데드 몬스터

이미 죽은 것들이 다시 몬스터화되어 태어난 것들을 지칭하는 단어입니다. 좀비가 가장 유명하고 구체화된 그 예죠. 디스펠로 추방시키는 것이 가장 좋은 처치 방법입니다.

15. 라고데사

거대 거미형의 몬스터입니다.

조랑말 정도의 크기이지만 무게는 가벼운 편이구요. 다섯 쌍의 다리를 가지고 있는데, 제일 앞다리 한 쌍에는 먹이를 잡기 쉽게 해주는 흡판이 달려 있죠. 기형적으로 큰 머리에는 노란색 집게 턱에 흑갈색 흉갑이 있습니다. 식성은 육식성입니다. D&D에서 나오는 몬스터죠.

16. 새실리아

이름이 이쁘다고 귀엽고 깜찍한 몬스터라고 생각하지 마세요. 거대 지렁이형의 몬스터입니다. 몸 길이 10m에 달하는 거대 지렁이 새실리아는 반경 10km의 공격 범위를 가지고 있어서 이 녀석에게 한번 걸리면 절대로 도망칠 수 없습니다. 당연한 말이지만 이 녀석이 도망가게 되면 추적하기도 힘듭니다. 그가 드래곤이 아니라면 말이죠.

17. 크로매틱 드래곤

머리가 다섯 개나 달린 드래곤. 메소포타미아 신화에 등장하는 티어맷의 모습이라고도 하죠. 머리 색은 흰색, 검은색, 녹색, 붉은색 등으로 각각의 드래곤과 같은 특징이 있습니다. 성격은 온순하고 악한 마음을 가지고 있다고 전해지죠.

18. 블랙 드래곤

몸 색깔은 검은색. 성격이 난폭하며 악한 마음을 가지고 있어요. 직선 상태로 날아가는 강한 산성의 브레스를 뿜어내며 습지대에 살죠.

19. 그린 드래곤

몸 색깔은 녹색. 성격이 온후하지만 악한 마음을 가지고 있습니다. 염소 가스의 브레스를 뿜어내며, 삼림 지대 등에 산답니다.

20. 레드 드래곤

몸 색깔은 빨간색. 성격이 난폭하고 악한 마음을 가졌습니다. 불길의 브레스를 방사하며, 바위산의 지하 등에 살고 있습니다.

21. 화이트 드래곤

몸 색깔은 흰색. 성격이 난폭하며 악한 마음을 가졌죠.

냉동 가스를 방사합니다. 그러다 보니 그들이 살고 있는 곳은 한냉지대입니다.

22. 카파 드래곤

몸 색깔은 구릿빛. 성격이 난폭하지만 선한 마음을 가지고 있습니다.

직선 상태로 날아가는 산(酸)과 적의 움직임을 늦추는 가스를 뿜어내죠. 바위산 등이 그 서식지라는군요.

23. 골드 드래곤

중국에 전해지는 드래곤이기도 하죠. 몸 색깔은 황금색이고, 성격이 온후하며 선한 마음을 가지고 있습니다. 불꽃 브레스를 방사하며 염소 가스를 뿜어내죠. 높은 산의 정상 등에서 살고 있습니다. 지능이 대단히 높습니다.

24. 실버 드래곤

몸 색깔은 은색. 성격이 온후하며 선한 마음을 가졌습니다. 냉동 가스를 방사하며 몸이 마비되는 가스를 뿜어내죠. 산의 정상 등 높은 장소에 삽니다.

25. 드래곤 파피

완전히 성장하지 않은 어린 드래곤을 일컫는 말입니다. 해츨링이라고도 부르기도 하죠.

상대하기 까다로운 드래곤인만큼 만일 죽이기라도 하면 부모 드래곤으로부터 죽을 때까지 쫓겨 다닙니다. 자신의 파피가 죽으면 먹지도 자지도 않고 그자를 추격하는 것이 드래곤이니까요.

※ 17~25

모두 드래곤이죠. 드래곤은 안 나오는 판타지가 거의 없을 정도로 이미 유명해져 버린 몬스터입니다. 그러나 딱히 인간을 헤치는 사악한 몬스터라는 개념은 많이 줄어들었고, 요즘은 위대한 종족의 이미지로 굳어져 버렸죠. 저도 드래곤은 몬스터라기보다 한 종족의 일원으로 보고 있습니다.

26. 맨티스 자이언트

맨티스 자이언트란 사마귀를 말합니다. 곤충의 사냥꾼이라고 불리는 사마귀가 몇 미터 정도로 크기가 확대되면 인간 정도는 파리처럼 잡아먹을 수 있죠. 두 개의 커다란 지느러미 상태의 앞발로 먹이를 잡아먹는데, 당연히 곤충인만큼 지능이 낮으며 마법을 사용하지 못합니다. 그러나 두꺼운 가죽으로 덮여 있기 때문에 보통의 곤충과 마찬가지로 방어 능력이 높습니다. 하늘을 날아다닐 수도 있죠. 약점이라면, 두꺼운 가죽으로 유일하게 덮여 있지 않은 배 부분일까요? 이것을 공격하면 보통의 칼로도 일격에 쓰러뜨릴 수 있습니다. 게임 Pm2의 무사 수행에서 나왔던 몬스터이기도 하고 D&D에서도 자주 나오는 몬스터죠.

27. 좀비

언데드 몬스터 중에서도 유명한 몬스터입니다. 시체에 악의 힘을 불어넣어 움직이게 한 몬스터로서 움직임이 느리고 통증을 느끼지 않아 쓰러져도 다시 일어나 집요하게 공격해 옵니다. 그렇기 때문에 쓰러뜨리기 위해서는 움직일 수 없도록 분해시키는 방법밖에 없습니다.

언데드 몬스터이니까 디스펠로 퇴치시키는 것도 가능하죠.

※ 디스펠은 성직자가 사용하는 사악함 퇴치, 즉 신성 마법입니다.

퇴마록, D&D, 기타 여러 가지 게임과 판타지물에서 자주 나오는 유명한 몬스터죠.

28. 블랙 푸딩

지능이 없는 1.5~10m 정도 크기의 아메바 모양의 생물입니다.

푸딩은 늘 배가 고프죠. 그들은 나무를 분해시키고 철을 녹슬게 합니다. 그러나 이상하게도 돌에는 아무런 영향을 끼치지 못하죠.

그들은 천장이나 벽에 붙어 이동할 수 있으며 작은 틈새로 통과할 수 있습니다. 오직 불을 사용해서만 이 푸딩을 죽일 수 있는데, 만일 다른 공격―무기나 마법―은 푸딩을 여러 개의 더 작은 푸딩으로 분해시키는 결과를 낳죠. 단, 불타는 검은 푸딩을 분해시키지 않고 정상적으로 피해를 줄 수 있습니다. 일반적으로 푸딩이 보물을 가지고 있다거나 하진 않지만, 어쩐 일인지 푸딩이 있는 근처에서 보석이 발견되는 경우가 많다고 하는군요. 그건 역시 예전에 푸딩에게 먹힌 사람들의 유품인 것일까요? D&D에서 등장하는 몬스터입니다.

29. 사라만다

사라만다는 자유 의지를 가진 마법적인 존재로 원소계에서 왔습니다. 덕분에 원소계에서는 흔히 볼 수 있지만 다른 곳에는 거의 찾아볼 수 없죠. 사라만다의 종류에는 두 가지가 있는데 둘 다 도마뱀처럼 생겼습니다. 불꽃의 사라만다는 불의 원소계에서, 얼음의 사라만다는 땅의 원소계에서 온 것으로 알려져 있는데, 사실 이 두 종류의 사라만다는 서로 적대적인 관계로 마주치기만 하면 싸우려든답니다.

불꽃 사라만다의 경우 길이는 4m~5m, 황적색과 주황색의 비늘로 덮여 있으며 지능이 있답니다. 그들의 고향 세계인 원소계가 아닌 다른 차원에서는 화산과 같은 매우 뜨거운 지역에서 서식한답니다. 물론 불에 의한 공격에 대해 면역을 가지고 있고요. 불꽃의 사라만다 근처 6m 내에 들어간 사람들은 그들의 몸에서 방사되는 강렬한 열기로 인해 크게 화상을 입는다고 하는군요.

얼음 사라만다는 여섯 개의 다리를 가졌으며, 온몸이 백색이나 청백색 비늘로 덮여 있죠. 그들은 원소계가 아닌 다른 세계에 있을 때 얼어붙은 황무지나 빙하 지대 또는 얼음으로 뒤덮인 툰드라 지대에서 주로 살고 있습니다. 두 발로 서서 나머지 네 발과 이빨로 공격하죠.

그들은 불꽃 사라만다의 경우처럼 냉기에 대한 공격에 면역을 가지고 있습니다. 6m 이상 가까이 가면 몸에서 나오는 지독한 냉기로 인해 심각한 수준의 동상에 걸려 버린다고 하더군요.

※ 툰드라란, 원래 러시아어의 '축축한 평지'라는 뜻이지만 지금은 한대의 황지라 부르는 학술적인 용어로 쓰입니다. 툰드라 기후 지역은 매우 춥고, 땅속에는 여름에도 녹지 않는 영구 동토 층이 있다. 그러나 여름에는 월 평균 기온이 0°C 이상으로 올라가 땅의 윗부분이 녹고, 풀이나 이끼류가 자랍니다.

게임과 판타지에 자주 나옵니다. 「사이케델리아」에서도 나오죠.

30. 화폐 단위
셀르〈루비아〈아르
*1아르= 5루비아 =10 셀르 *1셀르는 한 끼 식사가 해결 가능한 돈 (비교적 준수하게 우리로 치자면 빵과 우유… 그러니까 1천원 정도?).

31. 길드
11세기 이후 유럽의 각 도시에서 발달한 상공업자의 상호 부조적 동업 조합이라 국어사전에는 풀이가 되어 있죠. 그러나 판타지에서는 이 것이 상공업에만 해당되는 것은 아닙니다.

도적 길드가 그 대표적 예죠.

32. 길드 장

길드의 우두머리.

길드에선 벌어들인 수입의 일부를 의무적으로 길드 장에게 상납하죠. 그리고 그들의 권한은 막강합니다. 만일 도적의 길드 장이라고 하면 그는 앉아서 한 나라의 국왕쯤은 간단하게 암살시킬 수 있는 능력을 지니고 있습니다. 단, 도적 길드 장이라면 뒤에서 노리고 있는 자가 많기 때문에 항상 자신의 목숨에 위협을 느낄지도 모르죠. 그러나 정작 겉으로 드러내놓고 그와 맞서려는 바보는 없습니다(목숨 귀한 줄은 알거든요).

33. 파이어 볼

화염, 또는 메라라고도 불리는 불의 구입니다. 상대에게 던져 목표에 명중하면 크게 불타며 확산되는 효과가 있습니다(가장 전형적인 유형의 공격 마법이죠).

34. 마법 스크롤

마법 길드에 소속된 마법사나 고위 마법사가 주문을 응집시켜 만든 스크롤입니다. 고대어를 읽을 줄 아는 자라면 꼭 마력이 없어도 사용할 수 있는 스크롤도 있으며, 환타지에선 대개 도적이 그런 스크롤을 이용할 수 있게 되어 있습니다.

만일 스크롤을 만든 자가 고대어가 아닌 일상어로 주문을 발동시킬 수 있게 했다면 꼭 고대어를 몰라도 상관은 없습니다. LV8 의 마법사가 만든 스크롤을 LV1의 마법사가 사용할 때의 위력은 LV8의 마법사와 동등합니다. 시동어(주문)가 언어가 아닌 마법 스크롤도 종종 있다고 합니다.

35. 마법 아이템
텔레포트용 반지라든지, 마법 스크롤, 또는 저주 방지 망토 등과 같은 여러 가지 용도의 마력이 담긴 아이템을 말합니다.

36. 파타
건틀렛(팔까지 오는 장갑)에 직접 붙어 있는 것으로 접는 무기를 지닐 필요없이—다른220% 무기를 지니기도 힘들지만—팔을 휘둘러 돌리는 것만으로도 상대에게 피해를 줄 수도 있습니다.
양측에 날이 붙은 일직선의 검이죠.

37. 워프
공간 이동 마법으로 고위 마법입니다. 보통 위급할 때나 전투 시에 사용합니다. 드물긴 하지만 편하게 여행을 하기 위해서 사용되기도 하는 주문입니다. 하지만 자신이 가고자 하는 곳의 정보나 이미지 같은 것을 모른다면 워프의 성공 확률은 10%도 채 되지 않습니다.

38. 시동어
메모라이즈와는 다릅니다. 주문이라고 해야 하나요? 마법을 발동시키는 명령어라고 보면 됩니다.

39. 마법서
마법에 관한 역사, 주문을 공부할 수 있는 책입니다.
리즈가 제일 처음 접한 책은 여러 가지 다양한 마법을 실어둔 것으로, 얇고 다양한 마법 주문을 다루었습니다.

40. 일반어

보통의 마법은 고대어로 많이 쓰여 있습니다. 아데스의 국가는 언어에서 큰 차이가 없습니다. 그래서 고대어는 모두 똑같습니다. 일반어에 대해서 굳이 따지자면… 저희가 쓰고 있는 지금의 언어라고 할 수 있죠. 저같이 부산에 살고 있는 사람들은 어느 정도 억양상의 사투리를 쓰고 있을 테고, 수도권에서 사시는 분은 표준어를 구사한다는 그런 말입니다.

그러나 마법을 제대로 이해하고 있다면—고대어가 시동어인 마법 스크롤을 사용할 때를 제외하고는—일반어로 시동어를 외쳐도 발동됩니다.

41. 리커버리

체력과 마력을 동시에 회복시켜 줍니다. 슬레이어즈—마법 소녀 리나—에서 심심찮게 나왔던 마법.

42. 윈디

바람을 불러일으키는 마법. 원래는 한 번 부는 것에 그치는데 마나를 계속 불어넣어 준다면 바람이 불지 않을 때에도 항해에 별다른 영향을 끼치지 않고 원하는 목적지까지 도달할 수 있습니다. 마나를 불어넣는 데 상당한 집중력을 필요로 하므로 중급 이상의 마법사들이 즐겨 쓰는 마법이죠.

43. 마나

마법을 쓸 수 있도록 하는 기운으로써 이것을 모을 수 있는 자는 태어날 때부터 정해져 있습니다. 마나는 세상 곳곳에 골고루 퍼져 있으며, 그곳은 정령계, 인간계, 자연계 등 꽤나 넓은 지역이지만 그것을 느낄 수 있는 사람은 극소수입니다.

44. 눈 보호개

안경처럼 생겼지만 안경 렌즈 부분에 해당하는 곳이 검은색으로 되어 있습니다.

쓰고 있으면 밝기 조절 마법이 발동해서 눈이 부담가지 않도록 서서히 환경에 적응시켜 줍니다. 리절트에서 만들어졌구요. 종종 다크에서도 거래되고 있다고 합니다.

리절트인이나 다크인이 다른 나라로 여행을 가기 위해서는 필수품으로 챙겨야 할 물건입니다.

45. 님프의 강

'구국의 용사'라 칭해졌던 이름 모를 용사가—그자가 누구인지는 다들 아시죠?—공간을 가르며 국가를 만들었을 때 세인트의 성스러움으로 인해 생겨난 강입니다. 그런 만큼 물의 정령인 님프가 살고 있다는 속설이 전해지는 곳의 강폭은 5~10km에 달하여 대형 선박 항해에 유리하지만, 인간이 그 강에 쓰레기나 오염 물질을 흘리게 되면 님프는 가차없이 폭포나 급류로 배를 인도하기 때문에, 그 강을 건너기 위해서는 다들 머리카락 한 올 떨어뜨리는 일이 없도록 조바심치며 조용히 항해를 해야만 하죠. 바닥의 물풀까지 다 들여다보일 정도로 강물 색이 투명합니다. 평소에는 잠잠하지만 강의 흐름이 거세지기 시작하면 설령 마법이나 신의 권능을 쓴다고 한들 통하지 않는 강으로도 유명하죠.

46. 축제의 마을 파피아

모든 것이 풍요로운 리절트와는 달리 샤아플린은 다크와 대치 상태이고, 몬스터의 침략도 잦은 나라라 한가롭게 축제를 즐길 상황이 아닙니다. 그러나 장기간의 전쟁이라든지, 몬스터 사냥은 사람들을 지치게 하는 법. 이에 샤아플린의 국왕은 관광 명소 겸 축제를 벌일 수 있는 도시를 만들게 됩니다. 지형상 리절트와 가까운 관계로 샤아플린 내에서 가장 안전한 도시니까 리절트인들도 많이 찾는 이곳은 1년 내내 테마를 바꾼 축제로 언제나 북적거리고 시끌벅적한 활기찬 도시입니다. 물론 왕가에서 적극적으로 지원해 주니까 앞으로도 발전해 나갈 가능성이 농후한 도시지요.

47. 투희야의 유머
맨드래고라에서 힌트를 얻어 제가 직접 만든 식물입니다.

투희야가 인간들에게 장난을 치기 위해 만들어진 꽃이라고 전해지고 있습니다. 썰렁한 말이나 썰렁한 일이 생기면 어디서나 자란다는 그 이름도 시답잖은 꽃으로, 뽑으면 꽃의 수술 부분에서 사람 입 모양이 튀어나와 퀴즈를 냅니다. 30초 내로 정답을 이야기하지 않으면 마치 사람의 발처럼 생긴 뿌리로 상대방의 손을 후려치고는 그를 비웃기라도 하는 듯 오만한 웃음소리를 내며 반경 1km 정도는 우습게 굳혀 버립니다. 만일 그 장소가 땅이 아닌 바다라면 굳혀 버리는 대신 얼려 버립니다.

48. 누구나 쉽게 익히는 세계 예절 지식
귀족의 자제들이나 귀족의 양자로 들어가는 사람이 예절 지식을 속성으로 익히기 위해 만들어진 책으로써, 책의 크기가 그다지 크지 않기 때문에 컨닝을 할 때도 유용하게 쓰이는 책이라고 합니다.

49. 알기 쉬운 관광 명소 리절트
역시 외교상으로 발전된 나라는 관광으로써도 발전되는 걸까요?
가이드북으로 축제나 행사, 또는 편의상 이용할 수 있는 여러 가지

것들이 나와 있습니다. 예를 들어 맛있는 식당이라든지, 깨끗하고 저렴한 비용의 여관 등이 있는 거죠.

50. 로잔 신전의 종

아침에 한 번, 점심에 두 번, 저녁에 세 번 울립니다.
리절트와 다크에선 시간을 알기 위해 로잔 신전의 종을 듣기도 하죠.

51. 엘프들의 숲, 또는 진실의 숲

300년 전, 그러니까 애버딘이 공간을 가르기 전 엘프들이 살고 있던 숲은 평화로운 곳이었습니다. 물론 카디프도 그곳에서 살고 있었구요. 그러나 다크의 영역에 속하자 그곳은 베니핏과 트루의 마찰이 빚어져 신성 마법 무효화 지역이 되어버렸습니다. 아직 아무도 시도는 하지 않았다고 하지만 드래곤의 마법은 가능하지 않을까 하는 의문도 제기되고 있습니다. 이곳을 지나기 위해서는 반드시 자신의 진실을 다 들어내 보여야 한다고 합니다.

52. 통통 춤

투회야의 축복으로, 보는 사람을 즐겁게 해주는 춤입니다. 어떠한 경우를 막론하고 음악이 울려 퍼지면 춤을 잘 추는 사람이든 그렇지 못한 사람이든 상관없이 온몸에서 '통통'이란 리듬이 어울릴 만한 동작이 나오죠. 배를 튕기며 손을 위아래로 흔들거나 히프를 씰룩거리는 동작은 기본 중의 기본! 때문에 일부에서는 통통 춤은 투회야의 저주라고 생각하고 있습니다.

53. 주술사

마법사와 비슷하지만 분명한 차이점이 있습니다.

그것은 마법사는 아침에 메모라이즈를 한 마법은 스크롤과 같은 아이템이 없어도 얼마든지 사용할 수 있지만, 주술사는 용품이 없는 한 사용할 수 있는 주술이 한정되어 있다는 것이죠. 마법 스크롤의 경우 고대어만 알고 있으면 대부분 마법사가 아니어도 사용할 수 있게 되어 있지만, 주술 용품 같은 것은 언어를 알고 있다고 해도 주술사가 아닌 경우에는 사용할 수 없습니다. 그리고 주술 용품은 살 수 있는 것이 아니라 주술사가 직접 만들어야 한다고 전해지죠.

54. 주술 용품

부적, 짚으로 만든 인형, 못, 망치, 부채 등 아주 다양하죠. 우리 나라 고대의 저주 용품과도 비슷하구요, 일본의 그것과도 비슷하죠. 주로 아무도 보지 않는 은밀한 장소에서 행해지지만 아데스에서는 드러내놓고 사용합니다.

55. 프로소 섬

크로메틱 드래곤의 서식지. 바다 한가운데에 떠 있는 섬. 아무런 위험이 없으나 아무것도 없는 바다 한가운데에 있기 때문에 일반적인 사람으로서는 섬에 닿을 수조차 없습니다. 섬 안은 여러 가지 마을로 구성되어 있지만, 이곳은 드래곤들이 사람으로 폴리모프한 상태에서 살아가며 인간들을 연구하기 위한 마을이 대부분이죠. 바닥에 심은 워프 게이트가 있으므로 편리하게 왔다 갔다 할 수 있습니다.

56. 어레인 계곡

가파른 계곡으로 사람의 발길을 허용하지 않습니다. 그 섬에 서식하고 있는 드래곤들조차 잘 가지 않으며, 자연의 정령들이 모여 있다고 합니다. 어레인 계곡 자신의 의지가 충분히 녹아 있는 곳이죠.

레이피어 던전

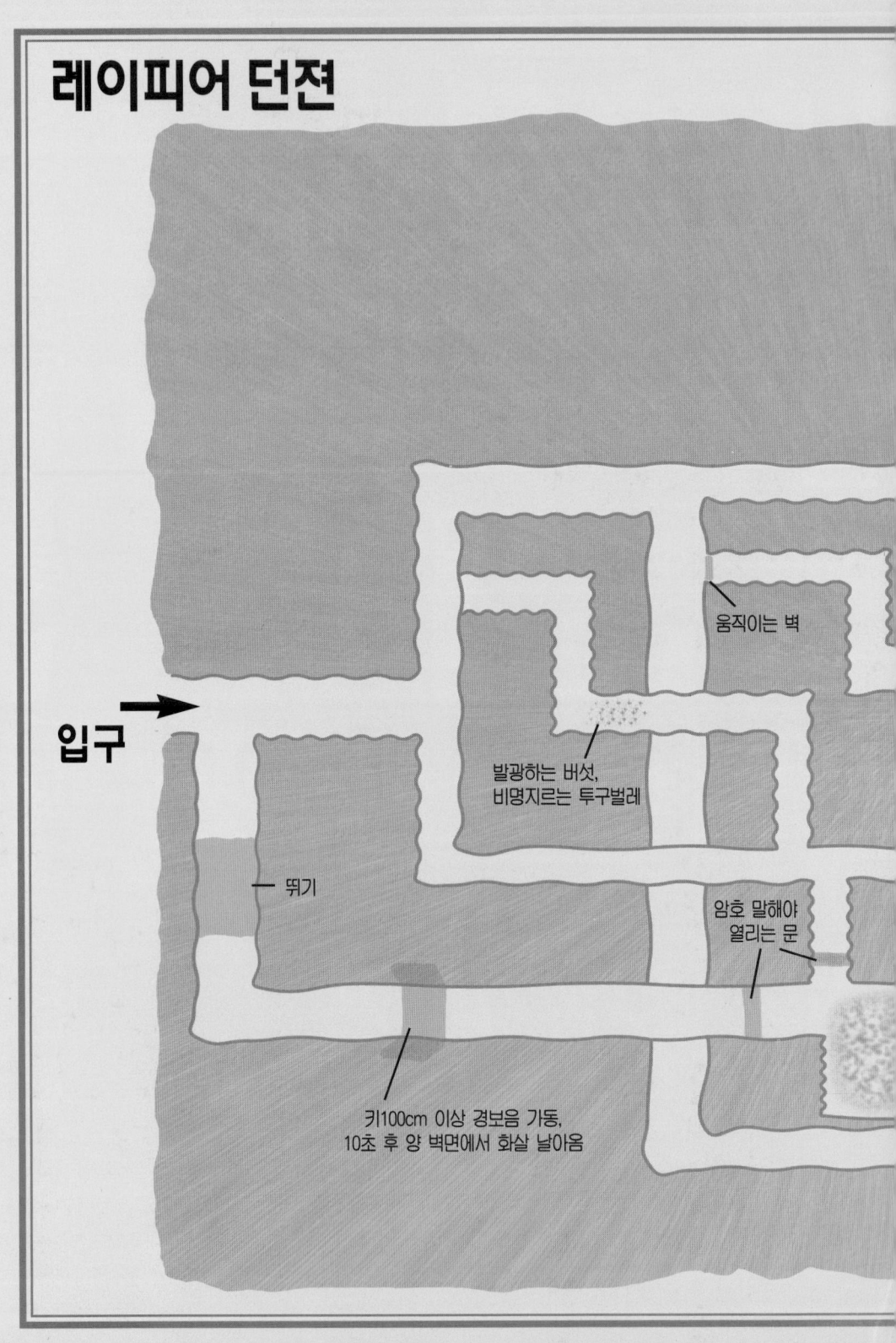

입구

움직이는 벽

발광하는 버섯,
비명지르는 투구벌레

뛰기

암호 말해야
열리는 문

키100cm 이상 경보음 가동,
10초 후 양 벽면에서 화살 날아옴

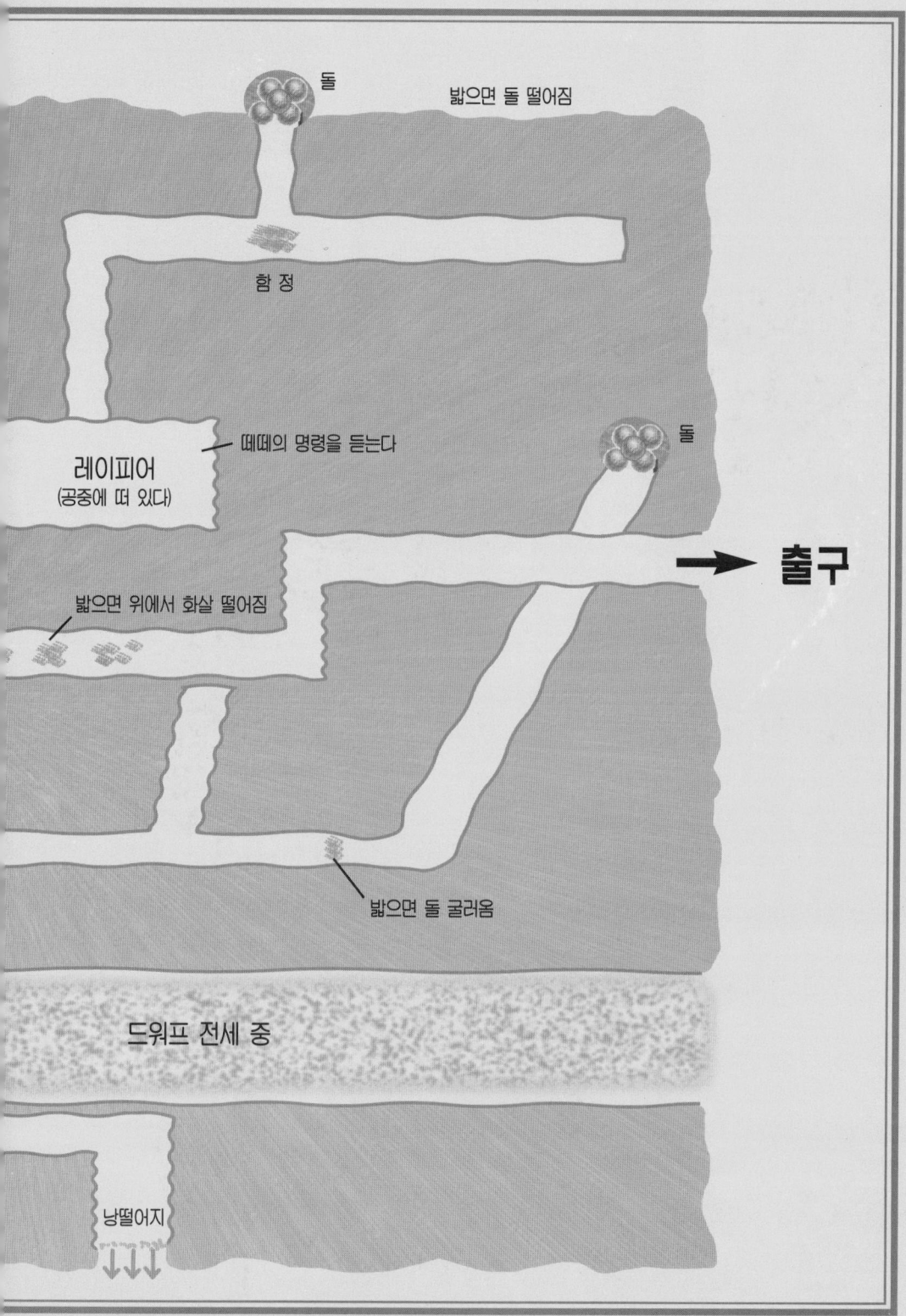